米袋福妻

4 完

浮碧 著

文創風 1019

風 文創 1019

目錄

第一百零五章

越國老皇帝左等右等，終於等到黑煞軍回來，令統領打開麻袋，打算將獸人關進籠裡。麻袋打開，發現裡面根本不是他要的人，老皇帝氣得當場拔劍砍了這人。

黑煞軍統領也不敢置信，他明明已經殺掉所有人，活捉獸人，為此還折損了不少部將，這是怎麼一回事？

「陛下，屬下明明帶人將其餘人殺了，捉住獸人，卻不知為何會變成自己人。」黑煞軍統領趕緊跪地請罪。

「抓到人後，你中途可有停下來？」越國老皇帝問。

黑煞軍首領搖頭。「屬下抓到人，就馬不停蹄回來覆命了。」

越國老皇帝想到帶著追捕她的人滿城亂竄，最後好像憑空消失的攸寧公主，真真覺得這丫頭邪門。

如今福王歿了，所謂的仙宮只剩下一片廢墟，連福王花了幾十年才改造出戰鬥力超乎常人的獸人也被帶走，這次他可說是滿盤皆輸。

一個攸寧公主攪亂整個棋局，攪亂整個越國！

老皇帝臉色陰狠猙獰。「傳朕的命令，集中所有兵力將李承器這反賊拿下。強徵勞役，開採火藥材料運往邊關，就地製作火藥武器，務必盡快滅了慶國，活捉攸寧公主。」

養虎為患，這麼多年等著他那兒子低頭，結果等來了隻白眼狼，反咬他一口。早知如此，就該在知道這個兒子並不打算認他，並且以他為恥的時候，將慶國收攏在手。

詔書一下，但凡有硫磺、硝石礦的地方，都被強徵勞役，百姓怨聲載道。曾經覺得越國有多強大、有多美好，如今就覺得有多殘暴、有多不仁。

老皇帝以暴治國，民心盡失。

在越國處於混亂的時候，楚攸寧一行人有驚無險走過一個又一個城關。

每經過一座城關，楚攸寧就施展精神力，放出越國老皇帝要認祖歸宗的暗示，守城的將領腦子裡還多了要支持李承器匡扶正統的想法。他們走後，大批官兵揭竿而起，加入李承器的正義軍。

越國老皇帝原以為一心對付李承器這支叛軍，拿下李承器是再容易不過的事，沒想到有源源不斷的義軍從四面八方而來，他是慶國血脈的謠言也甚囂塵上。

這時李承器也開始懷疑自己為什麼會走上造反之路，是誰給他的膽子胡編亂造皇帝的身世，顛倒黑白？可是這條路已經容不得他回頭，只能硬著頭皮打下去，尤其看到那麼多義軍趕來支援，更是野心勃勃。

緊趕慢趕，不到十日，楚攸寧一行人走過最後一個越國城關。順利出關，楚攸寧拿出一個銀絲酥，張嘴要吃，突然一隻手伸來虎口奪食，動作極快。

大家倒抽一口涼氣，居然有人敢在公主手上奪食！

楚攸寧氣呼呼看去，沈無恙已經一口吞掉銀絲酥，為此還差點噎到，瞬間氣悶。

沈無咎及時遞上一根烤玉米。「公主，我替二哥賠不是。」

楚攸寧瞬間沒脾氣了，接過來啊嗚咬下一大口。這時候的嫩玉米又甜又糯，很有嚼勁。她邊吃邊跟沈無恙說：「二哥，你現在是個人了，要有禮貌。」

「公主嬸嬸，我也替爹爹賠不是。」歸哥兒把手裡的糖葫蘆送過去，小小年紀已經擔負起照顧爹爹的重任。

楚攸寧也不客氣，咬了顆糖葫蘆，狠揉了把他腦後的小圓髻。「不錯，這麼小就知道父債子償了。」

「等爹爹病好，再讓爹爹跟公主嬸嬸賠不是。」歸哥兒順勢偎進她懷裡。

楚攸寧正想再逗他，忽然眉心一皺，迅速撐起精神屏障。

「停下。」她擺手叫停。

大家緊急勒住馬，警惕四周。

「前面不遠有大批越軍立起人牆，兩邊也列滿了人，足足有上萬，地上還撒了石灰。除非咱們能飛，否則想穿過去，就一定會碰到他們。」越國老皇帝想必是看穿她的把戲了。

被她的精神屏障籠罩住的人，看來和四周景象一樣，一旦碰到，或者留下腳印，敵人就能察覺，準備好的火雷、火炮會朝他們轟炸。想以她的精神力防護，也控制不了上萬人。

「看來，老皇帝早下命令在這裡防著了。」沈無咎說。

楚攸寧從車底下抽出大刀。「那就殺過去！」

這話剛落，大家紛紛拔刀，沒有在怕的，沒道理都到家門口了還回不去。連許玲玥也悄悄摸了把公主給她的匕首握在胸前，她雖然怕，但是不能退縮，不然會被瞧不起。

和陳子善坐在外頭趕車的姜塵回頭，想提醒許玲玥坐好，就看到她緊緊拿著匕首，明明緊張害怕得不得了，清麗脫俗的臉上又有一股豁出去的氣勢。

他愣了愣，忍著笑輕咳一聲。「許姑娘還是將匕首放下為好。我擔心待會兒馬車跑得太快，妳拿不穩匕首，會傷了自己。」

許玲玥聽了，瞬間像棵蔫掉的白菜，水汪汪的眼睛瞪了姜塵一眼，沮喪地背過身去。她可是好不容易鼓起勇氣的。

姜塵反思了下自己說話是不是不夠委婉，正想說什麼，陳子善已經拉扯他坐好。

離敵人越來越近，楚攸寧閉上眼，用精神力凝聚成刀刃，將看得到的火器引線全切斷。快到撒有石灰的地面時，她撤掉精神屏障。

「石灰粉嗆人，掩住口鼻，殺！」

嚴密防守的越軍看到憑空出現的人，嚇了一跳，沒等他們反應，對方已經衝過來了。

楚攸寧用精神力控制出一條道，讓大夥駕車衝過去，能打的人負責護在馬車周圍。

「混帳東西，誰讓你們讓道的，給我殺！火雷跟火炮呢?!」

「將軍！火雷和火炮都啞了！」

「不可能！」混亂的衝殺聲裡傳來越軍將領氣急敗壞的聲音。

重重人牆的另一邊，不遠處山包上，崔巍看到越軍大亂，似乎想到什麼，神情激動地朝後方跑去。

「陛下，公主和元帥回來了！」

坐在後方的景徽帝一聽，立即起身。「快，派兵支援！」

景徽帝在京城左等右等，就等著沈無咎如約定那般舉兵回京造反，誰知沒等來沈無咎，反而等來他閨女帶著沈無咎，以及她那一夥人去越國京城的消息。

他閨女的膽子簡直比天還大，就這麼點人，也敢潛入越國老巢。按捺不住的他，便御駕親征了。

可來到邊關後，他又聽到了什麼？

越國皇帝是慶國的種？大將軍李承器發檄文率兵起義！他這相似的臉還成了佐證?!

他懷疑自己在作夢，一直不知道如何解決的事，居然反轉成這個樣子。本來該受世人唾罵成竊國賊的是他，如今卻換成那個一直拿捏著這個把柄、把他當蟲子逗的人。

就算還有人質疑又如何，就算長得像又如何，一旦水被攪渾，誰還分得清是父子還是叔姪，抑或是其他。

他已經迫不及待想見跑去越國攪風攪雨的閨女了。

楚攸寧在前頭開路，沈無咎帶著沈無恙斷後，一行人以迅雷不及掩耳之勢衝過重重人牆。孰料前方還撒滿了釘子，以及絆馬索，可見越軍不惜一切代價，也要留下他們的決心。不過，這些對楚攸寧來說都不是事，她用精神力將鐵釘掃到一邊，切斷絆馬索，繼續讓大夥前進。

崔巍親自帶兵來支援，越軍因火器點不著而軍心潰散，慶軍氣勢如虹，殺聲震天。

「公主，這裡交給臣，陛下在後方等著見您呢。」

楚攸寧一聽景徽帝也在，愣了愣，知道少了大半的火雷和火炮，餘下的越軍不足為懼，便放心帶著人走了。

崔巍見到在馬車後斷後的沈無咎，用長槍挑開一名越軍，對沈無咎抱拳。「元帥！」

「這裡就交給崔將軍了。」沈無咎匆匆說了句，帶著沈無恙跟上隊伍。

崔巍望著他倆的背影，尤其是那個走路有些不自然的男子，是他眼花了嗎？為何他好像看到了沈家二公子？他上次見過沈無恙，是多少年前的事？有十年了吧？沈無恙隨父出征的時候，他曾見過一次。

沈無恙失蹤多年，說是失蹤，其實已經死了。在戰場上失蹤，最後多半是屍骨無存。

景徽帝知道越軍的大陣仗後，猜到可能是為了阻止楚攸寧回來，於是一直讓斥候盯著，並且派崔巍在後方隨時準備支援。

說來也巧，他今日正好過來瞧瞧，沒想到真把閨女給瞧回來了。

「父皇！」楚攸寧跳下馬車，從車上抱下一只長盒子，朝景徽帝跑去。

景徽帝見楚攸寧跑來，想站起身迎接，又忍住了。他是皇帝，也是父親，要是站起來迎接她，她該得意了，皇帝的威嚴不能丟。雖然，他知道這威嚴不太可能保得住。

「父皇怎麼來了？您來了，誰管我家小四？」楚攸寧腳步輕快，跑到景徽帝面前。

剛剛景徽帝還不停在心裡說，不管閨女說出什麼氣人的話，都不要生氣，可聽聽她說的是什麼？開口沒關心他，只記得關心她弟弟了，氣人！

看到跟她一塊兒過來的沈無咎，景徽帝到底有些心虛。他們去了越國，這會兒已經知道真相，不然也不會搞出越國皇帝是慶國血脈這種事來。

不等沈無咎行禮，景徽帝就說：「沈五帶著十萬兵馬回京，朕將他們打發進鬼山幫妳養雞了，小四也歸他保護。一旦有什麼不妥，他有兩個選擇，要麼帶小四走，要麼帶小四登基，朕連繼位詔書都寫好了。」

沈無咎斂眸，他知道景徽帝這樣做，是對沈家的彌補。倘若四皇子真的登基，四皇子連話都不會說，自然得由輔佐四皇子登基的沈無垢當攝政王。

楚攸寧嘖嘖搖頭。「您對小四怎麼就那麼狠心呢？小四才多大，就讓他坐上這個起得比雞早，睡得比狗晚的位置。您摸摸自己的良心，痛不痛？」

景徽帝聽了，好不容易才沈下來的氣，又蹭蹭往上冒，一拍椅子扶手。「從哪兒聽來的瞎話！朕當了這麼多年的皇帝，怎麼沒起得比雞早，睡得比狗晚?!」

楚攸寧嫌棄地看他一眼。「連政事都不管，您問問自己是為什麼。」

景徽帝氣結，也就她敢說實話。要不是看在這是他閨女的分上，早命人扠下去了。

「不說這個，總之小四在京城不會有事。倒是妳，膽子真大，敢帶幾個人就跑去越國，還都是扯後腿的，妳當越國是妳家後花園？」

「越國能當慶國是他們的後花園，我把越國當後花園又怎麼了？對了，我去搶了越國國庫，可惜金子太多，影響跑路，最後還藏到密道裡，全炸光了，那能買多少糧食啊。」

「等等，妳讓朕捋捋。」景徽帝聽得頭昏，連忙擺手。「妳的意思是，妳不但搶了敵人的國庫，還把搶來的金子藏進敵人的密道裡？」

楚攸寧點頭。「沒錯。」

景徽帝指著她。「妳說妳，腦子呢？好不容易搶來的東西，居然還藏回敵人地盤去。」

「命重要，還是錢重要？反正再打回去就有了。」生命勝過一切，雖然想起那麼多金子，有點肉疼，只能恨她沒有空間異能。

「陛下，正是因為公主有腦子，才不得不捨下金子，只求保命。」沈無咎護短，聽不得人說他媳婦沒腦子。「而且，若非因為藏金子，他們也發現不了通往實驗室的秘道，歸哥兒也遇不上他父親。」

景徽帝這才想起閨女在越國面對的驚險，見沈無咎也以下犯上頂撞他，冷哼。「沈無咎，別以為朕欠了沈家，就可以不把朕放在眼裡。朕讓你造反，是你不反，只要朕還在這個位置一日，你就得敬著朕。」

「臣不敢。」沈無咎拱手。

楚攸寧撇嘴。「父皇，雖然這不全是您的錯，但我公公和大哥是因為您而死，您還好意思跟沈無咎擺架子呢。」

景徽帝氣得說不出話。這閨女不在時，盼著她回來；好不容易盼到她回來，又想扔了，胳膊肘盡往外拐。

他看向沈無咎，當皇子時，少有對人低頭的時候，更別提當皇帝了，要他向沈無咎一個臣子低頭，委實艱難。

「父皇，有錯就敢認，認完又是一條好漢。」楚攸寧鼓勵。

景徽帝瞪她一眼，他不想當這個好漢行不行？

「臣知道陛下於沈家心中有愧，所以才將公主下嫁給臣。」沈無咎寵溺地看看楚攸寧。

「臣已經獲得最好的彌補。」

沈無咎自然不會讓景徽帝低下這個頭，既然沒有換人上位的打算，君心難測，不管為了楚攸寧，或是為了沈家的將來，他都不能。

自古君要臣死，臣不得不死，父親和大哥知道那樣的秘密，在那種情況下，最好的法子便是戰死沙場，平越國之憤，安帝王之心，保沈家之安。

該恨景徽帝嗎？倘若是景徽帝下令逼死父兄，他自然恨得光明正大。可如今看來，卻是父兄的選擇，才有了萬全的結果。

「沈無咎，你比我還會瞎扯，明明是我母后求著讓他賜婚，怎麼算是他彌補沈家了？」

沈無咎以為楚攸寧是氣他把她當彌補的禮物，結果她話鋒一轉。「父皇，您要彌補沈家的話，給別的吧。」

景徽帝氣得攥拳，咬牙切齒道：「妳還真就是朕對沈家的彌補，就算沒有皇后臨終遺言，朕也打算把妳嫁給沈無咎！」

楚攸寧訝然。「什麼？那母后知道了，會氣得去您夢裡罵人吧！」

景徽帝無言了。他閨女到底是什麼腦子，為何想的總是這麼與眾不同，該氣的不是她被當成彌補賜給沈無咎嗎？

第一百零六章

「皇后為何要罵朕？朕與皇后的想法一致，這是值得高興的事。」

「可那是母后用最後一口氣求來的呀，要知道您也是這個打算，母后就改求別的了。」

景徽帝氣笑了。「妳希望妳母后求什麼？」

「比如讓您親自抱養小四啊。當初要不是我，白胖可愛的小四就沒了。」楚攸寧對昔日景徽帝待小奶娃的忽略，還是有些意難平。

說到這個，景徽帝也有些心虛。「昭貴妃說小四被照顧得很好，妳還把自己的奶娘給小四，讓她照顧小四。」

楚攸寧冷笑。「昭貴妃也把自己照顧得很好呢，最後把自己照顧到冷宮去了。」

景徽帝語塞。比起被她的話氣得直冒煙，還不如直接向沈無咎認錯呢。

他看向沈無咎，神情複雜。在信裡，他讓沈無咎帶兵回京，以為父兄報仇為由造反，他生前做個逼死忠臣良將的昏君，總好過坐在那個位置上，被罵成竊國賊。可這小子偏不幹，還扔下雍和關幾十萬人軍，跟他閨女跑去越國。

景徽帝上前拍拍沈無咎的肩膀。「這件事，朕確實欠你一個交代。」

他揮退左右，負手望向遠方，嘆息道：「當年，事情發生的時候，朕還來不及做出應對之策，邊關已傳回你父兄戰死沙場的消息，以及，一封密信。」

景徽帝從袖中拿出一封邊緣發白的信遞給沈無咎。「信就在這裡，你拿去看吧。」

沈無咎接過信，約莫猜得出信裡會寫些什麼，拱手道：「臣恐失儀，請陛下容臣至一旁展信。」

景徽帝點頭。「准。」

楚攸寧有些擔心地望著沈無咎的背影，忽然眼前一暗，抬頭便看到景徽帝站在面前。

「妳抱著這盒子過來，是孝敬朕的？」景徽帝打量她懷裡抱著的紫檀木盒，挺大挺長，一直抱著也不嫌重，不知裡面裝的是什麼。

嗯，閨女總算知道惦記他一回，俗話說得好，遠香近臭。

「哦，差點忘了，這是給您的。」楚攸寧把盒子遞出去。

「裡面是何物？」景徽帝覺得以他閨女的摳門勁兒，應該不會是什麼好東西，除非是她看不上的，比如被她棄如敝屣的玉。

「大公主的屍骨。」

「妳說什麼?!」景徽帝嚇得破聲，伸出去的手飛快縮回。

楚攸寧眨眨眼。「就是我大姊啊。她可慘了，死後屍骨還被豫王用釘子釘著洩憤，我就把她帶回來了。」

「妳把一副人骨抱在懷裡老半天?!」景徽帝還沒從驚嚇中回神。

楚攸寧歪頭。「難道不是該憤怒大姊遭受的一切嗎？」

「對！但妳也太莽撞了。」景徽帝揉揉額角，虛虛指了指她，想張口叫劉正，只是話到嘴邊，又嚥了回去。

他看著紫檀木長盒，臉上浮現沈痛之色。剛剛還嫌棄閨女莽撞，此刻卻親自伸手接過。一個人的骨頭能有多重？此時他抱在手上，只覺無比的沈。

景徽帝將長盒肅穆地放在御座上，聽楚攸寧說了大公主的慘狀，連打開看一眼的勇氣都沒有。

他抬頭問：「妳沒放過豫王吧？」

「當然沒有，我把他整瘋了。往後，他不光時時感覺到有人拿釘子往他的骨頭裡釘，看到的每個女人都會是大姊，還是會嚇人的大姊。」楚攸寧隨意地坐在御座前的臺階上。

當皇帝還是有點好處的，比如皇帝要來看戰場，就會有人找空曠處，把地方布置好，擺上地毯，設上屏風御座，御座前還有附腳踏的臺階。

「幹得好！」景徽帝拊手稱讚。

楚攸寧雙手托腮，抬頭看他。「您既然知道自己的身世，為何還讓大姊去和親？」

問及傷心處，景徽帝跟著坐下。「妳大姊是個好的，是朕不好。朕不該生下她，也不該生下你們。妳原是朕的最後一個孩子，可是妳母后哭著求朕再給她一個啊。朕說過，將來的皇位繼承人，絕無可能是朕的孩子，也不知妳母后是聽進去，還是聽岔了，執意再要孩子，朕一時心軟，便又有了小四。」

楚攸寧了然，所以景徽帝果然想昏到底，連皇位也不留。如果沒有她的干預，慶國的最終結局，都會走向滅亡。

她點點頭。「小四挺好。」

「是挺好，比妳離開時會說話多了。或許是張嬤嬤整日惦記妳，他說的最多的話就是要姊姊，公主姊姊……可能他都不記得妳了，只是因為張嬤嬤教他，才掛在嘴邊。」景徽帝不想讓楚攸寧太得意。再說，小四那麼小，好幾個月過去，哪裡還會記得他姊姊長什麼樣子。

楚攸寧一眼看穿景徽帝的小心思。「那他一定沒喊父皇。」

景徽帝頓時無言。

楚攸寧肅起臉。「父皇，咱們是不是把話扯遠了？正緬懷大姊呢。」

景徽帝一抹臉，他也曾是個不怒自威、頭腦清醒的人啊，都被這閨女帶歪了。

「妳大姊……」景徽帝剛起頭，好好的悲傷心情愣是沒了，看到楚攸寧睜著又圓又亮的眼睛、一副洗耳恭聽的樣子，用手指輕戳她腦門。「妳悲傷點。」

「哦。」楚攸寧伸手蘸口水，往眼睛上一抹，小嘴一癟，假裝抽噎。「您……繼續。」

楚攸寧來了這麼滑稽的一齣，景徽帝對著大女兒的屍骨，實在悲傷不起來，為表尊重，喚劉正過來把屍骨抱走。

他望著前方，痛心地嘆息。「妳大姊心中有大義啊。當年朕都做好跟越國對抗的準備，但她非要嫁，朕知道她是為了慶國，只能告訴她真相。她回去待了一夜，第二日來找朕，依然堅決要嫁。為了慶國，哪怕有悖倫理，她也不懼，還說會想辦法得到火藥製法。」

「我敬她是個女漢子。」在哪個世界都有為大義獻身的人，這樣的人是值得敬佩的。

「不會誇人就少誇點，女漢子對一個姑娘家來說，是好話嗎？」景徽帝輕輕斥責一句。

「當年妳大姊按照豫王妃禮制下葬，朕知道她必不願葬在越國皇家皇陵，試圖派人盜走她的屍骨回國安葬，卻沒有成功。若非妳帶回她的屍骨，朕還不知她死後仍在豫王府受折磨。」

景徽帝眼眶微微泛紅，放在膝上的手攥成拳。「朕這輩子除了對不住沈家，最對不住的還有妳大姊，是朕沒護好她。」

「越老帝真是變態，明知道那是什麼關係，還讓人和親。」楚攸寧跟著握拳，只恨當時沒機會動他。

「他仗著強大無敵，早就沒了倫理。」景徽帝說完，發現自己遺漏了她的稱呼，瞬間怒道：「他把妳大姊害成這樣，妳都知道他變態了，還認他當老弟?!」

楚攸寧突然被罵，無辜眨眼。「越國老皇帝，簡稱越老帝，帝王的帝。那就是個糟老頭子，壞得很，誰要認他當老弟，附帶人糧倉給我都不要。」嗯，在末世可以考慮，要來糧倉再弄死他。

景徽帝默唸了下，認同地點點頭。「這個還行，還能占點口頭上的便宜。」

沈無咎看完信，紅著眼眶回來，就瞧見高高在上的皇帝和公主排排坐在御座前的腳踏上說話。

他無言了，剛看完信的悲傷瞬間被撫平。陛下也被公主帶歪了嗎？他可還記得自己是天底下最尊貴的人？

「沈無咎，你看完信啦。爹說什麼，是不是讓父皇多多彌補沈家？」楚攸寧起身走到沈無咎面前，對他眨眼暗示。

景徽帝起身拂袖，負手在後，撿起掉了的帝王威儀。「攸寧，朕看過信，還不只一遍。」裡面寫什麼，他倒背如流，別想著坑他錢了。

沈無咎暗笑，他媳婦不知從何時起，已經把坑她父皇當成一種樂趣。

他望向景徽帝。「陛下，公主與臣親如一人，這信可否給公主看？」

景徽帝被這恩愛弄得眼疼。「你給她看，她未必看得懂。」

「誰說的，我又不是文盲！」楚攸寧不服，拿來一瞧，尷尬了。字跡狂草，真看不懂。

「回家後，我講給妳聽。」沈無咎貼心地及時補救。

這封密信裡，他父親並沒有明說景徽帝的身世，而是懇切委婉地勸勉景徽帝勤政治國，親賢遠佞，如此才不負他們父子以身許國，對君忠貞不二之心。

信裡多次表明，父子倆是甘心赴死，無半點怨尤，何嘗不是想告訴沈家人，這是他們自己的選擇，不能恨，不能怨。父親也怕他們知道真相後，利用沈家軍造反吧？

「爹的字寫得不太好。」楚攸寧悄悄向沈無咎抱怨，末了，覺得這樣說可能不好，又補充一句。「沒關係，武將打仗打得好就行。」

沈無咎笑著點頭。「父親泉下有知，聽到公主這麼說，定然高興。」

景徽帝看著寵著他閨女的沈無咎，不知該不該慶幸沈家父子果斷。倘若當時沈家父子不戰死，他也不知道會怎麼做，會不會將沈家滅口。即便他不滅口，太后也不會放過沈家。

沈無咎放開楚攸寧，轉身把信雙手奉還給景徽帝。「多謝陛下讓臣了解父親的一番苦心，也請陛下莫要辜負臣父親和大哥的心意，讓慶國強大到無人敢置喙。」

景徽帝聽他這麼說，終於有種塵埃落定、如釋重負的感覺，想到越國如今的局勢，想到他最害怕叫世人知道的事往詭異的方向發展，心中的大石落地，取而代之的是雄心壯志。

他接過信，鄭重承諾。「朕答應你，從今往後定做個勵精圖治的明君，絕不讓你父親和大哥白死。」

「我聽見了，做不到的是狗。」楚攸寧興匆匆作證。

景徽帝氣不過，瞪起眼，這閨女還是扔了吧。「妳剛叫誰爹呢？妳爹還在這裡呢。」叫得可真親近。

楚攸寧瞪大眼。「父皇，您多大的人了，還為這點事吃醋。我又不能要沈無咎喊您爹。」

「為何不能？女婿半個兒。」

「那沈無咎也喊您父皇嗎？您讓他還不敢呢，怕被那些就知道打口水仗的大臣罵死。」

景徽帝氣結，說不出話來。

此時，楚攸寧看景徽帝的眼神就像是看爭不到寵的小孩，想著是不是要安慰一下，於是想起幫他帶回來的真愛了。

「父皇，我這次還給您帶回一份大禮哦。」她扠腰得意。

景徽帝欣慰地點點頭。「算妳還有點良心，知道給朕帶禮物。」

「您是要跟我去看，還是讓人帶過來？」楚攸寧問。

需要親自去看，還真是份大禮了。

「朕隨妳去看看。」景徽帝按捺不住心中的期待，收過那麼多大臣送上來的奇珍異寶，都沒這麼期待過。

沈無咎和楚攸寧對視一眼，帶著景徽帝，往他們停車的地方走去。

楚攸寧帶著景徽帝過來時，歸哥兒正騎在他爹脖子上，劍指前方。

「聽我號令，前方有敵人，衝啊！」

自從上次被楚攸寧拎著，騎上他爹脖子後，他爹就總愛把他舉到脖子上。在她的幫助下，他爹爹終於把木劍還給他，但他覺得，他爹依然想著搶回去。

沈無恙一聽說敵人，又瞧見楚攸寧走過來，在他心裡，這個人會控制他、揍他，就是敵人，於是扛著歸哥兒，低頭頂牛似的衝過去。

「爹爹，走錯啦！不是這邊！」歸哥兒扯住他爹綁在腦後的短揪揪，等看到跟楚攸寧一塊兒走來的人，他眨眨眼，發現那個人好像是會砍人頭的皇帝。

「爹爹，快停下！」歸哥兒急忙拍他爹的肩膀，小小聲道。可惜他爹還聽不太懂話，依然一個勁兒往前衝。

因為沈無恙低頭衝過來，景徽帝並沒有看到他的臉，聽到歸哥兒喊爹爹，還笑著打趣。「沈無咎，你去一趟越國，還給你姪子找了個後爹？」

正說著，人已經撞到眼前，景徽帝覺得就是在哄孩子玩，壓根兒沒想過這人真敢朝他撞過來，或者說，誰也沒想到有人敢拿頭去撞皇帝。

景徽帝被頂得後退幾步，險些摔倒，劉正嚇得立刻趴到地上當墊背。

楚攸寧眼疾手快扶住他，扠腰訓斥。「二哥，你往哪兒撞呢？這是我父皇，不能撞。」

沈無恙抬頭，發現自己想撞的人還好好的，又低頭要去頂楚攸寧。

「二哥……」沈無咎無奈，上前阻止。

「陛下可還好？」劉正見他家陛下沒事，大大鬆了口氣，趕緊爬起來，結果發現景徽帝好似丟了魂。

景徽帝一把抓住劉正的胳膊。「劉正，朕是不是眼花了，朕怎麼好像看到沈二呢？朕來之前，還聽說沈二的夫人要將沈二的屍骨送回老家安葬。你說，沈二該不會覺得是朕害死他的，所以來找朕了吧？」

「父皇，您沒眼花哦！」楚攸寧用手掌罩住沈無恙的腦袋，阻止他往前頂。景徽帝脖子一涼，僵硬地轉過頭，就見他閨女把那人制住了。

「二哥，你是最英俊的，抬頭讓我父皇看看。」楚攸寧鬆開手，退開一步。

沈無恙抬頭，還是執著地朝楚攸寧衝去，楚攸寧只好繼續帶著他繞圈圈。

沈無咎見狀，只得將歸哥兒抱下來。歸哥兒一落地，覺得好玩，小心翼翼看了眼景徽帝，見景徽帝沒有發火的意思，也樂得跟在他爹後頭轉。

第一百零七章

「臣沒看好自家兄長，讓他頂撞陛下，請陛下責罰。」沈無咎過來請罪。

在確認怪人是沈無恙那晚，楚攸寧就從他這裡得知沈無恙以前的生活習慣，然後用精神暗示灌入他的精神記憶裡，得到暗示的沈無恙只會記得自己是個人，而不是獸。

但當野獸久了，哪怕不記得，重新做人也不習慣，好像牙牙學語的小孩，得慢慢教。

起初他期待二哥接受做人的暗示後，是否會從這些熟悉的習慣裡想起什麼。可惜他失望了，二哥只是活成人樣，甚至心智上還有些像小孩，因為沒人教過他長大後是什麼樣子。

兩人商量過，不想就這樣灌輸給他大人的思想，要是這麼做，可能會和以前的二哥南轅北轍，興許多等一等，他還能恢復記憶。

「二哥，你別對我愛得深沈啊，當心回去二嫂不認你。」楚攸寧帶著沈無恙，繞著景徽帝轉圈圈。

景徽帝眼睛跟著他們轉，終於確認這就是沈無恙，活生生的沈二！

他看向沈無咎，又指指沈無恙。「這真是你二哥？」

沈無咎點頭，拱手道：「回陛下，的確是臣的二哥，只不過不知是不是因為腦子受了傷，不記人，也不記事了。」

實驗室的事，他和楚攸寧都決定不往外說，這種事越少人知道越好。幸好，柳惘一直被關在裡面的內殿，並不知道多少。

景徽帝親耳聽到，有些不敢置信，去越國一趟，還把活的沈無恙撿回來了？看他這樣子，可不像是不記人、不記事那麼簡單，倒像個幼稚的小孩。

「這的確是一份大禮，朕又重獲一員猛將。」景徽帝由衷感嘆，沈無恙沒死，他對沈家的愧疚也少些。當年若非太后草木皆兵，見誰都懷疑，沈無恙和沈無非或許不會出事。

「沈無咎，回營後，朕讓太醫替你二哥好好看看。」景徽帝說。

「多謝陛下。」沈無咎躬身謝恩。

「父皇，我說的大禮不是二哥哦。」楚攸寧對沈無恙說了聲「定」，從荷包裡拿出一塊肉乾，塞進他嘴裡。「跟歸哥兒去玩吧。」

沈無恙用舌頭把肉乾捲進嘴裡，看向歸哥兒手上的木劍。

歸哥兒意識到不好，帶著劍跑開，他爹爹又要跟他搶劍了。

沈無咎失笑，若是二哥有朝一日恢復記憶，想起這段日子的所作所為，會不會感到羞恥？是不是該讓公主強行灌輸長大成人後該有的行為舉止給他？

「還有比沈二更驚喜的禮？」景徽帝意外，心裡又有了期待。

楚攸寧眨眨眼。「應該算是驚喜吧？」總不能是驚嚇，那麼溫軟的姑娘呢，連她看了都想捏。

既然在原主前世裡能成為真愛，按照前世亡國時間來算，也該是他們認識並且相愛的時候，或者說，已經認識了。

這一路上怕把人嚇跑，他們提都沒提起景徽帝呢。

景徽帝有種不好的預感，想到她興匆匆把大公主的屍骨抱來，他就心慌，有些抗拒了。

「妳要送朕的東西，是死物還是活物？」

「活的啊。不過，父皇，如果人家有更好的選擇，您可不能強迫別人。」那小白兔好像就愛賴著姜塵，看起來和她年紀差不多。要是她，她也會選更年輕的。

楚攸寧又忍不住嫌棄地打量景徽帝，都是能當人家爹的人了，怎麼還能發展成真愛呢。

「妳那什麼眼神？還有，什麼是更好的選擇，朕強迫誰了？」景徽帝一看她那不帶掩飾的嫌棄就來氣，被嫌棄得冤枉。

「您的真愛啊！我不是說過，您將來會一怒衝冠為紅顏嗎，我順便把那紅顏帶回來了哦。」楚攸寧說。

景徽帝沒想到她所說的大禮是個女人，還是讓他揹上荒唐罪名的女人，氣得拂袖。

「胡說八道！妳讓她出來，朕倒要看看妳口中的紅顏禍水長得何等天仙！」

楚攸寧望向四周，沈思洛和裴延初在偷偷牽小手；陳子善坐在一邊睹物思媳婦；姜塵又開始書不離手，而一直賴在姜塵身邊、愛躲在姜塵背後的許玲玥居然不在？

她施展精神力，然後驚訝地「咦」了一聲，跑到他們停在旁邊的馬車，掀開車簾，露出一個偷偷探出來、還沒來得及縮回去的腦袋。

「我父皇要見妳，妳下來吧。妳別怕，只要妳不願意，我父皇不敢強迫妳，我保證。」楚攸寧拍胸脯道。一路走來，她發現這姑娘確實有跟他們共進退的決心，就是膽子小了點。

許玲玥聽了，瞪大眼，嚇得急急搖頭，臉色都白了。

「到底是怎樣的天仙，讓妳這般篤定朕會為之誤國？給朕下來！」景徽帝負手來到楚攸寧身後，厲聲命令。

許玲玥只覺得頭頂打了個響雷，嚇得身子一抖，本就盛了汪秋水的雙瞳，瞧著水都快要溢出來了。

她放在膝上的手揪了揪裙子，咬咬唇，做好一番準備才起身，彎腰出了馬車。

如今已是深冬，許玲玥穿著襖裙，外披藍色滾毛斗篷，襯得一張小臉楚楚動人，微咬著唇，看起來膽怯又倔強。

景徽帝怔住，呆呆看著馬車上亭亭玉立的女子，只覺有些眼熟。

「我父皇看直了眼。」楚攸寧悄悄跟沈無咎說。

沈無咎也瞧見了，景徽帝這呆愣的樣子，彷彿陷入一場桃花紛飛裡。

兩人在路上已從陳子善口中得知許玲玥的身分，一直以為能讓景徽帝與越國開戰的女子是越國人，卻從未想過可能是慶國人。

許玲玥的父親是景徽元年的恩科狀元，曾經和景徽帝君臣相得，若是這樣，就不難理解他們為何會有瓜葛。世上為了榮華富貴，將女兒送進宮的人多得是，哪管皇帝年紀大不大。

「父皇，回神了！」楚攸寧喊。

景徽帝回過神，看到他閨女一臉「我就知道」的表情，一時無言。

「妳下來。」景徽帝對許玲玥說，語氣已沒先前那麼嚴厲。

許玲玥下車，楚攸寧伸手扶一把，她順勢抱住楚攸寧的胳膊，好像這樣才覺得安全。

楚攸寧瞬間明白她的選擇了，拍拍她的手，對景徽帝說：「父皇，許姑娘瞧著年紀跟我一樣大，您這老牛好意思啃嗎？」

景徽帝吹鬍子瞪眼。「胡說什麼，事情不是妳想的那樣！」

「我親眼瞧見您看直了眼的。」楚攸寧指著自己明亮的大眼睛。

「乍然出現，還不許朕花點工夫認認人？」景徽帝發現，跟這閨女說話就沒有心平氣和的時候。今日這事不解釋清楚，是沒法了了。

他對劉正使眼色，劉正立即揮退在四周看守的人，遠遠候著，不讓人靠近。

楚攸寧看到這陣仗，就知道又有人秘密聽了，兩隻耳朵全豎起來。

「朕沒想到，妳不光帶回妳大姊，還把她帶回來了。這時候，她應該在荊州才對。」景徽帝眼裡閃過一絲冷光。

「哦，她離家出走被拐賣到越國，又被人當大禮送給豫王，結果趕上越國信王造反，京城大亂，逼得前去送禮的人躲到林子裡。陳子善他們聽說這是給豫王的禮物，就把箱子劫走，然後，就把您的真愛救出來了。」

「要朕說多少次，她不是朕的真愛！妳到底從哪裡看到的，這般認真！」

楚攸寧轉了轉眼珠。「不是說了祖宗顯靈嗎，祖宗讓我看到了。您說，這次要不是我誤打誤撞把人帶回來，這妹子落在豫王手裡，您知道了，是不是要衝冠一怒為紅顏？」

景徽帝點點頭，倘若照她說的這麼發展，他真沒辦法忍下去。

「真是祖宗讓妳看到的？」景徽帝意味不明地看向楚攸寧。

沈無咎覺得景徽帝這話問得有坑，不過他沒阻止媳婦，這坑到底誰跳還不一定。

楚攸寧點頭。「是啊。」

景徽帝自嘲地嗤笑。「倘若真有祖宗顯靈，那麼第一件事應該是恨不得掐死朕，罵朕竊國才對。」

楚攸寧深以為然。「您說的有道理，改日我問問祖宗為何沒到您夢裡開罵。」

景徽帝氣結。他就是隨便說說，這閨女是真不會安慰人，還是不會安慰他這個爹？

沈無咎忍住笑，捏捏楚攸寧柔軟的小手，對她微微搖頭，別拿這件事氣景徽帝了。

楚攸寧立刻改口。「父皇，也許幾千年前，大家都是同一個祖宗。這個顯靈的祖宗興許就是大家共同的祖宗，所以血統不算什麼，可能還覺得您堅定心志，做得好呢。」

景徽帝的嘴角不禁抽了抽，虧她能想出這麼安慰人的話來。不過，他還真有被安慰到。

接著，景徽帝望向許玲玥。「離家出走？許遠之苛待妳了？」

許玲玥把頭搖得像博浪鼓。「父親待我極好，是許夫人要趁父親不在的時候，將我嫁給人當填房。我不願，想跑去找父親做主，結果……」說到自己犯的蠢，都不好意思說下去。

景徽帝聞言，勃然大怒。「許遠之好大的膽子，居然讓他夫人如此作踐妳！」

許玲玥連忙道：「不關父親的事，是許夫人瞞著父親做的，想要生米煮成熟飯，到時父親想再插手，就沒辦法了。」

景徽帝聽她一口一個父親喚得親暱，還那麼著急維護她口中的父親，有些不是滋味。

「那妳怎麼沒說出真實的身分，朕看那婦人還敢不敢囂張！」

沈無咎聽到這裡，心裡閃過一個荒唐的猜測。

許玲玥鼓起勇氣，看景徽帝一眼，低下頭。「您說過，出了宮門，從此便是許家女。」

景徽帝沈默了，一個死腦筋，另一個常常堵得他說不出話來，就沒個省心的。

他嘆息。「如今妳可以認了。」

許玲玥眼睛一亮。「我、我真的可以認嗎？」

「人都跑到朕跟前了，還能不認？」景徽帝說著，沒好氣地瞪向楚攸寧。「不認，如何還朕清白。」

許玲玥立即面露欣喜，扭頭對楚攸寧喊：「妹妹。」

楚攸寧跟沈無咎驚呆了。

景徽帝想扶額，覺得他不光在楚攸寧面前沒了帝王威嚴，在楚攸寧這幫人眼裡也一樣，果然是近朱者赤。

楚攸寧看著對她眉開眼笑的許玲玥，一臉懵地問：「父皇，這輩分是不是喊錯了？」

景徽帝冷笑。「但凡妳用點腦子，根本問不出這話。那是妳姊姊！」

楚攸寧眨眨眼，望向沈無咎。「我沒聽錯吧？」

沈無咎點頭。「沒聽錯，陛下說許姑娘是妳姊姊。」

方才的猜測得到證實，他幾乎想通了所有關竅。為何當年受景徽帝重用，能入內閣的許遠之突然因為諫言被貶出京城？為何楚攸寧兩次去帶四公主離開，四公主都不願走。

倘若，那個四公主是假的呢？這就可以解釋，為何前世景徽帝要跟越國開戰了。

如果這次公主沒去越國，許玲玥會被成功送給豫王，許遠之害怕擔責，不敢將她失蹤的事上報。以豫王折磨人的手段來看，許玲玥不可能過得好，等這個消息傳到景徽帝耳朵裡，多年隱忍徹底爆發，從調兵遣將到開戰所花的時日，正好對上前世慶國亡國的時候。

楚攸寧眨眨眼。「可我聽許姑娘說，她是荊州知州的閨女。父皇，您把臣子給綠了？」

「妳閉嘴！那是四公主！」景徽帝聽她越說越離譜，氣得怒喝。

這反轉讓楚攸寧驚呆了，把許玲玥扯到跟前。「她是四公主，那嫁去越國的四公主是誰？」對了，她還忘了跟景徽帝說，四公主死活要待在越國的事。
「自然是假的。」事到如今，景徽帝也不瞞了，反正天大的事都被他們知道，還有什麼好瞞的，將當年事道來。
「當年妳大姊堅持要去越國和親後，朕怕將來再發生同樣的事情，便與許遠之演了一場戲，將許遠之貶出京城為官，讓他帶走真正的四公主。」
「如今在越國的四公主，是許遠之的女兒？」真有這樣願意犧牲女兒來盡忠的臣子？
景徽帝搖頭。「不是，是朕暗中培養的暗衛。朕不指望她能做什麼，她的任務就是代替真正的四公主去越國和親。」
聽完這話，楚攸寧瞬間明白，為什麼她跑去跟四公主說她跟豫王是亂倫時，四公主可以那麼冷靜。也終於明白景徽帝為什麼那麼肯定四公主會去和親，敢情她不是真的四公主啊。
楚攸寧想起去找四公主那夜，四公主說羨慕她有到死都為她打算的母親，還有一個……那未完的話，大概是說景徽帝這個父親吧？這會兒她相信景徽帝說本就打算把她嫁給沈無咎的話，不是氣話了。
這麼說來，原主的確很幸運，擔心的事早早就被安排妥當了。
「可是，許玲玥跟在越國的四公主長得一點也不像。當年，她也不小了吧，突然換了張臉，沒人懷疑嗎？」四公主只比她大三個月，她都快十七了呢。
景徽帝道：「妳莫不是忘了當年四公主以出水痘為由，一直閉宮不出的事？朕可還記得，妳沒少嘲笑人。」

楚攸寧摸摸鼻子，那是原主，不是她。

她想了下，在原主的記憶裡，那年四公主突然出水痘，閉宮兩年不出，稱是臉上有痘疤，就算後來出來，也一直戴著面紗，原主沒少因此嘲諷四公主醜八怪。四公主是及笄那年才拆下面紗的，還是原主想讓四公主出醜，故意揭開，結果臉上早就沒有一絲痘印。

時隔多年，再加上那幾年正是一個姑娘家長開的時候，哪怕有人覺得這張臉和記憶中的有些出入，也沒有起疑，有懷疑的也不敢說。

如果這樣，按照原主前世來看，那假公主是背叛了慶國啊，不然怎麼可能知道地宮，還把原主扔進去。能將豫王哄住，證明她的確有手段；能知道地宮秘密，這就了不得了。

綜合兩世假四公主的選擇，其實就是順應有利的而活。

前世，越國強大，她就依附越國。如今慶國翻身，她很清楚身為假公主，身為暗衛，她回不了慶國，何況她還知道景徽帝的身世，最好的法子就是死遁，天大地大，再也沒有她這個人。

她也掙扎過，想慫恿原主去和親，後來發現不行，便順應結果。她活得清醒，活得明白，活得自私，這種人在末世往往活得最久。

第一百零八章

「父皇，您就沒想過，萬一對方要的是嫡公主呢，這真假公主豈不是白換了？」楚攸寧想起，皇后正是因為知道越國人會要嫡公主去和親，才急著把原主嫁出去。

景徽帝也沒有顧慮四公主在場，直接道：「妳是朕的嫡公主，怎麼可能讓妳去和親，那真真是把慶國的臉面遞上去給人踩。何況，那時朕決定不再要孩子，妳是皇后唯一的慰藉，豈能讓妳去和親？」

這麼說來，景徽帝對皇后還是有幾分真愛的吧。

楚攸寧突然有點心虛，原主這個嫡公主的身分真是占盡了便宜，她都有點不好意思面對許玲玥這個新出爐的姊姊了。

見楚攸寧看過來，許玲玥眼睛發亮，表情期待，更加抱緊她的胳膊，聲音溫溫軟軟。

「之前我不是故意不認妳的，我還以為我這輩子都不能認妳了。」

知道楚攸寧是慶國五公主的時候，她還是有些害怕，因為記憶裡這個妹妹脾氣並不好，總愛欺負人。直到後來楚攸寧立功，大家都崇拜她，以她為尊，連沈無咎這個大將軍都聽她的，她就覺得這個妹妹好厲害，並且引以為傲。

後來見到楚攸寧大殺四方，輕飄飄就能把一個人扔飛，她完全忘了以前這個妹妹怎麼欺負人的，只想當場抱著她認親。

「這個不怪妳，妳是個遵守規則的好孩子。」楚攸寧乘機捏了下許玲玥的臉，看看是不是跟看起來一樣柔軟。先前因為她膽小而不敢靠近，一直沒逮到機會，這會兒捏了，覺得手感還行，沒小四的嫩。

許玲玥呆住，這話怎麼像一個長輩的口吻？

景徽帝無言，這捏人家臉的行徑怎麼有點像登徒子？

沈無咎把楚攸寧拉過來。「公主的臉也很水嫩。」所以，用不著羨慕他人。

「我看她長得溫溫柔柔，跟小白兔一樣，就想捏捏看是不是跟兔子毛一樣軟。」楚攸寧仰頭低聲分享小秘密。

沈無咎笑了，也轉過頭，在她耳邊說：「我以為公主愛上捏人家臉的毛病。」

楚攸寧點頭。「挺好捏的。我想小四的小胖臉了，不用捏就會顫動，看著就有胃口。」

沈無咎失笑，媳婦絕對想到紅燒肉了。一塊塊放在碟子裡的紅燒肉，色澤紅亮，端上來可不就有些顫巍巍的。

景徽帝看這兩人又貼在一起交頭接耳了，欣慰的同時，又覺得有些眼疼。

他看向許玲玥。「等平定一切，朕再將妳的身世昭告天下。這段日子，妳……」

「我跟著元……攸寧，攸寧去哪兒，我就去哪兒。」許玲玥本來想喊楚攸寧閨名的，但想到她有封號了，還是喊封號比較妥當。

「回去重新讓教養嬤嬤教妳規矩！」景徽帝臉色有些黑，竟敢打斷他說話了，一個、兩個都這麼沒規矩。

許玲玥這才想起，她好像一直沒喊父皇，還打斷景徽帝的話，嚇得躲到楚攸寧身後，弱弱地說：「我錯了。」

「父皇，這裡又沒別人，講什麼規矩。」楚攸寧抗議一句，轉頭看許玲玥。「既然妳是四公主，那就是我妹了，以後我罩著妳。」

景徽帝聽她這麼說，覺得閨女是要跟他對著幹。「朕剛訓斥完妳妹，妳就當著朕的面，說要罩著她。怎麼，自己沒規矩也就算了，還想帶著妳妹一起沒規矩？」

「規矩是死的，人是活的。父皇，您事事都講規矩，人生還有什麼樂趣可言？」楚攸寧一臉「你白活了」的表情。

「若是人人都像妳這般不把朕放眼裡，天下亂套了。」

楚攸寧順口一答。「我不把您放眼裡，我把您放心裡了啊。」

景徽帝一聽，再多的氣都消了。這丫頭總能在把人氣壞了的時候，又給甜頭。

沈無咎有些不是滋味，媳婦好像都沒對他說過這麼甜的話。

最後，幾人商議妥當，先不把許玲玥的身分說出去。

一會兒後，許玲玥回到一行人當中，看起來心情愉悅，彷彿心裡放下了石頭，整個人更明媚了。

「許姑娘，妳沒事吧？」沈思洛上前關心。他們看到劉正趕人，才知道許玲玥面聖了。當初意外撿到許玲玥後，四哥好似知道什麼，也不問來歷，就交代一定要把人帶回慶國。這不，一看許玲玥面聖還要屏退左右，就覺得事有點大。

許玲玥面對這麼多關心自己的人，心裡暖暖的，明明只是萍水相逢，卻比她在荊州認識的人好得多。

她笑著搖頭。「陛下就是問問越國人如何擄走我的。」

大家知道事情沒那麼簡單，不過她不說，必然是不能說。

「沒事就好。」沈思洛點頭，看向坐在一旁拿書不動的姜塵。「姜先生還在找妳呢。」

「對對對，姜叨叨想找人叨叨，轉頭發現沒人，心神不定呢。」陳子善拉長了音揶揄。

許玲玥沒深思，走過去，發現姜塵手裡的書還停留在同一頁。「姜先生，方才我離開時瞧見你看這一頁，怎麼我回來了，你還是在看這一頁？這頁書上寫了什麼讓你不解嗎？」

姜塵頂著滾燙的耳朵，一本正經點頭。「是有些想不通。」

「不如去問問攸……公主？公主那麼厲害，一定知道。」許玲玥興匆匆地提議。

姜塵怔了下，迅速翻過那一頁。「我現在想通了。」拿著書去問公主，他怕被公主扔飛。誰不知道公主不喜歡看書，一看到書就頭疼，不然也不會給他安個姜叨叨的外號。

許玲玥點點頭。「那就好。以後先生有何不懂的，可以去問公主，公主一定能解答。」

姜鏖忍不住抬頭看她，不過是面聖回來，怎麼好似變了個人似的，口口聲聲都是公主。

他看了眼又在跟沈無恙講過去的沈思洛，此時的許玲玥可不就是第二個沈思洛嗎，八成是公主在陛下面前維護她了。

姜鏖可以想見，以後許玲玥不用躲在他身後，而是躲在公主身後，如果不怕駙馬的話。

「姜先生，我臉上有何不妥嗎？」許玲玥摸摸臉。

姜鏖搖頭。「並無，我只是覺得公主事情頗多，這等小事還是不要去叨擾她為好。」

許玲玥想到一路都是楚攸寧在前頭開路，深以為然。「那你別去了，實在不懂就……多看看吧，多看看就懂了。」

姜鏖。「……」

「二哥，你可還記得我八歲那年，大姊把我新衣裳畫花了，你把大姊訓了一頓，還帶我上街玩。」

「還有，你隨父親出征的時候，我給你繡了個醜醜的荷包。」

「你記得二嫂嗎？她常念叨你，說起在邊關的日子。二哥，你真的一點都想不起來？」

這是沈思洛日常念叨的事，但沈無恙始終沒給出半點回想起來的反應，往往沒聽她說完就跑掉了，還會回一句「不知道」。因為剛學會張嘴說話不久，聽起來還有些含糊。

沈思洛忍不住有些沮喪，這樣的二哥，如何帶回去面對二嫂啊。

但四哥顧慮得對，要是讓他有了符合這個年紀的心智，等和二嫂見面的時候，卻不認得二嫂，完全是個陌生人，那才更傷心，還不如讓二嫂面對這樣純真無邪的二哥呢。

「一定會好的。」裴延初走過來安慰她。

「但願吧，我想迫不及待把二哥帶回去見二嫂，又想再等等，等二哥恢復記憶再帶回去，給二嫂一個驚喜。」

「看妳四哥如何打算。」裴延初覺得沈無咎最近不會回京城，慶國要攻打越國，他是元帥，自然不能拋下戰場離開。

沈無咎不走，想必公主也不會回去。公主不回去，身為公主侍衛，他們也不可能回去。照他說，他們這一行人最少得要大半年後，才能回到京城。

裴延初猜得沒錯，打發走許琀玥，楚攸寧和沈無咎便跟景徽帝說起攻打越國的事。還活著的沈無恙在景徽帝面前過明路，導致亡國的美人身分也搞清楚，接下來就剩揮兵攻打越國的事了。

早在越國大亂的消息傳來時，景徽帝就下旨讓各地兵力過來支援，想趁越國大亂，舉兵攻打。只不過之前楚攸寧沒回來，生怕她在越國京城出了意外，不得不先按兵不動。

如今人好好的回來，可以開始攻打了。

「朕如今就擔心晏國那邊，已有消息傳來，越國派人去晏國，極有可能想聯手攻打慶國，倘若越國給出火藥製法作為條件，晏國必然會答應。綏國那邊，倒是不用擔心，沈五說他回來的時候，綏國正忙著爭奪皇位，一時無暇幫越國攻打慶國。」

楚攸寧算算時日，越國皇太孫應該到了晏國邊關，收到她送的大禮了吧？

「父皇，您放心，晏國沒工夫來攻打咱們。等他們騰出手來，咱們已經打過去了。」楚攸寧篤定地說。

「這又是祖宗告訴妳的？」景徽帝笑問。

楚攸寧點頭。「對，祖宗的話您得信。」

「想當誰祖宗呢？」景徽帝瞪她。

「您就說打不打吧？別磨嘰，打完我要回去看小四。拖太久，小四都要認不得我了。」

「小四現在也不認得妳。」景徽帝堵了她一句，看向沈無咎。

他沒說，其實他還擔心嫁去晏國和親的二公主。

在慶國還是四國之首時，晏國向來與慶國交好，只是這份好在越國強勢崛起，慶國淪為四國之末，被綏國攻打時，晏國就像揚眉吐氣了般，要求要一位公主去和親，結兩國之好。為了不讓慶國陷入四面楚歌的境地，景徽帝只能答應將公主嫁過去。

倘若晏國要與慶國為敵，極有可能會拿二公主當人質。與極力阻止公主去越國和親，避免違背倫理不同，二公主嫁去晏國，早已為人母，心是否還向著慶國都難說。

不管如何，如今在決定慶國生死存亡的大戰之際，沒有任何人、任何事可以逼他低頭，即便把二公主拎到眼前威脅他，他也會狠心親自射殺！

沈無咎點頭，蹲下身拿了根樹枝在地上畫出相關地形，說了他認為可行的作戰路線。

楚攸寧也說，他們回來時，守城門的守將都跑去支持李承器造反，現在攻打越國，跟進自家家門沒什麼兩樣。

景徽帝深深看了她一眼，似乎看穿什麼，又似乎什麼也沒看穿。一拍板，開戰！

慶國和越國將面臨一場生死存亡之戰，景徽帝想在邊關就近設立製作火藥武器的地方，早早讓人去搜集材料，源源不斷運來，挑可靠的人就地製作，保證火藥武器不能斷。

一決定好要攻打越國，楚攸寧讓陳子善等人先回京城，順便把沈無恙帶回去，結果一行人走了沒一日，又回來了，是追著沈無恙回來的。

如今的沈無恙心智比歸哥兒高不到哪兒去，一切認知都是重新開始。

沈無恙一跑回來就瞪著楚攸寧，那眼神是妥妥地控訴，說她不要他了。

楚攸寧一臉懵，沈無恙明明把她當壞人，卻又依賴她，這是不是傳說中的雛鳥情結？

沈無咎見狀，也怕沈無恙回去的路上沒人管得住他，又出意外，乾脆讓他們留下了。

寫家書時，他猶豫要不要說二哥還活著的事，最終決定不說，怕二嫂不管不顧跑來戰場。

第一百零九章

這一日，也是掀開慶國統一四國的篇章伊始。

旌旗獵獵，戰鼓雷鳴。數十萬大軍聚集列陣，黑甲紅衣，密密麻麻，陣勢浩蕩。誓師聲音綿延十里，響徹雲霄。

多少年來，慶國一直受越國欺壓羞辱，如今終於宣布開戰，討伐越國。慶國能否徹底站起來，就看這一戰了，不成功便成仁。

就在大軍即將開拔的時候，又一個好消息傳來，越軍和晏國開戰了！

景徽帝聽到時，震驚得無法回神，隨即龍心大悅，拿這消息來鼓舞士氣。大軍士氣沖天，彷彿已經看到勝利在朝他們招手。

沈無咎就知道這是楚攸寧送給皇太孫的大禮，讚賞地朝楚攸寧看去，楚攸寧驕傲地挺起小胸脯，深藏功與名。

很快地，旌旗在戰火的風中獵獵招展，號角聲震盪山谷，兩方大軍呼嘯迎擊，炮火轟鳴，各種兵器鏗鏘相撞。

沈無咎和楚攸寧率領的兵，更是成了一支虎狼之師，兵鋒所指，所向披靡。

越國本就被楚攸寧等人弄掉了大半火藥武器，崔巍當日支援，乘勝追擊，又奪下一城。

而楚攸寧回來時，暗示守城將領去支援李承器造反，只要攻下重軍把守的第一個城關，再往前，慶國的大軍攻城如探囊取物。

由於慶軍每進一座城，就先派人進城承諾不擾百姓，因此，哪怕城破，也沒有以往戰亂時的姦淫擄掠。百姓們有的害怕躲起來，有的站在街道兩邊或樓上，默默注視著城池易主。

楚攸寧大搞特搞一通，原本以為越國老皇帝與李承器這場仗最少也要打上三個月，孰料不到一個月，就傳來李承器被斬下馬背，軍心潰散的消息。

有藩王不願放過這個機會，取代李承器成了義軍之首，卻在層層將士護衛下，第一場仗就被取走首級，甚至沒人看到是如何被取走的。

這下不只軍心潰散，已經造成人心恐慌。如此，這支造反的義軍集結得快，散得也快。

楚攸寧聽到李承器和藩王死得那麼離奇，微微皺眉，總覺得這手法有點熟悉。

越國老皇帝似乎知道，事到如今，就算澄清他的血脈謠言，也堵不住天下悠悠之口。只要他繼續強大無敵，統一四國，是誰的血脈又有何關係。

這邊反賊一平定，他開始下令，攻打慶國。

原本他還想著晏國能幫忙拖住慶國的腳步，等他這邊收拾完反賊，再一舉攻下慶國。孰料皇太孫一到邊關，就下令攻打晏國，但他命皇太孫統領邊關兵力，是為了讓他跟晏國一塊兒攻打慶國的！

越國老皇帝終於開始起疑，好像自從攸寧公主出現在越國後，所有人都中了邪般，信王突然造反，李承器篡改兩國血脈混淆真相，細想就知道這裡面的不尋常。

已有兩個例子在前，他不得不懷疑攸寧公主能操控人，甚至比福王說的超能力更厲害。若是這樣，失去福王跟獸人，換回這麼厲害的孫女，也是值得。

世上還有何能力比能操控人為己所用更厲害？他就不信，集盡越國兵力，還拿不下她！慶國以為這樣就能滅了越國嗎？那也太小看越國了。

楚攸寧不知道越國老皇帝已經把她的底猜得差不多，還妄想要她為他所用。

這會兒，她正靠在一輛破損被丟棄的戰車上，看著慶軍打掃戰場。

戰場死屍伏地，大多是敵人的，濃濃的血腥味與刺鼻的硝煙夾雜在一起，瀰漫在空氣中，是一種悲涼的味道。

戰爭避免不了死亡，她再強大也護不住每個人，能做的就是設法讓每一場仗盡快結束。她曾親自趕去救一個小兵，但是沒救下來，那小兵臨死前說慶國勝利在望，沒白死。

幾乎死去的每一個慶軍都覺得，能死在這一場征討越國的大戰中，沒有白白犧牲。

在這場兩國生死之戰中，楚攸寧彷彿看到了末世最後的結局，人類和喪屍進行終極戰，這場仗將決定最後是人類繼續主宰世界，還是喪屍取代人類，成為世界之主。

在這裡，她能肯定慶國必勝。那末世呢，人類最終會戰勝喪屍，重建文明嗎？

沈無咎結束戰後的議事，尋過來就發現媳婦靠在破損的戰車前，望著戰場，背影孤寂，眼神落寞，一下就心疼了，比那日在實驗室聽到她字字泣血說起她的來歷，還要叫他心疼。

他從腰間的荷包裡摸出一包蜜餞，這是看她愛隨身帶零嘴，也忍不住想投其所好。瞧，這不就派上用場了。

要是讓底下士兵知曉，他們元帥荷包裡裝的竟是姑娘愛吃的零嘴，鎮國將軍威名不保。

「寧寧。」沈無咎走過去。

楚攸寧回頭，嘴裡就被塞了顆甜津津的蜜餞，甜得瞇起眼，低落心情瞬間被甜蜜覆蓋。

「還要。」她張開嘴。

沈無咎把手放到她嘴邊。「先把果核吐出來。」

「果核也是甜的，我再含含。」楚攸寧用力吸了吸。這梅子是用糖漬的，果核裡也充滿酸甜汁液，吸起來有不一樣的味道。

「是不是含著含著，就咬碎吞下去了？」

沈無咎剛說完，只聽「喀」一聲，果核被她咬碎了，牙口還真好。

楚攸寧吸到沒味道了，才把渣渣吐到一邊，張開嘴給他看。

沈無咎這才又餵她一顆。「記得吐果核。」

楚攸寧乖巧點頭，伸手去拿他手裡的紙包。

沈無咎看著她，沒鬆手。

楚攸寧眨眼。「不是給我的嗎？」
「我帶著。」
楚攸寧的目光落在他的荷包上。「你也喜歡吃蜜餞啊？」
沈無咎用手指輕戳了下她的腦門。「幫妳帶。」
楚攸寧立刻鬆手。「那沒事了，多帶點。」
沈無咎忍俊不禁，輕輕捏了下她的小嘴，楚攸寧順勢鼓成金魚嘴給他看。
沈無咎笑著，直接把她的腦袋按靠在肩膀上，順便摸摸頭，望了眼遍地殘骸的戰場。
「在那邊，也是一樣的戰場嗎？」
楚攸寧抬頭看他一眼，又靠回去。「比這裡慘多了，值得欣慰的是，那些屍體不是人類。到處都是腐爛的臭味，把整個世界污染得霧濛濛的。」
沈無咎摟住她肩膀。「會好的。」
「嗯，我也覺得會好。福王搗鼓出的東西都已經毀掉，屍體又燒又炸，再來個升級版的福王也提取不了什麼，而且能製造出那種病毒的原材料，主要是隕石，被我弄成粉末飛散了。如果這個世界真是末世的過去，末世應該不會再發生。」
福王，覆亡，就算和末世不是同一個世界，被福王這麼搞下去，這個世界可不得面臨覆亡，這封號哪裡是福，分明是禍。
「定然是，興許老天送妳來這邊，就是為了阻止福王。」沈無咎堅定地相信。

「這麼說來，我還是救世主呢，哈哈……嗝！」楚攸寧笑得打嗝。

「很喜歡當救世主？」沈無咎問。

楚攸寧搖頭。「只喜歡當能救末世的救世主。」想讓霸王花媽媽們活在那個繁華盛世。

沈無咎抬頭望向越國京城方向，心裡忽然生出一個不可思議的想法。

他低頭看著正偷偷朝他荷包伸手的媳婦，試一試又何妨？

慶軍一路打到越國國都，已有三個月之久，從深冬打到初春，連年都顧不上過。奪下敵方一座又一座城，對慶軍來說，就是最好的年。

春寒料峭，眼看就要兵臨城下，進行生死決戰。

慶軍大軍開拔前的最後一頓飯，是火鍋。之前景徽帝在鬼山吃了火鍋，得知番椒的真正作用後，讓人大量種植，如今收上來，正好拿來犒賞大軍。

一袋袋紅通通的乾辣椒被剁成段，下鍋翻炒，與其他香料製成火鍋底料，倒入一口口大鍋裡。片好的一盤盤肉、一筐筐蔬菜，但凡這時候有的、能放鍋裡涮的食材，全備上了。

這幾個月征戰，行軍埋鍋造飯都是亂燉，有什麼食材全往裡放，撒點油鹽就能吃。遇軍情緊急時，吃的便是自帶的地瓜、大餅等乾糧，這頓火鍋對他們來說，無疑是一場盛宴。

本就綿延數里的軍營，上千口鍋散發出來的香味，能飄出方圓十里，飄到敵軍那邊。

越軍向來以物產豐饒、吃食豐富而沾沾自喜，卻被這股從未聞過的香味勾得垂涎欲滴。

一向被他們踩在腳底下的慶國，竟然有越國沒有的東西？這不合理！慶軍這邊吃完火鍋，又喝完壯行酒，寓意必勝的摔碗聲此起彼伏。

越國老皇帝早將所有兵力收攏到京城，打算背水一戰，不過沈無咎覺得沒那麼簡單。果然，兵臨城下，城門緊閉，城樓上空無一人，整座城彷彿一夜之間陷入沈寂。這樣的畫面寂靜得有些詭異，令人看了心裡發毛。

不一會兒，代表越軍的旗幟緩緩升起，隨著旌旗出現的，還有一個個緩緩露頭的人。看見出現在城樓上的人，沈無咎猛地沈下臉。

「別炸我們！城裡都是我們這樣的，求求你們！」城樓上的百姓哀聲哭喊。

是的，百姓。越國老皇帝的最後一戰，居然用自己的百姓來當護盾，如此喪心病狂的行徑，顛覆慶軍對人性的認知。

慶軍一向遵守兩軍交戰不傷無辜百姓的準則，卻沒想到有朝一日成了敵人拿來威脅他們的軟肋。

「卑鄙！竟然拿百姓來阻止我們攻城！」崔巍暴怒。

出現在城牆上的百姓，一個個身上綁著天雷，引線相連，一旦他們使用火藥武器，相當於置那些百姓於不顧。

聽他們的話，不單城樓上，城裡都是，這是要他們不能用火藥武器，只能挨炸。即便他們成功攻城，只要百姓身上的天雷被點燃，他們也會被炸死。能拿出一城百姓來犧牲，想必城裡各處也埋滿了天雷吧。

娘的！真把他們逼急了，一城百姓又算什麼，自古打仗哪裡沒有犧牲。而且他們一路打過來，沒對越國百姓掠奪，連吃的都是拿錢跟他們買，已經算仁至義盡了。

這一城百姓，只能怪他們的君主殘暴不仁，怨不得他們。

最後一戰，景徽帝御駕親征，自然要親上戰場，既為鼓舞士氣，也是見證越國滅亡。不過，他待在後面最安全的方陣裡，為了他的安全，楚攸寧還特地留下來保護他。

發現城樓上的動靜，楚攸寧施展精神力去看，果然看到城裡的百姓都被綁縛雙手，胸口纏著裝有火藥的罈子，被趕到大街上，密密麻麻，神色淒然麻木。

她生氣了，比當日在地宮發現人體實驗還要生氣！不把人命當命，早知道這個毫無人性、完全喪失人格的越國老皇帝比福王還危險，當日就該不顧一切先弄死他。

這時，越國誠王出現在城樓上喊話。「你們陛下呢？既然是御駕親征，都是最後一戰了，不出來見見自家兄弟嗎？」

在場除了沈無咎和楚攸寧，在場的將領也聽到一些流言，說他們陛下是越國血脈。不過，他們更願意相信越國老皇帝是慶國的血脈。

「朕在這裡。」景徽帝讓車駕上前，這時候更得表示自己行得正、坐得端。

誠王看到景徽帝身邊的楚攸寧，立即移開眼，還後退一步，讓一個兵卒擋在身前。

楚攸寧一看就知道，對方可能被越國老皇帝叮囑過，說她有特殊能力了。只是，以為這樣就能阻擋她了嗎？天真！

她惡意地齜牙一笑，凝出一股精神力朝他射去，高喊。「你們陛下呢？都是最後一戰了，還不出來見見我父皇這個血親嗎？」

誠王想反駁，腦子有剎那的凝滯，然後說出口的話就不由自主了。「父皇說強者為尊，只要成為天下霸主，何須在意自身是什麼血脈。」

「這麼說，你父皇是承認他自己是慶國血脈了？」

「是！」

楚攸寧扭頭，向景徽帝邀功。「父皇，您看，他承認了。」

景徽帝心裡也樂開了花，但還是忍不住瞪她一眼。「別動不動就讓妳祖宗顯靈，朕聽說鬼上身久了，身子會不好。」

楚攸寧一怔，景徽帝是彆扭著關心她呢，竊笑道：「要不，讓祖宗上父皇的身試試？」

景徽帝渾身打了個顫，輕斥。「在戰場上呢，正經點。」

楚攸寧立即坐直身，看向越國國都的城樓，杏眼裡熠熠生輝。

她用精神力掃過了，老皇帝不在她精神力找得著的範圍內，看來是躲起來防著她呢。

既然這樣，那她進去找他好了。擒賊先擒王，不管在哪個世界都是百試百靈的戰術。

楚攸寧看向跟在旁邊的沈無恙。「二哥，你護好我父皇。護不好，我就不帶你玩了。」

自從讓陳子善等人帶沈無恙回京城，他又跑回來後，也不知道是什麼心理，就一直跟著她了。別說歸哥兒，連小木劍都留不住。

最終，沈無咎無奈，只能讓他一塊兒上戰場，跟在楚攸寧身邊。甚至還抱著一絲希望，興許讓他回到熟悉的戰場，他會想起往事。

於是，沈無恙仗著動作快、力氣大、眼力好，殺紅了眼。在戰場上常常出現滑稽的一幕，就是楚攸寧和沈無恙一塊兒殺敵時，敵人都繞著他們走，以至於兩人想殺敵，還得靠搶的。

沈無恙看看景徽帝，又看看楚攸寧，從馬上跳到車駕上，坐在景徽帝腳邊，眼睛如稚子般無邪。

「知道了，妹妹。」

景徽帝揉額，每次聽沈無恙喊閨女妹妹，總讓他有種多了一個兒子的錯覺。

「二哥乖。」楚攸寧誇上一句。

沈無恙獲得做人的暗示後，起初是跟著歸哥兒喊公主嬸嬸，後來被沈無咎糾正，要他喊弟妹，不知怎的喊成了妹妹，無論怎麼糾正都改不過來，只好由著他，總比喊公主嬸嬸好。

她聽沈無咎和沈思洛說，沈無恙剛正憨直，再不恢復記憶，她都要喜歡這樣的二哥了。

第一百一十章

城樓上，越國太子一看就知道誠王中招了，趕緊讓人把誠王帶走，自己越發警惕起來，直接揮動旗子，下令準備進攻。

「元帥，攻還是退？」崔巍看見城樓上的越軍已經將火炮裝上彈藥，急問。

披著紅色戰袍的沈無咎面容冷峻，手握韁繩，望著城門，心裡閃過一絲掙扎。但想到身後還站著千千萬萬的百姓，這一戰無論如何是不能退的。

他眸光一狠，正要下令，就見景徽帝身邊的旗官已經先一步揮動旗幟，收到進攻的命令，狠下心，率軍開戰。

這時，楚攸寧已經來到越國的護城河前。

護城河是一條環繞整座城的壕溝，引水注入成河，每個城門對應一架吊橋，城門關閉，吊橋收起，城門打開，吊橋放下，供車馬行人通過。既可維護城內安全，又可以阻止攻城。

楚攸寧看著護城河裡的水，她還沒試過隔空移水呢。

她閉上眼，調動精神力，將護城河裡的水包裹成團，再分化成無數水滴，朝城樓灑去。

城樓上被用來當護盾的百姓們，原本瑟瑟發抖，哭著喊著希望慶軍不要對他們用火器，突然感覺到額頭上一涼，抬頭就看到豆大的雨滴砸落下來。

他們立時喜極而泣，神色激昂地哭喊。「老天有眼！下雨了！」

城下慶軍齊齊抬頭，下雨了嗎？日頭還在呢，天空也還是那麼藍。又朝城樓上望去，只見雨珠密密麻麻落下，確實是下雨了沒錯。

躲在角樓裡的越國太子聽到外頭動靜，立即朝窗外伸手，卻未接到一滴雨，但被押在城牆上威脅慶軍的百姓那裡，獨成一幕水簾，不光將百姓打濕，連剛放上的火炮也被淋濕了。

越國太子有些慌，縱使閱盡天下奇書，也沒有這樣詭異的事，莫非真是老天看不過去？不不不，若老天當真看不過去，又怎會讓仙人給福王託夢，讓越國強大如斯。越國才是得天眷顧的那一個。

「給孤開炮！射箭！」越國太子下令。

看到旗幟的將軍立即讓點炮手點炮，點炮手重新換了個火把，卻怎麼點也點不著。

「老天開眼了，越帝殘暴不仁，天理難容！大家準備攻城，雲梯架橋，過護城河！」崔巍見狀，乘機拔劍，高呼鼓舞士氣。

護城河的幾座吊橋都被收起來了，他們要攻城，只能先架雲梯過護城河。

沈無咎皺眉沿著護城河邊看，沒看到楚攸寧，但這雨八成是她弄出來的，與老天無關。長年打仗，他也能對天氣判斷一二，晨起露珠重，證明今日天空晴朗，日頭大，不可能有雨，還只下在城樓那些綁有天雷的百姓身上。

果然，他很快就發現護城河的水緩慢下降，那些雨根本就是護城河的水！趕緊下令進攻，讓人注意不到護城河的水位有異。
陳子善他們對公主有特殊能力心照不宣，景徽帝應該也心裡有數，但不代表能讓天下皆知，萬一有人想不開，將她打為異類呢。
楚攸寧玩水越玩越溜，離得近的慶軍只看到他們的公主站在護城河邊，閉上眼，好似在感應什麼。
軍中早就流傳公主有對順風耳，能在大老遠就聽到前面的動靜，從而做出最正確的判斷。這會兒見她如此，只當她是在聽風預判。
楚攸寧用她的精神力，將一條條水柱化為水滴，朝城內飛去，甚至還凝出一條水龍飛過城樓，往城裡那些被押到大街上的百姓而去，最後化成雨滴，打濕每一個人。
「下雨了！老天也看不下去狗皇帝幹這大打雷劈的事了！」
城裡的百姓淋著雨歡呼，甚至用嘴去接，往旁邊的人身上綁著的火雷引線上噴，只要打濕就燒不著了，燒不著就炸不了了。
今日一早，城外的十幾萬大軍湧入京城，城門關閉，連城外的吊橋都拉起來了。不准出去不說，還將他們這些百姓抓起來，聚集到一塊兒，綁上火雷，把沒綁上的百姓圍在裡面。曾經讓其他三國聞風喪膽的東西，沒想到有朝一日會用來炸死自己的百姓。
聽說慶軍每奪下一座城，只要城裡百姓不亂，慶軍就不會搶奪傷害他們。現在他們巴不得慶軍快些打進來，快些打贏，這樣不將百姓當人的國家不滅亡，還留著做什麼。

有些負責看守的將士發現了，想上前阻止，被同袍拉住。兩人對視一眼，有些掙扎，最後看向別處，選擇當作看不見。他們本應該保家衛國的，也不願拿自己的百姓開刀。

越國人本來就因為這雨只下在他們這邊，只下在百姓身上，感到詭異和害怕。水龍一出，軍心更是不穩。

看到水龍，沈無咎放心了，媳婦還能玩出花來，看來給城裡下一場雨，她還應付得來。

「劉正，你看到沒有，天降水龍，足見越國此舉有傷天和！」景徽帝激動得站起來，結果又被沈無恙按著坐回去。

沈無恙盯著他。「妹妹說不准動。」

景徽帝氣結，他閨女替他安排了個二愣子，今日他是離不得這車座了。

「劉正，你教教他何為尊卑，別仗著不記事，就可以不敬朕。」他都要懷疑，這是仗著沈無恙不記事，在為沈家出氣呢。

「是。天佑陛下，天佑慶國。奴才這就好好同沈二爺說。」劉正忍著笑道。

景徽帝也是不容易，拿攸寧公主沒轍也就算了，打也打不過，說也說不過。如今又多了個沈無恙，記憶一片空白，什麼都要從頭開始學，像個傻子似的，但誰會同傻子計較呢。

楚攸寧將百姓身上的火雷打濕還不夠，還將埋在各處的火雷淋濕，確定所有綁在人身上的火雷再也點不著，才收回精神力。

炸藥的問題解決了，楚攸寧見雙方已經開戰，直接過去從其他小兵手裡接過一座雲梯，自個兒扛著，風風火火過護城河。

那麼嬌小的人舉起一座需要兩個人才抬得動的雲梯，踩著架在護城河上，輕鬆過河。她舉在頭頂上的雲梯，彷彿沒有重量，還總能巧合地避開箭矢、火雷、石頭、火球等。

這簡直是大戰中最醒目的奇景，看到的人都有些懷疑，他們不是在戰場，而是在夢中。

沈無咎自然也瞧見他媳婦勇猛地朝城樓進攻了，就知道讓她乖乖守在景徽帝身邊是不可能的。雖然很想追上她的腳步，但他不能，身為元帥，他還要指揮這場攻城之戰。唯有盡快攻進去，盡快和她會合，方能放心。

坐在後方車駕上的景徽帝也看見了，差點把心嚇出來，站起來急喊。「把公主攔下！」

劉正望了眼，實話道：「陛下，怕是攔不住。」不是說只是去看看，他就不該信她的話。

景徽帝氣悶，看著又想把他按回位置上的沈無恙，沒好氣道：「朕自己坐，不用你按。」

「我也想去。」沈無恙怨念地瞪著景徽帝。

景徽帝更氣。「這是怪朕拖住你了？」

「就是。」沈無恙氣鼓鼓地扭過身，繼續看楚攸寧登城樓。

景徽帝怒了，對劉正說：「朕要是下令砍了沈二，沈無咎會造反的吧？」

劉正笑著安撫他。「陛下息怒，不光是沈元帥會造反，公主也會。」

「行了，連你也敢取笑朕。」景徽帝瞪他一眼，指指沈無恙。「朕且先記著，等哪日沈二記起一切，再跟他算帳。」

楚攸寧將扛著的雲梯往城牆上一搭，將射過來的箭矢、火球等用精神力挪開。

原本想來保護公主的慶軍發現，公主這架雲梯不受任何攻擊，紛紛緊跟在後往上爬。有楚攸寧在前面清除障礙，後面的人只受到旁邊波及而來的攻擊，沒一會兒，一個個都跟著她順利登上城樓。

「快，射死她！用火雷炸！」越國太子眼看楚攸寧就要上來了，嚇得急急下令。

父皇不是說有法子能抓住她嗎？還說用百姓的性命能拖住慶軍，結果慶軍不但沒退，攻城之勢還如此之猛，連老天也站在他們那邊。

楚攸寧聽到這話，用精神力控制住點燃的火雷，扔向越國太子所在的位置。

越國太子眼睜睜看著士兵將點燃的火雷朝他拋過來，以為這人被楚攸寧控制了，急忙下令。「殺了他！但凡看到身邊的人有異狀的，立即殺了！」

幸好這裡是角樓，比較高，火雷沒扔上來，落在地上就炸開了。

楚攸寧就這樣堂而皇之上了城樓，奪走攻擊她的人的武器，一手拎一個對對撞，把人撞暈過去就扔開。頭一偏避過利箭，手一抬，又扔掉殺過來的士兵，唯有對上指揮的將軍，才多花了幾招解決。

就在她登上城樓的時候，一支越軍從後方打過來，是由據說造反被關起來的信王帶隊。

沈無咎早猜到會有越軍從後突襲，他揮動旗子，指揮藏在暗處的裴延初帶兵作戰。

越軍想用信王來個出其不意，也可以用越國斥候探不到的人領兵對抗，再加上方陣後面的兵向後支援，如此形成包餃子之勢，越軍城裡兵馬出不來支援，這支突襲兵馬不足為慮。

楚攸寧見下面還應付得來，精準找到負責守著吊橋的人，扔一個精神命令過去，讓他們把三座吊橋放下，打開城門。

「快，射殺放吊橋的人！」

楚攸寧見她控制的人一個個被射殺，直接控制一批人放下吊橋，還有那些頂住城門的人，全得到她的精神暗示，打開城門。

楚攸寧回頭，看向越國太子藏身的位置，小嘴一彎，太子頓時覺得背脊發涼。

「敲鑼打鼓，奏樂，別受她蠱惑！」

楚攸寧看著那瘋魔的場面，嘴角一抽，以為這樣能干擾她的精神力？如果這些人換一身衣服，就成抓鬼現場了。

她正想要用精神力控制住太子跳下來，結果太子居然跑了？

楚攸寧不管他，將堵在垛口阻止慶軍登城的敵軍扔開，站在城樓上往下看看沈無咎帥氣揮動令旗指揮戰場的畫面，轉身跑下城樓。

最快結束這場戰爭的法子，就是抓住越國老皇帝。

下了城樓，楚攸寧豎起精神屏障，她進來的目的，可不是帶人逛逛的。

她施展精神力搜索，很快就知道越國老皇帝在哪裡，竟然不在皇宮，而是在靠近另一邊城門的別院裡，這是做好了隨時跑路的準備？

楚攸寧快步穿梭在滿城越軍中，挑了匹沒主人的馬朝目的地跑去。別人看到的情景，只是一匹受驚的馬在狂奔。

很快，她到達越國老皇帝所在的別院，別院裡布滿死士，三步一哨，五步一崗。換成別人，還真不容易進去，但這些屏障對楚攸寧完全起不了作用。

她扛著刀，大搖大擺從死士眼前走過，死士只覺得有縷微風從眼前拂過，還有一絲淡淡的果香味。

楚攸寧來到老皇帝待著的屋子，四面窗戶都敞開，不但有比外面多一倍的死士層層把守，門窗還鋪滿石灰粉，明顯是在防她。

她記得在一本書上看過，說一個人死後有頭七回魂夜，逝者家人會在屋裡的地上撒香灰，第二日看看地上有沒有腳印，便可確定死去的人有沒有回來。

楚攸寧覺得，她現在就是一隻被防著的鬼。

暗處還有弓箭手對準這邊，只要她控制住門口這些人，暗處那些弓箭就會朝她射過來。時間緊迫，還沒抓到老皇帝，她不想先應付源源不斷的死士。

楚攸寧用精神力往屋裡一探，看見老皇帝還能悠閒喝茶，嗯，旁邊還有一盤棗泥酥。那盤棗泥酥看起來很好吃的樣子，她已經迫不及待想進去打破他的悠閒了。

她想著在外面直接用精神力控制老皇帝，然而，居然沒成功？

可能是老皇帝心裡對她早有防備，一直用意志力抵擋著她，或者再加上所謂的帝王威壓，看來還得再近一些。

就在楚攸寧猶豫著要不要直接打進去的時候，一個死士匆匆跑來，在石灰線外停下。

楚攸寧控制他快步往前，踏入石灰線內，推門而入稟報。

「陛下，攸寧公主登上城樓，控制我們的人將吊橋放下，打開城門，慶軍很快……」

「把他殺了！」

老皇帝見這人闖進來，直接下令，還揮手讓屋裡的死士都圍上來，警惕四周。

上一個來稟報天降怪雨的死士，是站在石灰線外稟報的，這人卻直接闖進來，很難不讓他懷疑他等的人來了。而且，方才這死士來之前，他腦子裡，好似有些微拉扯。

一聲令下，那死士立即被格殺。

老皇帝看著四周，總感覺楚攸寧就在這裡。

他笑盈盈地說：「攸寧是吧？妳控制李承器，對朕的身世造謠，想必知道妳父皇是朕的兒子了。說來，這還是我們爺孫倆第一次見面呢，不出來見一見祖父嗎？」

老皇帝不知道，楚攸寧已經站在他面前，正想對他當面使用精神力，不知是不是老皇帝太敏銳，出於直覺，突然奪過一個死士的刀朝這邊扔來。

楚攸寧本來要控制人的精神力，轉而控制住那把刀，停在半空。

「人就在屋裡，動手！」老皇帝退到最旁邊。

話音一落，楚攸寧看到早藏在屋頂上的人張開一張大鐵網朝她網下。這網張開來，能覆蓋整間屋子，就算看不到也能把人網住，的確是個有腦子的法子。

她將精神力變成刀刃，割開鐵網，同時現身在屋子裡，手握大刀，鬥志昂揚。

那些死士見沒網住她，立即朝她殺過來。楚攸寧眼神一凝，舉著刀殺到眼前的死士，瞬間朝老皇帝殺過去。

老皇帝沒讓護在他身邊的死士動手，防的就是這個，看向楚攸寧的眼光更加癲狂火熱。

這就是他一直想要的，單這種控制能力，就能勝過百萬雄兵！

第一百一十一章

楚攸寧剛控制住那些死士，緊接著一支支浸了麻藥的暗器，朝她發射而來。她回身，用精神力將那些暗器全退回去，射進那些人的體內。窗外倒了一批人，又有一批人補上。

老皇帝臉色丕變，他只猜到她能控制人的神智，卻沒料到她還能控制物！

「還不出手！」老皇帝大喊。

楚攸寧以為對方又出什麼大招，只覺眼前一花，一個快到出現殘影的人朝她衝過來。剎那間，她扣住對方想給她打麻藥的手，四目相對。

看來連福王都不知道自己漏了條魚，這魚想必就是讓李承器和藩王死得那麼離奇的原因。身手快得普通人根本捕捉不到身影，哪會發現是被人殺的，簡直像末世的速度異能者。

這人一身黑衣，戴著黑色面具，面具後的眼睛冰冷無情，跟毫無情感的死士一般無二。

對方顯然沒料到楚攸寧竟能捕捉得到他的身影，愣了下，另一隻手拔出匕首，朝她的脖子揮過去。

老皇帝原本以為勝券在握，沒想到楚攸寧連這樣的身手都攔得下，再這樣下去，還有機會抓得住她嗎？

他下令，讓所有死士全上去纏住楚攸寧，不給她施展精神力的機會。這會兒，他有些後悔了，她比他以為的還要厲害。這樣的人就算用藥麻倒，用金針也控制不了她，而且隨時會被反撲。

與此同時，楚攸寧避開朝她脖子揮來的匕首，也將那隻手扣住，直接將人踹出老遠。那人在空中翻轉，單膝跪著落地，再度風馳電掣般朝楚攸寧攻擊。

楚攸寧剛應付完一波死士，那人又衝上來了，便施展全方位的精神力。她的身手快不過他，但她可以用精神力捕捉。他過來她就打，手上動作同樣揮出殘影，簡直跟打地鼠似的，一打一個準。

再次將那人踹飛後，楚攸寧看著一群蜂擁過來的死士，以及妄想抓住她的老皇帝，露出賭徒般的笑。

「我就不信了，一個糟老頭子還能比得上十級喪屍！給我爬！」

楚攸寧直接爆發十一級精神力，站在那裡，刀指老皇帝，眼神堅定，衣袂無風自動，嬌脆嗓音喊出破九霄的氣勢。

死士都被老皇帝下過命令，提高警惕，封閉五感。饒是這樣，在楚攸寧的十一級精神力面前，這點意志力不堪一擊。

爆發的精神力無差別攻擊，蜂擁而上的死士瞬間停下來，一個個不受控制地放下武器，趴在地上爬。

就算看不見，老皇帝也能感覺到一股無形的波動侵襲大腦，迅速抽出佩劍，劃傷掌心，想以此來破了她的控制。然而，疼痛只是剎那，腦子裡僅剩下她的聲音：給我爬！

「帶我走！」老皇帝強撐著最後一絲神智，讓那人帶他走，以為只要逃出楚攸寧的控制範圍，就沒事了。

根據她之前留下的痕跡，他知道她能控制人，但速度跟尋常人一樣，想追也追不上。

爆發完精神力，楚攸寧腦子有些嗡嗡疼，比上次控制爆炸的炮彈還嚴重，好像被吸乾水分，有點乾涸了。

想不到，在這個世界，她還有爆發精神力的機會。

一道身影從眼前掠過，楚攸寧抬頭看去，是剛才那個人。

他在發現不對勁的時候，利用速度離開她的精神力範圍，這會兒又回來了。

楚攸寧握緊刀站起來，就算她的精神力受損，對付他還是綽綽有餘。

然而，那人卻是逕自越過她，拎起膝蓋快要著地的老皇帝。

楚攸寧知道這是老皇帝的退路，且胸有成竹。她能讓他如願嗎？必須不能啊！

她拿刀劈過去，隔開那人去抓老皇帝的手，把老皇帝踢到一邊。

「找死！」那人撿起地上一把劍，朝她殺過來。

楚攸寧拚著頭痛欲裂，給他套了個迷宮幻象。在末世時，她沒事就畫迷宮玩，這個在腦中一想就能成。

那人覺得眼前一花，換了個天地，覺得他在走迷宮，實際上是在屋裡亂揮一通，跑過來、跑過去，看著像個神經病。

「不，不可能……」

老皇帝看到自己的退路沒了，掙扎著說完這話，腦子徹底失去自主，聽從於命令，徹底彎下他尊貴了一輩子的膝蓋，整張老臉都是猙獰的。

楚攸寧揉了揉脹痛的腦子，上前拎起老皇帝，先把人帶出去讓敵軍投降，才是正經。

就在楚攸寧把老皇帝往外拎的時候，陷在迷宮幻象裡的男人突然一劍將屋裡的條案劈成兩半。

剛走到門口的楚攸寧聽見砰的一聲，勉強用精神力掃去，條案燭臺倒下，觸動連接在地下的機關割斷繩子，落在燈燭上。燃燒的繩子纏著引線，點燃埋在別院四周的火藥包。

看來，老皇帝是想著，就算最後抓不住她，也要把她炸死在這裡。

楚攸寧看看還陷在迷宮幻象裡的男人，他可能是這世上除了她之外，唯一一個擁有異能的人，就這麼死在這裡，實在有點可惜。

楚攸寧扔下老皇帝，撿起地上掉落的麻藥針，上前扎進那人的身體裡。

那人回頭，想反擊已經來不及，楚攸寧直接一拳打昏他，再一手拎起一個往外跑。

轟隆！轟隆！

身後接連傳來爆炸聲，楚攸寧全力跑出別院的瞬間，別院被炸平，還在屋裡爬著的死士一個不剩，煙塵炸起一朵蘑菇雲。

沈無咎剛帶人攻入城，聽到那邊響起的轟隆聲，心裡一緊，突然間瘋了，帶著一隊人不要命地殺過去。

被收攏進城裡的越軍似乎早得了命令，將整個京城當作戰場，不顧百姓性命，利用地形之便，與敵人決一死戰，甚至放火燒屋，整座城瞬間成了煉獄，到處都是四處奔逃的百姓。

「他們炸了我們的公主，殺啊！」

慶軍們也以為他們那個英勇無敵的攸寧公主被炸死了，個個紅了眼眶，悲憤凝聚成一股強大的力量，朝越軍殺去。

另一邊，漫天煙塵散去，楚攸寧剛拎著老皇帝站起身，就被一群禁軍包圍了。老皇帝除了死士，自然還有禁軍護駕，看到別院出事，便飛快包圍了別院。

她剛爆發過精神力，不能再肆意使用，無法豎起精神屏障，幸好有老皇帝當擋箭牌。

楚攸寧沒管地上的速度異能者，把老皇帝拎起來，拿了把刀架在他的脖子上。「你們皇帝已經被俘，慶國大軍也攻進來，投降如何？」

「把陛下放下！」前頭一批禁軍用弩箭對準楚攸寧。

禁軍們認為，只有她一個人，還有可能從她手裡救出皇帝。他們的使命就是保護皇帝，哪怕戰敗，也得護著皇帝逃走。

皇帝在，越國就還在。

「不放又怎樣？」楚攸寧見老皇帝老想著往地上爬，乾脆如了他的願，拿刀架著他。「你看，你們陛下都跪下，表示臣服了。」

越國禁軍看著這一幕，崩潰了。平日裡唯我獨尊、至高無上的皇帝，居然跪在地上，跟狗似的爬。

「妳這妖女，定是妳對陛下施了什麼妖法！」有人無法接受效忠了一輩子的皇帝落得這般下場。

「妖法嗎？讓他們投降。」楚攸寧一手拍向老皇帝的腦袋。

這個命令取代了原先的爬行，越國老皇帝站起身，負手在後，對著禁軍說：「傳朕口諭，越國上下棄械投降。」

「陛下！」禁軍統領不敢置信，但看陛下的樣子，又不像是被控制了神志。

楚攸寧見他們不動，挑眉道：「你們要違抗命令嗎？不投降也贏不了，死了有人打你們的娃，接手你們的女人，老母沒人養。死了，就什麼都沒有了，活著還能繼續享受這個世界的美好。你們知道的，慶國從不殺俘虜。」

嬌嫩的嗓音響徹四周，禁軍們開始有些動搖，而後面聽到這些話的兵卒，許是想到家中的妻兒、老母，紛紛放下武器投降。

沈無咎披著血染的戰袍率人衝殺過來，以為迎接他的是更多的敵人，結果這些人沿街放下武器投降了？

他大老遠便看到圍在前頭的禁軍，心裡又喜又急，喜的是他媳婦沒事，急的是能被圍著，八成是傷著了，加快腳步趕過去。

沈無咎的到來，讓這些禁軍徹底沒了鬥志，他幾乎不用打，就順利來到楚攸寧面前了。

他翻身下馬，滿身肅殺來到她面前，看都不看被她抓住的老皇帝一眼，直接扯下扔給身後的程安。伸手想摸她的臉，卻發現手上染了血，趕緊往衣袖上擦。

程安抓住老皇帝，趕緊讓人沿街傳話，說越國皇帝已經被俘，讓越軍速速投降。

沈無咎把手擦乾淨，捧住楚攸寧明顯蒼白的臉，心疼地說：「臉都白了。不用妳施展異能，我們也攻得進來。」

楚攸寧抓住他的手。「那樣傷亡更慘重。」

「既上戰場，又怎可能沒有傷亡。」

「越老帝的目標好像是我，最後也得我出手，你們搞不定。」李承器死得離奇的消息傳來後，她就猜到越老帝可能還有不同尋常的後手，一般人對付不了。

因此，她在戰場上搜索了一圈沒看到人，這才特地交代沈無恙護好景徽帝，不把越老帝抓住，這事就沒辦法結束。

知道她是為大局考慮，但沈無咎還是肅起臉。「從此刻起，妳得跟在我身邊，哪兒也不許去了，更不許再動用異能。」

一般這種時候，楚攸寧就會找話頭逃避，拉著沈無咎來到剛才被她扔在地上的速度異能者面前。

「你看，這就是連福王都不知道的漏網之魚。」

四周禁軍已經投降，程安命其餘人將他們驅趕到一處，他則帶著人守在旁邊，順便押著越國皇帝，以防有人救走他。

第一百一十二章

沈無咎只看了眼趴在地上的黑衣人，把楚攸寧轉過來，拂去她髮上的塵土。「不急，妳的頭疼不疼？」

連越國皇帝都被他扯到一邊了，地上這人更不重要，他現在只擔心她用腦過度。倘若她不是傷著了，斷不會乖乖被禁軍圍住。

楚攸寧見轉移話頭失敗，抬手去扯他的臉。「你別繃著臉，再親親就不疼了。」她記得在哪本書上看過要親親抱抱才起得來的話。同理，要親親抱抱就不疼了。

沈無咎無奈地揚起一抹笑，低頭在她額上親了下，拿出腰間荷包裡被他護得好好的蜜餞，餵她一顆，希望她能好受些。

除了程安外，其餘人全瞪直了眼，他們的元帥竟然帶著蜜餞上戰場！這傳出去，堪比天雷爆炸吧？

楚攸寧甜得瞇起眼，不知道是不是心理作用，腦子的脹痛好像真的減輕了。

她邊吃邊盯著他的荷包，那雙小狗討食似的眼睛，沈無咎哪裡捨得收起來不給她。

楚攸寧抱著那包蜜餞，如獲至寶。「剛才越老帝桌上還擺著一盤棗泥酥呢，可惜了。」

沈無咎失笑。「等城裡安穩，就帶妳去吃。」

關心完媳婦，沈無咎才看向地上的男人。

男人被打了麻藥，又被楚攸寧揍昏過去，趴在地上，身上落了一層煙塵。

楚攸寧彎腰，打算把他翻過來。沈無咎攔下她，不讓她動手。

知道這人有異能，他把楚攸寧拉到身後，彎下身，將人翻過來。

男人臉上的面具早在之前就被楚攸寧一拳打掉，因為出來的時候被楚攸寧面朝下扔在地上，臉上倒是沒有塵土，就是一邊臉有點腫，尤其是靠近太陽穴的眼角。

與戴著面具時的陰鷙不同，他眉峰英氣、鼻骨高挺，唇形略顯飽滿，臉部輪廓線條分明，看著也是個玉樹臨風的美男子呢。

關鍵是……楚攸寧湊上前，看了又看。「沈無咎，為什麼我瞧著他長得有點像你呢？」

沒聽到沈無咎回話，她回頭，就見沈無咎震驚呆滯，一眨也不眨地看著地上的男人，眼眶逐漸通紅。

「寧寧，妳告訴我，他是真的嗎？」沈無咎不敢相信他的奢求當真實現了。

楚攸寧終於發現不對勁，看看地上這張臉，又看看沈無咎，突然福至心靈，瞪圓了眼。

「這人該不會是咱們三哥吧?!」

就這麼一句話，讓鐵骨錚錚的沈無咎立時湧出淚水，模糊了雙眼。

程安聽到這話，也忍不住跑過來，看到地上躺著的人，驚呼出聲。「真的是三爺！」不怪主子不敢認，他也不敢置信，尋回二爺已經是天大的驚喜，誰還敢奢望三爺也活著。

沈無咎激動得無聲落淚，用力攥緊拳頭，喜得不能自已。

二哥和三哥都尋回來，再沒有比這更好的戰利品了！

楚攸寧知道他是期待太久了，換成是她，看到人類徹底消滅喪屍，末世開啟新紀年，也會高興得嚎啕大哭。那是一種經過長途跋涉後的宣洩，不經歷過的人不會懂。

她上前抱住他，慶幸地說：「原來他就是三哥，幸好我最後決定把他拎出來。」

沈無咎控制住心情，抬頭捧住她的臉，狠狠親了口，聲音低沈沙啞。「還好有妳。」他說她是為了阻止福王而來，其實，她是為了他而來才對。

楚攸寧再度望向地上躺著的男人，有些不好意思了。「我好像下手重了點。」

想想她第一次見沈無恙的時候，就把人扔到地上。這會兒見沈無非，她又把人揍昏，幸虧他逃得快，沒受她精神控制，不然讓他在地上學狗爬，等他醒來，那才叫大大的尷尬。

沈無咎蹲下身，探沈無非的鼻息，確認他只是昏過去，摸摸媳婦的頭。「無妨，定是三哥自找的。」

楚攸寧點頭。「就是。他聽越老帝的命令抓我，抓不到就想帶越老帝跑路，我阻止他，他還砍我。」

沈無咎聽了，不得不說一聲沈無非命大。若是他媳婦下了殺心，沈無非焉有命在？

他去喊沈無非，見沈無非沒醒，便扶起來，心情愉悅。「等三哥醒了，公主砍回去。」

楚攸寧懷疑地看他。「沈無咎，你沒事吧？剛才你還激動得掉淚，現在三哥還沒醒，你就讓人打他了。」

「他能活著，皆是因為公主。」沈無咎抬頭，目光灼灼。「公主救他一條命，讓整個沈家得到圓滿，砍幾刀又算什麼。」

楚攸寧趕緊擺手。「不了，砍壞了，我沒法賠三嫂。」

沈無咎嘴角愉快上揚，想到此番回去不但能帶二哥回去給二嫂一個驚喜，還能還三嫂一個三哥，就有些歸心似箭了。

越國老皇帝被俘的消息一傳出去，越軍都愣了下。

有人不信，還想反抗，崔巍說他們的太子跟王爺都逃了，這下越軍徹底沒了抵抗的心。

有被綁火雷的說書先生得救後，憤憤不平，當場擺開臺架子幫慶國勸降。

「慶國的皇帝是個好皇帝，從不傷害敵國百姓。咱們皇帝不是人啊！不但拿自己百姓當人肉火雷威脅敵軍，還要把京城當戰場。自己的君王都不仁慈，還指望敵軍對我們仁慈？

「軍爺們，你們保家衛國，如今家都沒了，國也毀了，還保得哪裡的家，哪裡的國?!」

其中不乏受此磨難的書生也義憤填膺，口誅筆伐，甚至有聰明的想乘機表現，想著興許能在慶國皇帝那裡留個印象，來日科考有益。

於是，沒多久，越軍都降了，只有少數還自恃傲骨的人被斬殺。

越國老皇帝小看了慶軍的軍心，以為拿下楚攸寧就能威脅慶國退兵。他最大的錯誤，就是低估了她的本事，以至於一敗塗地。

越國太子早在看到楚攸寧大顯神通後，便早早帶人從另一個城門逃竄。城外突襲的信王見勢不妙，也早帶著餘下的兵逃走。

義王確定他那日寫的信和送出去的不是同一個意思，得知攸寧公主的本事後，沒那麼盲目，因為他清楚記得，那日還作了個關於奚音的噩夢，於是以率兵在城外支援為由，悄悄帶著家人，往海關方向逃。

越國皇帝的兒子裡，第一個被抓的是瘋癲的豫王，豫王妃早在越國與慶國開戰時，就在屋裡自焚，以免被抓為人質。但知道她身分的人都清楚，那是死遁，從此世上再無此人。

除了逮到豫王外，還有比太子聲望還高的誠王。這麼看來，誠王是被捧高了，更有城府的，該是義王才對。

越國的旗幟被砍下，換上慶國紅底金黃字的旗幟，稱霸幾十年的越國宣告滅亡。

城裡被肅清後，景徽帝以帝王儀駕被迎進城，看著越國百姓夾道恭迎，心中感慨萬分。一年前，他哪裡想得到會有這麼一天。夢裡要麼是楚家列祖列宗的咒罵，要麼是他身世曝光後受慶國上下唾棄，孩子們皆質問他為何要生下他們，讓他們體內流著敵人的血。

如今，不但他的身世被混淆，即便有人存疑也無可奈何，越國也滅亡了。這一切，都要歸功於他閨女啊。

進了越國皇宮，景徽帝沒心思多打量，直接帶著隨行太醫，往沈無咎暫歇的宮殿趕去。他在路上就聽說楚攸寧和沈無咎在皇宮，還叫了被俘的越國太醫，以為楚攸寧受傷了，擔心得不得了。之前他在城外聽到城裡大軍怒喊越國炸了他們的公主，那一刻，似乎整顆心也被炸飛了，直到又傳來公主抓住老皇帝的消息，心才重新活過來。

「攸寧如何了？」景徽帝一進門就問。

殿內所有人齊齊行禮，包括越國的太醫。

「父皇，您找我？」楚攸寧抱著一盤各式各樣的糕點從門外進來。

沈無咎帶人清剿皇宮餘孽，好迎景徽帝進宮，順便安置沈無非。她見沈無非沒醒，就先溜去看看越國的御膳房，有沒有比慶國更好吃的東西。

景徽帝看著圍在床前的一眾太醫，又看看打門外進來的楚攸寧，一時無語，白擔心了。他上下打量她一眼。「朕還以為妳玩瘋，傷著自己了。」

「父皇，您擔心我啊。」楚攸寧挑了塊缺花邊的糕點塞給他。「我怎麼可能讓自己有事，小四等著我回去呢。還有沈無咎，我們還沒圓房呢。」

「噗！咳咳！」景徽帝嫌棄閨女分他一塊缺花邊的糕點，還是給面子嚐了口，結果他聽到了什麼?!

「陛下，快喝口茶潤潤嗓。」劉正趕緊倒來一杯茶。

越國太醫們惶恐跪下，他們會不會沒因亡國獲罪，反而因為聽了這事被砍頭？

此次隨景徽帝親征的除了史官，還有幾位大臣，紛紛低下頭，現在裝聾還來得及嗎？

公主和駙馬成親快一年，居然還沒圓房！難不成駙馬真如當初太醫診治的那般，於房事有礙？可是，當初太醫也說，駙馬無法上戰場殺敵，但事實證明，駙馬殺敵比誰都勇猛。

景徽帝也這麼想，看向沈無咎的眼神瞬間不好了。所以他閨女這麼猛，是有原因對吧？

楚攸寧無辜眨眼，她說錯什麼了，圓房這事說不得嗎？男女在一塊兒滾床單，不是天經地義的事嗎，不然分公母幹麼？

沈無咎正因為太醫診治沈無非無果而焦躁，冷不丁聽到公主這話，不知該氣還是該笑。他走過來，頂著景徽帝質疑他不行的目光，躬身拱手。「陛下，是臣感念皇后娘娘將公主下嫁給臣之恩，便與公主說好了，一同守足三年孝，等出了孝期再圓房。」

景徽帝點點頭。「皇后只要求守半年孝，你有心了。太醫給他瞧瞧。」

沈無咎無言了，楚攸寧趕緊道：「父皇，您懷疑沈無咎身子有問題？我可以保證……」

「咳，公主，讓太醫瞧瞧也好。」沈無咎真怕他媳婦說出她拿手丈量過的事。

楚攸寧鼓鼓嘴，真當她什麼都往外說呢。「那你看著，我去看看三哥。」

景徽帝一怔。「什麼三哥，不是二哥嗎？不對，沈二一進宮，就扛著他兒子去玩了。」

越國徹底攻下了，他入主越國皇宮，他閨女那夥人也跟在後面一塊兒來了。

「陛下，是臣的三哥尋著了。」沈無咎臉上是克制不住的喜悅。

「你是說，那裡面躺著的是沈三?!」景徽帝震驚得龍顏失色。也不用沈無咎回答了，他親自過去看。

沈家兒郎，沈大爺最早跟在他爹身邊，隨父出征時，景徽帝見過，所以他記得。沈無恙當初被個郡主瞧上，要求賜婚，沈無恙卻來面聖，說已有心儀之人，他才記憶深刻。

至於沈無非，他都忘了有沒有見過，或許在往年秋獮等場面看過吧？真正知道這個人，還是因為他大婚之日洞房未入，就趕往邊關，結果遭遇暗殺。

第一百一十三章

此時，沈無非躺在榻上，看著倒是和沈無咎有幾分相似。

聽說沈無咎肖似母，上一任鎮國將軍面如刀鋒，冷峻堅毅，得先帝賜婚娶了京城貴女。京城貴女自是沒有差的，肖似母的沈無咎，便有了玉面將軍之稱。

景徽帝湊近，想看仔細些，沈無非忽然睜開眼，眼裡除了冷漠，還有殺氣。一醒來，就本能出手攻擊靠近的人。

楚攸寧抬手，輕而易舉按住他。

沈無非掙了掙，掙不開，用上內力也不行。陛下說得沒錯，這女子一身神力，不得不防。

「三哥，不打不相識，我是楚攸寧，你媳婦喊我公主。」楚攸寧笑咪咪地自我介紹。

沈無非聲音冰冷。「我無父無母，無妻無兒。」

楚攸寧臉上的笑容僵住，這不對啊。沈無非不認得她，可以理解，但是連父母、妻子都不認，那事情就大了，這不單單是被越老帝控制，或者失憶就說得過去的。

沈無咎走近的腳步停下來，他最擔心的事還是發生了。

之前安慰自己，沈無非會動手，那是因為不認得公主，其實不過是在自欺欺人。就算不認得公主，單憑他聽命於越國皇帝就不對。

「沈無咎，快來，你哥不認你了！」楚攸寧看到沈無咎，趕緊把他拉上前。

景徽帝看著醒來就一臉敵意的沈無非，不禁皺眉。「莫不是又一個沈二？」以防接下來沈無非會說出什麼不是任何人隨隨便便能聽的話，便揮退殿內其他不相干的人。

「三哥。」沈無咎試著朝沈無非伸出手。

沈無非看向沈無咎的眼神同樣是陌生的，帶著敵意，抬手格擋。

沈無咎直接與他在手上過了幾招。「三哥，這是沈家幾代人自創而成的沈家拳。」

沈無非皺眉。「胡說，這是陛下讓人教我的。」

景徽帝無言。你的陛下在這兒呢！幸好他早早揮退其餘人，不然讓跟來的大臣和史官親耳聽到沈無非認越國皇帝為君，日後被翻出來，少不了一條叛國罪。

「那你怎麼解釋沈無咎也會？總不可能是越老帝偷了沈家拳教你，他對親兒子都沒那麼上心呢。」楚攸寧說。

沈無非心裡也有了疑惑，不過還是相信老皇帝不會害他，打量四周，思索逃跑的可能。

楚攸寧看穿他的心思，一手按住他。「三哥，好不容易找到你，要是讓你逃了，三嫂會哭的。」

看著把他當敵人防的沈無非，沈無咎有些難以接受。「三哥，即便你忘了一切，也不應忘了三嫂。她是你妻子，為你守了這麼多年，為沈家盡心盡力，甚至不知道你可能還活著。

你忘了誰，都不該忘了她。」

沈無恙尚且還對他親手做過的劍有印象，沈無非卻是把自己活成了另外一個人。

沈無非眉頭緊皺，懷疑他們說的和他是同一個人嗎？可是，心口有那麼一絲不舒服，又是怎麼回事？

「你們莫不是看上我這個能力，想讓我替你們效勞，才編出一個莫須有的身世。」

楚攸寧瞪大眼。「那你怎麼不懷疑越老帝為了讓你效忠他，給你編了個來歷呢？」

沈無非搖頭。「我記得我從小被當成怪物丟進山，十歲才被陛下從山裡撿回來，與死士一般訓練。因為我這特殊的能力，陛下從不讓我出去辦差，所以你們說的妻子不可能。」

楚攸寧驚呆了，什麼時候速度異能會成為怪物了？不准他出去，分明是怕被人認出來，或者出意外損失了這張王牌吧？難怪好好一張臉，還要他戴面具。

不得不說，老皇帝藏得可真好，連福王都不知道。比起沈無恙，沈無非才是成功激發異能的那一個。

沈無咎望向楚攸寧。「公主，像三哥這狀況，與二哥是不一樣的吧？」

楚攸寧點頭。「這是被篡改記憶了，就跟我改了李承器對越老帝和父皇關係的認知一樣。他應該是被人催眠，安排了一個假來歷。」

景徽帝瞠目，他知道李承器突然發兵造反，可能是他閨女的功勞，但沒想過居然是把人的記憶改了。

楚攸寧扭頭，看到景徽帝驚呆的表情，眨眨眼。「父皇，您聽錯了，是祖宗顯靈改的。」

呵，妳說我信是不信？景徽帝給她一個自己領會的笑容。

「公主獨得祖宗偏愛。」沈無咎一本正經幫媳婦坐實瞎話。

景徽帝氣結，這臣子也不能要了。

楚攸寧可沒管景徽帝心裡怎麼想，反正這一路，景徽帝心裡都有數了。

「我這就看看，要真只是催眠，那簡單，再厲害的催眠，也厲害不過我的……祖宗。」

後面的話，她還是瞟了眼景徽帝，特地改的。

楚攸寧說完，閉上眼，就要用精神力去探查，沈無咎按住她的手。

「公主，三哥找到了，不急於一時。」他很確定她傷著了，不能再隨便亂用異能。

楚攸寧睜開眼。「三哥不急，你急呀。」

沈無咎心裡一暖。「我再急，也知曉妳的身子更重要。」

「那你親我一口。」楚攸寧朝他噘嘴。

沈無咎毫不猶豫低頭吻住她嘟起的嘴。

景徽帝覺得這一幕太礙眼，走到一邊，吩咐劉正把老皇帝帶來審問。

「不知羞恥。」沈無非罵了句，扭開臉。不知是不是放棄逃跑，還是知道自己逃不了，沒乘機跑掉。
沈無咎何止是一口，親了又親，吮了又吮，最後輕輕咬了下楚攸寧的下唇，才放開她。
楚攸寧睜開清澈明亮的圓眸，拍拍胸脯。「元氣滿滿，我又可以了！」
沈無咎失笑，所以親一口是這個意思？他覺得自己被套進去了。
「妳別逞強。」沈無咎仍是不放心。
「那再親一口？」楚攸寧仰頭。
沈無咎哭笑不得，非得要現在就是了。
「放心，我心裡有數。」楚攸寧踮起腳尖，往他臉上親了口。
沈無非轉過來，又看到這一幕，低低罵了句。「有傷風化。」
楚攸寧扠腰。「有本事，等你回去別親你媳婦。」
「我沒媳婦。」沈無非堅持。
「你說的哦，我可記著了，坐等打臉。」楚攸寧得意地笑。
沈無非不再跟她爭辯。
楚攸寧正經起來。「你不也想知道自己到底怎麼回事嗎？坐好，不許動。」
沈無非想了想，那是因為他逃不掉，才不是因為想弄清楚自己的來歷。
沈無咎點頭。「三哥，聽公主的，我們不會害你。」
沈無非看了眼與自己長得有幾分相似的男子，冷著臉，盤腿坐在床上。

楚攸寧忍著腦子脹痛，對沈無非施展精神力，探入他腦子，巡視他每一根顱內神經。

沈無咎全程皺眉緊盯著她的神色，生怕她有什麼不適。

半晌後，楚攸寧倏地睜開眼。「有了！」

「有什麼？」沈無咎扶住她，遞上一塊她拿來的糕點。他不知她這個能力要如何補足，只能餵她吃愛吃的了。

沈無非也看著她，雖然不清楚為何她只是閉眼一會兒，就好像對他裡裡外外診治一番。

楚攸寧接過沈無咎手裡的糕點咬了口，指著沈無非右腦外側。「這裡有根這麼長的金針，刺進三哥的記憶區域，可能就是導致三哥原有記憶被封住的原因。」

沈無咎駭然瞠目，根據公主比劃的，金針足足有寸餘長，他三哥竟然頂著這麼長的金針，活了這麼多年。

「三哥，你不疼嗎？」沈無咎摸上楚攸寧指的那個位置。

沈無非皺眉，也抬手去摸。「時不時會痛，陛下說是因為我這個速度能力的關係。」原來他腦子裡有根金針嗎？

景徽帝過來就聽到沈無非腦子裡有根金針，大為震驚，人的腦子裡插著那麼長一根針，居然還能沒事。

「朕叫劉正去派人把越國皇帝押過來了，審審便知。」

話剛落下，劉正就在外稟報。「陛下，越帝帶到。」

親自押越老帝過來的是崔巍，越軍投降後，沈無咎就將清剿餘孽的任務交給崔巍了。

老皇帝被押進來後，景徽帝便讓崔巍和劉止到殿外守著。

看到老皇帝，沈無非本能想上前護主，但是想到腦子裡的針，又猶豫地坐回去。

老皇帝雖然承受了楚攸寧的精神力，不過楚攸寧並沒有一直控制著他，所以此時是清醒的，只是不願接受自己敗得這麼徹底，看起來有些瘋癲。

他看到沈無非，眼裡又有了希望。「十三，快帶朕走！」

「一大把年紀了，怎麼還這麼能作夢呢。」楚攸寧往他身前一站，擋住他的目光。連取代號都避開沈三，怕不是擔心哪天在大街上有人喊沈三，被他想起來。

景徽帝第一次見到這個名為他生父的男人，心中只有恨。

他登基後的第二年，正是豪情壯志，想治理好慶國的時候，回不了四國之首，至少也不要淪為四國之末。結果，他收到了這人的密信，告知他的身世，並且讓他聽命於他，就可以背靠大樹好乘涼，讓慶國凌駕於其他兩國之上。

那不是讓慶國徹底變成越國的嗎？他已經夠對不住楚家的列祖列宗，怎可能與敵人勾結，將整個慶國當猴耍，他怕楚家列祖列宗的棺材板要壓不住了。

他拿著信去質問太后，太后告訴他，嚐過帝寵的滋味後，她再也過不了看宮人臉色，吃殘羹冷炙的日子。

所以，就能理直氣壯生下他這個敵國血脈？

可太后有了他後，在後宮的日子也沒能好到哪裡去，後宮粉黛一年年的換，要不是生了他，先帝早忘了她這號人。

普通人封妻蔭子、替母親掙誥命，尚可靠科舉。皇子想讓自己的母親榮華尊貴，只能登上那個位置。

先帝屬意的皇位人選本不是他，卻硬是被他步步謀劃，奪位成功。到頭來，可笑的是，他搶了不屬於自己的東西，還是敵國皇帝出手幫忙搶的。

他還記得，先帝臨終前望著他的眼神，陌生又複雜，叮囑他別忘了自己是楚家人。先帝興許早就懷疑著什麼吧，所以一直冷落他們母子。

他自是不願服從，越國皇帝就跟馴狼一樣打壓慶國，讓慶國淪為笑柄，逼他屈服。

他想過，就這樣撐到什麼時候，就什麼時候吧。可是他的大公主都能為了慶國忍辱負重，他又有何理由頹廢？

他振作過，可大公主的死訊傳來，讓他好不容易振作起來的心灰暗下去，這就是一個無法破的局，一條沒有出路的路。

思及此，景徽帝看向楚攸寧，興許真是楚家祖宗看不下去了，才賜給她非一般的能力。

沈無咎擔心楚攸寧用腦過度，道：「要不改日再審，不急於一時。」

「我習慣早完事早安心。」楚攸寧說著，用上精神力逼老皇帝說實話。之前老皇帝已經被她控制過一回，如今再下精神暗示倒不難。

沈無咎得到楚攸寧點頭，上前質問。「我二哥和我三哥是怎麼回事？」

老皇帝知道沈無咎這個人，但沒見過。「你二哥是誰？」

「沈家沈無恙，還有沈無非。」

老皇帝開始回憶。「當年你大哥發現齊王與你們皇帝相似，從而猜到越國和慶國帝王的關係。朕沒打算這麼快讓人知道，虧得你父親果斷，犧牲得快，不然世上早沒有沈家了。」

沈無咎憤恨攥拳，用了極大的力氣才克制住自己，沒動手揍人。

「你父親和你大哥死後第二年，你二哥好像發現了什麼，往越國這邊查。」老皇帝冷笑著看景徽帝。「總歸是朕的兒子不是，朕只能派人殺了你二哥，但想到福王的地宮需要人做實驗，你二哥又是習武的人，興許能成，就把他帶回來了。」

景徽帝冷不防聽到人體實驗，暗暗倒抽口涼氣，瞪向他閨女，這兩人瞞了他不少事啊。

老皇帝繼續道：「誰能想到你二哥早懷疑這事不簡單，暗地裡派人給你三哥送信。慶國太后得知後，聯繫朕安插在慶國的人動手。這無疑是送上門的實驗體，為了不讓你再追查下去，朕還特地讓人弄了齣屍骨無存的戲，才把人帶回來。」

景徽帝瞬間心虛，他知道沈無恙和沈無非的事，裡面極有可能有太后的手筆。

沈無非已經坐不住，不安地握拳。如果這才是他的來歷，那他這些年豈不是助紂為虐。

「後來呢？」沈無咎咬牙切齒，面容鐵青。原來這就是二哥失蹤和三哥被殺的真相！

「可惜，沈無非沒有實驗成功，那些東西剛注射在他身上沒多久，就扛不住死了。地宮實驗失敗的，都是扔亂葬崗，但沒想到被扔進亂葬崗的沈無非竟然活了！暗衛上報到朕這裡，朕也想知道被改造過的人是什麼樣子，就把他鎖在地牢裡，命死士看守。後來發現，他居然有了超乎常人的速度！」

老皇帝越說越亢奮。「速度快到肉眼捕捉不到人影，一息數十丈遠，這麼好的能力，朕生怕用毒藥控制會影響，何況用毒藥如何能讓他甘心忠於朕。朕又不能找福王，於是，便找來傳說中的九命神醫，允諾讓他看福王做人體實驗，他則給出可以改變人記憶的法子。」

沈無咎皺眉，傳聞九命神醫不光能從閻王手裡搶人，還有讓人忘記前塵往事的本領。

楚攸寧看向沈無咎，這個九命神醫，她好像在哪裡聽過。

沈無咎低頭，悄聲道：「當初太醫說，我的傷唯有九命神醫能救。」

楚攸寧瞬間想起來了，當初她說她能救沈無咎，沈無咎還問她是不是認識九命神醫。神什麼醫，這怕不是個邪醫。

「那九命神醫是怎麼做的？」景徽帝迫不及待想知道，是什麼法子能篡改人的記憶。

他也聽過九命神醫，先帝龍體抱恙時，派人尋過未果，沒想到被老皇帝忽悠來幫忙。

第一百一十四章

沈無非聽到這裡，一切都明瞭了。

他真是他們口中的三哥，一個本該是慶國人人敬仰的將軍，卻為敵國君王效命。

沈無非看向跌坐在地上的老皇帝，恨恨握拳，也想知道是如何把他變成另一個人的。

老皇帝說：「九命神醫可用金針封住其記憶，再施以催眠之術，替沈無非套了個新的來歷，讓沈無非以為他是十歲被朕撿回來的異人，無父無母，在山裡長大。」

沈無咎再也忍不住，上前揪住他的衣領。「那個九命神醫呢？是不是只要讓他把金針取出來，我三哥就沒事了？」

老皇帝惡意地笑了。「君無戲言，朕自然是送他去看福王做人體實驗了。不單讓他看，還讓他親身體驗。」

聞言，大家心裡一陣發寒，尤其是景徽帝，對自己骨子裡流著越國老皇帝的血感到噁心，不愧是能幹出逼親孫女嫁給親兒子這種不倫之事的人，這就是個毫無人性的魔頭。

「九命神醫號稱九命，嚐過的毒不知凡幾，哪怕實驗沒成，福王也對他的身體感興趣，是唯一一具沒被扔進亂葬崗的屍體。」

沈無咎和楚攸寧不約而同想到冰棺裡的那個人，原來就是傳說中的九命神醫。

楚攸寧咂咂嘴。「所以，信什麼都別信君無戲言。」

景徽帝語塞。

「那我三哥怎麼辦？」沈無咎狠狠朝老皇帝的臉揍了一拳。「你把人弄死了，誰來救我三哥?!」

沈無非走過來，抓住他的手。

沈無咎紅著眼，像一隻暴怒的獅子。「你都聽見了，還想替他求情不成?!」

沈無非扔開老皇帝，看著為他著急憤怒的人，不知該如何啟齒。

「我只是覺得，你犯不著髒了手。」毫無記憶的他，面對這個弟弟是陌生的、無措的。

「我恨不能親手殺了他！」沈家的悲劇，追根究柢，皆是因為這個狗皇帝！

景徽帝真擔心這兩兄弟一氣之下，把老皇帝的脖子擰了，趕緊問：「九命神醫可有留下取出金針之法？」

被當死狗一樣扔在地上的老皇帝緩緩坐起來。「朕一開始要的就是他聽話，為此，朕不敢輕易放他出去，又怎會留下解決之法？對朕來說，他若不能為朕效忠，只有死路一條。」

那真該慶幸沈無非一直被老皇帝藏著，當成最後王牌，沒讓他幹出傷天害理之事。

老皇帝看向景徽帝，突然大笑起來。「朕沒有輸，你是朕的兒子，你體內流著朕的血，即便越國沒了，慶國往後的每一任帝王也是朕的後代，你的後代也是朕的子孫。哈哈，朕的血脈會一直延續下去。」

景徽帝見不得他這般得意，冷笑道：「朕已決定，下一任皇位繼承人，是攸寧之子。」如此便不算血緣正統的繼承了。

楚攸寧傻眼，她和沈無咎還沒滾床單呢，就對她的孩子寄予厚望了？

「父皇，我的孩子連影子都沒有呢，您就把這麼累的活給他，我不幹。血這玩意兒都是紅的，您在乎它就存在，不在乎就沒那回事。」

「陛下，公主說得對，您這麼做，豈不是中了他的計？」沈無咎一點也不想讓他兒子當皇帝。自古君心難測，將來的事，誰說得準呢。

景徽帝心裡卻是越想越覺得可行，不過看他閨女那著急不樂意的樣子，只好暫時作罷。

趁此機會，景徽帝套出老皇帝口中所有秘密，比如火器和麻藥的製法，他還能拿出麻藥來，顯然已經掌控配方。

套完所有秘密，景徽帝讓人堵了老皇帝的嘴，押下去直接處決，以免又生事端。

弒父什麼的，不存在，他從未當這人是父親。

處決老皇帝後，景徽帝又叫回太醫，想辦法取出沈無非腦子裡的金針。

沈無咎始終擔心楚攸寧，不忘拉個慶國太醫幫她看看，太醫的結論依然是用腦過度。

用腦過度一般只會出現在殫精竭慮的人，或者書生身上，公主瞧著不是愛動腦算計的，更不像是喜好鑽研學問，怎會用腦過度呢？

太醫還是老話，讓公主少憂慮。不過，看公主吃點心吃個不停，有些懷疑自己診錯了。

楚攸寧這邊了了，沈無咎的心思又放在沈無非身上。

然而，不管是慶國，還是越國的太醫，聽說沈無非腦子裡有根金針，都覺得不可思議。他們對著沈無非的腦袋摸了又摸，連針頭都摸不到，唯一想到的辦法，只能照著金針插入的位置，切開一個口子，將金針挾出來。這也是難以操作的，腦子可不像別的部位，可以隨便動。

沈無咎不相信沒有別的法子了，難不成他三哥一輩子只能這樣？就算記不起來，可是那根金針留在腦子裡，始終不妥，萬一哪日那根金針要了他的命呢？

楚攸寧張了張嘴，然後想到自己的狀況，最終仍沒說什麼。

「不如，你同我說說過去的事吧。」沈無非見這個弟弟急得抓頭，便想轉移他的心思。

沈無咎看向沈無非，焦急的心情漸漸平靜下來。如今最大的幸運，是沈無非還活著，就像他媳婦說的，只要人活著，就還有希望。

或許，同沈無非說一說過去，他就能記起來了呢，越國老皇帝不就是怕他接觸到與過往有關的一切，才不敢輕易放他出來嗎？那就證明記憶還是能恢復的。

「三哥想知道什麼？」

沈無非也不知道應該先問什麼，想到楚攸寧嘴裡總提到的三嫂，還有沈無咎之前說他不該忘記的妻子。

即便沒有相關記憶，他心裡也生出一絲愧疚來。「同我說說你三嫂吧。」

楚攸寧抱著那盤點心，吃得嘴巴鼓鼓的，點點頭，眼睛亮晶晶的。「我也想聽。」

沈無咎替她擦去嘴角的碎屑，拉著她坐在腳踏上，回憶起他所知道的過去。

「說起來，三哥能與三嫂相識，還得多謝我呢。當年三哥帶我在城外跑馬，結果衝撞了三嫂的馬車。三嫂出自書香門第，才華滿腹，瞧著就不像是會許給武將做妻子的。偏偏三哥長得就不像個武夫，三嫂還當他是哪家清貴公子哥兒……」

景徽帝無聲揮退所有人，不叫任何人打擾他們回憶過往。

沈無恙看著是沒救了，可沈無非神智還正常，多講講過去的事，說不定就想起來了。

這一說，就說到日暮，連午膳都是一塊兒用的。

用午膳時，沈無咎跟沈無非光顧著說話，只有楚攸寧一邊聽、一邊不停地吃，讓沈無非見識到這位公主弟妹的好胃口。

在沈無咎的口中，沈無非腦海中浮現出一張巧笑嫣然的臉，以及戰場上的金戈鐵馬，比起他這個虛假來歷不知豐富多少，比他那寥寥幾語就能概括完的人生真實得多。

「三哥，不管你想不想得起來，三嫂見到你，必然是歡喜的。」沈無咎見沈無非神色悵然，忙安慰道。

沈無非想到沈無咎口中的妻子，那麼好的女子，明明還是清白之身，他也寫了放妻書，要再嫁並不難，她卻一直守著，讓他有些情怯。

「是我對不住她。」他把他們之間的一切都忘了，又分開這麼多年，她得面對那麼陌生的他，相當於是另外一個人，她還能接受嗎？

歇了大半天，楚攸寧緩得差不多，喝了口茶。「或許，我可以試試。」她能隔空移物，能移水柱下雨，應該也能把金針移出來吧？

「嗯？公主還想吃哪個？」沈無咎抬頭，雖然他一直跟沈無非說話，但也沒忘記照顧媳婦，卻走了神，沒注意聽她說什麼。

沈無非看看桌上的茶點和果子，再次感嘆這公主弟妹胃口真好，跟隻小倉鼠似的，嘴一直沒停過。

楚攸寧站起身，走到沈無非身邊，盯著他的腦袋。「我說，或許我可以試試，看能不能把三哥腦子裡的金針取出來。」

這次沈無咎聽清楚了，怔了怔，想起她能憑空取物的能力，喜得站起身，連凳子都碰倒在地。

「寧寧，真的行？」他走到她身邊。

「之前我看你那麼著急，就想說了，但我的精神力用得過猛，得緩一緩，便沒讓你知道。現在，我覺得可以了。」不能馬上實現的事，她覺得沒必要說出來讓他惦記著。

沈無咎欣喜得抱住她，他媳婦看著大剌剌，但替人著想的時候，就很沈得住氣。

沈無非不知道他們在說什麼，但從方才的交手來看，他也發現這個公主弟妹不單是力大無窮，還擁有和他一樣詭異的能力。

對此，他不抗拒，點頭答應。

楚攸寧要沈無非放鬆自己，端正坐好，準備施展精神力，開始替他取針了。

第一百一十五章

楚攸寧凝聚精神力，全神貫注在沈無非頭裡的金針上。

這一點也不輕鬆，不管心理還是精神，就怕一不小心，金針沒取出來，反而傷了沈無非的腦子。

沈無咎見她臉色發白，額上冒細汗，只恨不能中斷，整個人焦急得如同在火上烤。

叮！

終於，在沈無咎萬般煎熬中，聽見金針掉落在地上的聲音，明明只是細細的，可敲在他心中，卻是清脆悅耳。

楚攸寧有些暈眩，沈無咎趕緊扶住她，朝外喊：「程安，請太醫進來！」

一直守在門外的程安連忙讓在偏殿候著的兩個太醫進來，一個替楚攸寧把脈，一個趕緊察看沈無非的傷口。

金針看著長，但不粗，取出來的方式也快狠準，幾乎是怎麼進去的，就分毫不差地退出來，沒傷到其他地方，所以血流得不多，只須止血即可。

金針被取出的剎那，沈無非的記憶一股腦兒湧出來，混亂交錯，他按住自己的腦袋，兩種記憶反覆切換。

楚攸寧是用精神力將金針一點一點往外吸的，這不似可以隨意移動的物體，而是嵌在肉裡，急不得，慢不得，輕不得，重不得，因此比用精神力去阻擋發射中的火炮還要費腦。

替她診治的還是方才那個太醫，太醫看她額上帶著虛汗，臉色比之前更白，他一把脈，眼帶懷疑。

不過半日工夫，公主的腦子是過了半輩子吧？竟然傷腦至此。但公主瞧著就是個傻樂好吃的，怎會總是憂慮過度呢？

「公主，您再這般思慮過重，恐會早生華髮。」太醫勸道。

楚攸寧摸摸一頭濃密秀髮。「那不能。我都用了一輩子，沒白也沒禿。」

太醫無言了，公主這一輩子是不是有點短。

「嗯，公主的頭髮最是烏黑柔順。」沈無咎摸摸楚攸寧的腦袋，看向太醫。「可有補腦之法？」

「下官可開一副補氣養神藥湯，給公主試試看。」

楚攸寧想到以前沈無咎喝的藥，隔得老遠都能聞出苦味，堅決搖頭。「是藥三分毒，這個沒辦法對症下藥，我不要。」

沈無咎低頭哄她。「就喝一副看看，若是無甚作用，就不喝了。」

楚攸寧眨眨眼，到時倒了就是，乖巧點頭。「聽你的。」

太醫看傻了眼。公主連陛下的帳都不買，偏就聽得進駙馬的話，當真是一物降一物。

沈無咎和楚攸寧的目光望向已經取出針來的沈無非，他額上青筋一跳一跳的，好似陷入翻天覆地的回憶裡。

被封住的記憶一解封，自然掩蓋了催眠出來的虛假記憶。

此時的沈無非正陷在混亂裡，無法自拔。

那年杏花春雨，他的小霸王弟弟策馬揚鞭驚了人家的馬車，有個姑娘從馬車裡出來，氣質如蘭，清揚婉兮。

後來，他爬上牆頭，磕磕絆絆唸著臨時抱佛腳學來的詩句，討姑娘歡心。

「主子，這是八百里加急傳回來的消息，二爺在戰場上失蹤了，沈家軍軍心不穩！」

「四弟，這是我寫好的放妻書。待我走後，你拿去給你三嫂，就說我沈三對不住她。」

「三哥，你留下！我去邊關！」

「你還小呢，鎮不住沈家軍。三哥這一走，往後家中只能指望你照顧了。」

「三哥，你不親自同三嫂道別嗎？」

「不了，趁賓客未散，也好向世人證明，你三嫂仍是清白之身。」

「阿錦……」

沈無非眼睛未睜開，嘴裡呢喃著這個早已被遺忘的名。

畫面一轉，是將至邊關時的重重暗殺，以及從越國皇帝嘴裡得知的真相。

「你父親與你大哥是因為知道了不該知道的秘密，被慶帝下令戰死沙場，想必你也想知道是什麼秘密吧？被你大哥殺死的那個皇子，與你們慶國皇帝長得一模一樣，或者說，長得與朕年輕的時候一模一樣。朕如此說，你可明白了？」

景徽帝處理完攻下越國後的事宜，又來到春華殿，這是沈無咎選來安置沈無非的地方。

聽守在外頭的程安說，裡頭傳了太醫，景徽帝沒讓人通報，直接進去。

一進殿，看到太醫正替沈無非纏紗布，他不禁詫異。「針取出來了？」

與此同時，沈無非睜開眼，猛地看向景徽帝。

那瞬間，景徽帝恍如被猛獸盯上。

沈無非身形一閃，眨眼工夫就到景徽帝面前，伸手要掐住景徽帝。

「住手！」沈無咎和楚攸寧同時喊。

楚攸寧反應神速，抓起桌上的茶壺砸過去，正好擊中沈無非的手，強大力氣阻止了他的動作。

親眼見識到沈無非的身手，沈無咎當機立斷，飛身過去護著景徽帝往外撤。

一到殿外，無論禁軍還是暗衛，全上前護駕。

在春華殿外頭等公主出來的陳子善等人，看到突發的這一幕，有些傻住。

「這是怎麼回事？怎麼陛下一進去，就遭刺殺了？」

他們是公主的人，公主跟著駙馬上戰場打仗，他們只能在後頭幫忙。每攻下一座城，就幫公主搜刮好吃的，順便幫公主搶大戶。公主沒空，他們得替公主把想幹的事給幹了。

一進宮，他們自然要找公主，結果到了之後，被攔著不准靠近。要不是程安保證不是公主出事，他們都要以為躺在裡面的人是公主了。

既然不是公主也不是駙馬，那是誰值得景徽帝親自關心，還召了兩國太醫？

問程安，程安諱莫如深，還沒等他們琢磨出個所以然，沈無咎突然護著景徽帝從裡面衝出來，緊跟出來的是一道快得肉眼捕捉不到的人影。

沈無非身手極快，幾乎是一下子就來到沈無咎面前，繞過他，從側方攻擊景徽帝。

「昏君！沈家自曾祖父那一代起，為慶國出生入死，立下多少汗馬功勞，到頭來竟因為一樁醜事，要我父兄性命！

「父兄寧可堂堂正正戰死，也不願被迫戰死，那對忠於戰場的人來說，是一種恥辱！

「我二哥不過有所懷疑，你便勾結越國，謀害他在戰場失蹤！老天有眼，讓我活著，為沈家討個公道！」

沈無非似乎不認得沈無咎，整個人陷入記憶裡。

在場的人並非都知道兩國太醫醫治的是與沈家有關之人，這會兒聽沈無非這般厲聲質問，恨不得沒長耳朵。

不說那樁醜事是什麼，光一句「昏君」就足以滿門招斬，何況還控訴景徽帝陷害忠良。

被護得嚴嚴實實的景徽帝臉色陰沈，幸好沈無非還有點顧忌，沒嚷嚷出他的身世。

「三哥，你冷靜點。」沈無咎險些擋不住沈無非，不明白為何他恢復記憶後，就要弒君？景徽帝是對沈家有愧，可真要翻臉，也是一念之間的事。

「我覺得，三哥的記憶是恢復到被封之前一心想做的事了。」楚攸寧大聲說。

沈無非身影移來換去，楚攸寧不得不勉強使用精神力捕捉，告訴沈無咎方位，讓他阻攔沈無非。

另一邊，沈無恙牽著歸哥兒過來找楚攸寧。兩人手裡各拿著一串糖葫蘆，一大一小，相似的兩張臉，做著相同的動作，說不出的好笑。

裴延初還在領兵搜查城裡，確保沒有越國皇族餘孽。

沈思洛擔心沈無恙帶著歸哥兒，不知輕重，一直跟在後面。沈無恙的心智好似一天天在成長，但跟歸哥兒玩在一塊兒時，還是像個小孩似的，瞧著不像父親，倒像玩伴。

忽然，沈無恙放開歸哥兒，迅如獵豹朝前方跑去，快得跑出殘影。

「爹爹！」

「二哥！」

沈思洛嚇得趕緊拉上歸哥兒去追。

沈無恙一直記得，楚攸寧交代他保護好她父皇，不然不帶他玩。一看到前方有人攻擊景徽帝，就立即衝上去了。

他直衝過去，撞開沈無非，跟隻野獸似的，攻擊沈無非。

誰也沒料到，沈無恙會突然衝出來和沈無非對打。所有人驚呆了，兩個沒有記憶的親兄弟，打起來了。

沈無恙雖然比沈無非早上戰場，身手了得，但沈無非這些年沒少跟著越國老皇帝的死士訓練，再加上兩人身體都經過改造，身手竟然不相上下。

好不容易，沈無非壓下沈無恙的拳頭，看到這張熟悉的臉，頓時驚住。「二哥?!」二哥不是失蹤了嗎？怎會在這裡！

「妹妹說，讓我保護好他。」沈無恙掙開手，拳頭繼續朝沈無非身上砸。

楚攸寧聽到沈無恙這麼說，不禁驚呆。所以，沈無恙是因為她要他護好景徽帝，一看到有人要殺景徽帝，就往前衝了？

繼初次見面揍人、扔人之後，她又多一項讓兄弟相殘的罪。看來，她在沈無咎這兩位兄長心裡，形象是不能好了。

沈無非一眼就發現沈無恙不對勁，利用速度異能，再次扣住沈無恙。「二哥，是你告訴我，狗皇帝為了給越國一個交代，要咱們父親和大哥戰死的，你忘了?!」

原本凶狠揮拳的沈無恙突然震住，腦子裡白光一閃，整個人像被雷劈了般，呆立不動。

「三哥，對不住。」沈無咎乘其不備，從後面敲昏沈無非，生怕他再說出什麼大逆不道的話來。

此時，沈無恙卻是被打開了記憶開關。

「林豹，為何軍中士氣如此低迷，可是打敗仗了？」

「回主子，我軍旗開得勝。」

「既是旗開得勝，你為何一副要哭的樣子？還有，打了勝仗，軍中應該一片歡騰啊，可是父親不許？他都嚴厲一輩子了。」

「主子，將軍和大爺……戰死了。」

「好你個小子，誰給你的狗膽，敢逗弄主子！」

「主子，將軍和大爺的屍首就在校場上。」

「不可能！我父親和大哥怎麼會死，我不信！」

眼前彷彿浮現出他擠開人群，看見父親和大哥屍首就躺在板子上，臉上還帶著屬於戰場的風沙和血跡。

「主子，查到了，大爺當日殺的那人是越國皇子。」

「所以，真相是陛下為了給越國一個交代，要父親和大哥戰死嗎？」

「我父親和大哥可以戰死，但絕不能是這麼個戰死法！」

「二哥？」

沈無咎剛讓程安把沈無非帶下去，回頭就發現沈無恙不對勁，拳頭緊攥，一向赤子般的神情，頭一次出現痛苦與憤怒。

他心裡不由升起一絲期待，甚至不敢出聲打斷。

「爹爹！」

歸哥兒掙開沈思洛的手跑過去，抱住沈無恙的腿，昂頭道：「爹爹，您怎麼了？」

見沈無恙一動不動，他嚇壞了，抱著他爹的腿又哭又喊。

沈無恙先是被撞了一下，又被稚嫩的哭聲喚醒。

他看著只到他大腿高的孩子，緩緩蹲下身，抬起手，顫抖地撫上這張小臉，有些笨拙地幫他擦淚。

歸哥兒眨眨眼，掛在睫毛上的淚珠跟著滾落，他爹好像不一樣了。

「爹爹，您又要變成不一樣的爹爹了嗎？」

他爹剛回來的時候，還不會走路、不會吃飯。後來，公主嬸嬸幫他爹治病後，他爹開始慢慢會用腳走路、用手吃飯，會開口說話了；和他玩，跟他搶小木劍。不像爹爹，像哥哥。

「你叫……歸哥兒對嗎？」沈無恙聲音沙啞。

歸哥兒點頭。「嗯，您又忘啦？」
沈無恙摸上他的小腦袋。「大名叫什麼？」
「沈知歸。母親替我取的，說是讓爹爹知曉歸家。」
沈無恙紅了眼眶，聲音有些哽咽。「你母親，可還好？」
「我跟公主嬸嬸離家的時候，母親就去邊關找爹爹了。我答應過母親，等我長大，就上戰場找爹爹。如今不用等長大，爹爹就已經被我尋到了，等回去了，母親看到爹爹，一定很開懷。爹爹，您到時候要乖。」歸哥兒學楚攸寧，摸摸沈無恙的頭。
沈無恙把歸哥兒抱進懷裡，一行男兒淚滑落臉頰。「好，爹爹一定乖。」

第一百一十六章

「二哥，你可是……想起來了？」沈無咎其實心裡已經有答案，但仍是不確定。

他甚至已經做好沈無恙可能一輩子就這樣的準備，沒想到今日和沈無非打了個照面，竟然就恢復了所有記憶。

沈無恙站起來，回身望向沈無咎。此時的沈無咎早已換下鎧甲，穿一身藍色勁裝，記憶裡稚嫩的小霸王，已經長成可以獨當一面的大男人。

「四弟，你長大了。」沈無恙拍拍他的肩膀，眼中帶著老父親般的笑。

沈無咎激動得忍不住上前抱住他。「太好了！二哥，你終於記起一切了！」

「是為兄不好，讓你操心了。」沈無恙拍拍他的肩膀。

沈無咎放開他，把楚攸寧拉過來。「二哥，這是攸寧公主，我媳婦。」

都說長兄如父，此時的沈無咎就像是迫不及待想將心愛女子介紹給家人認識般，好得到家人認可。

這還是景徽帝看到自繼任鎮國將軍之位後，變得異常成熟穩重的沈無咎這般模樣，彷彿回到當初那個被全家捧著、寵著的小霸王。

然而，沈無恙卻是神色僵了僵，腦海裡閃過那一段成為獸人之後的記憶，無比難為情，恨不能就地找個地縫鑽。

「二哥，我叫楚攸寧，你還記得我嗎？」楚攸寧大剌剌地揮手。

沈無恙想到自己做過的蠢事，果斷拱手行禮。「見過公主。」

楚攸寧沒想到清醒後的沈無恙會這麼正經，忙擺手。「都是一家人，二哥不用這麼見外。之前二哥還搶我的吃食，還讓我帶你玩，喊我妹妹呢。」

沈無恙愕然，不敢置信地看向沈無咎。「當真？我怎麼可能會有如此行徑？」

知道沈無恙恢復記憶，忍不住圍過來的人聽見這話，都無言了。

沈無咎和楚攸寧比他更詫異。

「二哥不記得了？二哥的記憶恢復到哪一步？」沈無咎回想了下，方才沈無恙恢復記憶後跟歸哥兒說的話，好像沒有提及他成為獸人之後的隻言片語。

沈無恙茫然搖頭。「我只記得，最後是被越國人假扮的綏軍引入沼澤之林被俘的，之後被送到一座地宮裡關起來。有個穿著白袍、怪模怪樣的老頭往我身上注水，又不慎被一頭發狂的猿猴咬了一口，後來的事就不知了。」

原本還想秋後算帳的景徽帝頓時語塞。

陳子善幾個親眼見過沈無恙是怎麼從獸人變成正常人，變成正常人後又鬧出不少笑話，還想著等沈無恙哪日恢復了記憶，定羞得恨不能當場找個地縫鑽。結果，沈無恙全都不記得了，叫他們想看笑話都沒得看。
楚攸寧歪頭，狐疑地打量沈無恙。
沈無恙被看得不自在，心裡打鼓。他知道公主能輕易分辨一個人說的是真話還是假話。
「二哥，就算這樣，你搶我的銀絲酥，還是要賠的。」
沈無恙聽了，簡直不知該先鬆一口氣，還是該笑。與公主弟妹相處這麼久，早該知道她的性子，再大的事都沒有吃喝大。
沈無咎也懷疑地看了眼沈無恙，笑著摸摸楚攸寧的頭。「我替二哥賠給妳。」
應付完楚攸寧，沈無恙轉向景徽帝，一臉正色地撩袍下跪。「罪臣沈無恙拜見陛下。」
景徽帝負手盯著他。「你何罪之有？」
「臣沒有調查清楚，便誣衊陛下陷害忠良，此為一罪。長兄為父，臣未管教好自家弟弟，令其險些傷了陛下，此為二罪。無非腦子尚未清醒，陛下若要降罪，還請降罪在臣身上。」
沈無咎也知今日之事嚴重，趕緊跟著跪下。「臣亦有罪，未看好兄長，請陛下責罰。」
終於從震驚中回神的沈思洛，身為沈家一員，也毫不猶豫上前跪下。「請陛下責罰。」
歸哥兒看看四叔和爹爹都跪下了，榮辱與共似乎生來就刻在骨子裡，哪怕沒人教他，也跟著跪在他爹身邊，小包子臉上的表情認認真真。「請陛下責罰。」
楚攸寧想，她要不要也跪？她來到這個世界，哪怕面對景徽帝，都沒跪過呢。

景徽帝的目光一一掃過他們，看到沈家最小的一代，小臉上的神情也已經具備沈家氣節，嗤笑一聲。「你們倒是一條心。」

「父皇，您這不是廢話嘛，一家人不一條心，還叫一家人嗎？」楚攸寧上前拎起歸哥兒。「大人的事，小孩不用管。」

「沈三被越帝關押多年，受了越帝挑撥，一朝清醒，分不清真假，情有可原。你二人竭力護駕，功過相抵。」景徽帝心裡雖惱，卻也不是不可原諒。當然，今日換成另一個人，必然不是這麼好收場的了。

從事發至今，景徽帝就沒揮退所有人。

有了這話，沈無非刺殺皇帝這麼大的罪，也算給出了交代。至於沈無非方才說的醜事，陷害忠良什麼的，都是已經死得不能再死的越國老皇帝挑撥的，根本沒這回事。

沈無咎和沈無恙相視一眼，齊聲謝恩。「謝陛下寬恕！」

「說說，沈三是怎麼回事，怎麼突然醒來就瘋魔了？」

景徽帝讓沈無恙與沈無咎起身，這才揮退所有人，直接問楚攸寧。他覺得能幫沈無非取出金針的，只會是他閨女，問她準沒錯。

楚攸寧撓頭。「可能是三哥的記憶還沒恢復全。他失去記憶前，最想做的就是為父兄的死討個公道，剛好父皇出現了，就變成這樣。」

景徽帝無言，所以怪他來得不是時候？

楚攸寧又看向沈無恙。「二哥突然記憶甦醒，應該也是同理。因為查明真相、替父兄報仇，成了他最後的執念，一旦被觸及，就跟打開機關一樣，才恢復了過去的記憶。」

沈無咎和沈思洛聽了，有些後悔，他們一有空就跟沈無恙念叨過去的事，唯獨沒有念叨父親和大哥的死。人都是報喜不報憂，哪怕面對失憶的人也一樣。

若不是今日誤打誤撞碰上沈無非鬧這麼一齣，就算是沈無非醒來，也會同他們一樣，不會對沈無恙說起父兄的死，到時就白白錯過可以恢復記憶的機會。

沈無恙點頭。「三弟那句話，好像劈開了我腦子裡的混沌，最先想起的就是當年父兄戰死沙場的畫面。」

當年與綏國開戰，他並未一同上戰場，而是被父親派著領兵巡邊。當時，他堅信父兄不會有事，結果等他回來的時候，迎接他的，卻是父兄戰死的消息。

就那麼一場戰，明明連主將都不需要親自上戰場，可父親說為了殺殺綏國的威風，鼓舞士氣，親自領兵迎戰。

只要是有點作戰經驗的都知道，父親和大哥不可能戰死。後來他才知道，父親派他去巡邊，是有意支開他。

「沈無恙，你到越國之後的記憶，當真記不得了？」景徽帝有些不甘心地問。他還想看沈無恙清醒後沒臉見人的樣子，來向他以死謝罪呢。

沈無恙低下頭拱手。「回陛下，確實不記得了。」

景徽帝有點可惜，突然有點懷念跟個孩子一樣的沈無恙。

「朕剛收到消息，越國皇太孫於半個月前攻下晏國。所謂螳螂捕蟬，黃雀在後，朕早已去信，讓那邊的邊關駐將當那隻黃雀。」

既然越國老皇帝有意讓越國聯手晏國攻打慶國，那邊的火藥武器自然沒有動。一旦開打，哪怕晏國兵力充足，沒有火藥對抗，也會很快亡國。

當初為防著晏國乘虛而入，並沒有調走守在慶國與晏國交界的邊關軍隊。之後得知越國皇太孫突然起兵攻打晏國，他便去了道命令，一旦越軍攻下晏國，或者晏國僥倖勝了，慶軍便趁兩敗俱傷時，乘機攻打。

即便越軍憑火藥武器攻下晏國，武器也不會剩多少，再加上沒有援軍，擁有足夠火藥武器的慶軍，不須費多大力氣就能戰勝。

說到這裡，景徽帝看向楚攸寧。這全仰仗他閨女那總是異於常人的想法和能力，晏國都不用他們攻打，就自取滅亡，如今四國只剩下慶國和綏國。

「陛下英明！」

沈無恙不知道這裡面還有楚攸寧的手筆，但沈無咎是知道的。當初兩人為了避免戰爭，想要統一四國，如今看來，有了公主的意外之舉，只須攻下越國就成了。至於綏國，倘若上位的是敬王，想必不用再打。

「剛打下來的疆土，需要有人治理。」景徽帝的目光落在沈無恙和沈無咎身上，若非知道沈家還有人等著沈無恙回去，沈無恙留下來是最好的。

沈無咎知道如今正是用人之際，卻也擔心景徽帝把沈無恙留下來。不過，他聽得出景徽帝還有未盡之意，便沈住氣聽著。

但有什麼說什麼的楚攸寧不依了。「父皇，二嫂還等著二哥回去一家團圓呢，您做做好事吧。」

景徽帝氣得瞪眼。「朕又沒說要他留下。」

「那您看他們兄弟倆幹麼？該不會是想留下沈無咎吧？那更不應該了，讓自己的閨女和女婿分開。」

景徽帝氣得笑出來。「他先是臣，才是朕的女婿。朕要真讓他留下，他就得留下。」

楚攸寧點頭。「那我綁他走，就不算抗旨了。」

景徽帝的臉黑了。

「行了，國不可一日無君，這邊事了，朕也該啟程回京，你們一道回去。」一遇上沈家的事，他閨女就跟他急，這短護得也是無人能比了。

沈無咎和沈無恙鬆了口氣。「是！」

第一百一十七章

沈無非這一昏，昏到第二日才醒。

他按著脹疼的腦袋，回想起昨日做的混帳事，臉色都變了，連忙下榻往外衝。

守在門外的程安趕緊攔下他。「三爺，您這是要去做什麼？」

「你是……程安？」沈無非看看程安，確認這是打小跟在弟弟身邊的人。

程安一喜。「三爺，您認出屬下了？太好了！」昨日沈無非那樣子，好似連他主子都不認得。幸虧景徽帝沒追究，不然不說刺殺，光是沈無非說的話，都能讓沈家陷入萬劫不復。

「我要去向陛下請罪。」沈無非著急的就是這個，擔心昨日說的話、做的事殃及沈家。

他昏睡一夜，足以想起後來的記憶，包括昨日越國老皇帝如竹筒倒豆子般說出的一切。

若是記憶只在當年戛然而止，他自是認為景徽帝是昏君，但真相表明，沈家所遭遇的一切是與景徽帝有關沒錯，卻又不能全怪景徽帝。

倘若因他昨日的行為讓沈家獲罪，那父親和大哥就真的是白死了。

「三爺，陛下說您被俘多年，受越國皇帝挑撥情有可原，不追究昨日犯上之罪。」程安安撫道。

「那便好。」沈無非瞬間放下心。也是，倘若真的獲罪，此時他應該被關押起來才對。

他按按纏著紗布的腦子，忽然想起一事。「昨天，我似乎見到二哥了？」說起這個，程安也笑了。「三爺，您昨日見到的的確是二爺，說起二爺……」

「三弟，你醒了！」沈無恙牽著歸哥兒出現，及時打斷程安的話。

從昨日起，他已經聽了不少關於他「失憶」的那些糗事，尤其是公主身邊那些人，總時不時提一嘴，他這張臉皮快要撐不住了，如今連程安也來湊熱鬧哪行。

沈無非抬頭看去，見記憶裡失蹤的二哥牽著一個六、七歲大的男孩走來，那孩子的眉眼一看就像二哥。當年二哥失蹤的消息傳回來，二嫂早產，他記得他臨行前隱約聽到孩童降生的啼哭聲，應該就是這個孩子了吧？

再望向二哥身後的男子，早已不是記憶中驕傲肆意的少年，驚覺時光已經走了那麼遠。和昨日沒恢復記憶時見到的感覺不同，那時只有陌生，好似在聽別人的故事，也沒有關於這個弟弟的當年模樣做對比。如今再見，腦海中浮現的是當年笑看風華不知愁的少年郎。

他能感受到這個弟弟身上散發出來的凜冽氣勢和努力掩飾起來的煞氣，眼中是藏而不露的鋒芒，嘴角微抿，瞧著老成持重。若非刻意收斂，通身氣勢都比父親還重，這些都不是在京城那個繁華之地能積累出來的。

一同來的，還有攸寧公主一行人。

沈無非打量跟著沈無咎走在一塊兒的小姑娘，小姑娘穿著對襟襦裙，杏眼澄澈，小臉圓圓，看起來嬌俏可人，滿頭烏髮只用一支簪子挽起，看起來半點也沒有公主的架子。

她步伐邁得瀟灑隨意，跟沈無咎說話時，一雙眼睛眨巴眨巴，好似在打什麼主意。沈無咎低頭聽她說，還伸手虛捏她的臉頰，舉止親暱得不得了。

沈無非想起之前沒有記憶時跟這姑娘交手的事了，頓覺無顏以對。

要不是楚攸寧夠厲害，她已是他刀下亡魂。屆時，他殺了自己的弟妹，最終結局只能是兄弟反目成仇。不光如此，這弟妹還是公主，後果不堪設想。

楚攸寧身後帶了好幾個人，他只認出其中一個是小妹沈思洛，看起來一臉福相的那個有點眼熟，還有跟小妹走在一塊兒的男子。

沈無非揉揉額角，不過數年，恍如隔世。

楚攸寧覺得上次來的時候沒好好玩，打算出宮好好逛逛，聽沈無咎說想來看沈無非清醒沒有，便順道過來了。

「三哥……」沈思洛再次見到活生生的沈無非站在眼前，激動地上前幾步，又停住。

「三哥，你可還記得我是誰？」

幾個兄長裡，大哥同父親一樣威嚴，不好親近；二哥有什麼說什麼，會維護她。後來，因為大哥、二哥都隨父親上戰場了，三哥擔負起家中一應大小事，比起兩個哥哥多了幾分溫和圓滑，極好說話，單看著他，不會認為他是出自武將世家，倒像是哪家的清雅貴公子。

沈無非看著亭亭玉立的大姑娘，忍住心中激動，點頭道：「妳是小妹，當年的小姑娘，已經長大了。」

算起來，沈思洛也快二十了，瞧著好似還未嫁人？他記得當年離京時，母親好似在為她張羅親事。

想到可能是因為他出事導致的變故，沈無非臉色微沈。他沒有記憶之前，四弟同他說的都是報喜不報憂，比如母親，不用想也知道，大約是不在了。

沈思洛喜不自禁。「太好了，三哥記得我，那肯定記得三嫂。這次出來還能把三哥和二哥帶回去，不用擔心回去挨罵了。」

沈思洛笑著笑著，轉身埋進裴延初肩窩裡。當年父兄還在的時候，誰敢瞧不起鎮國將軍府？隨著父親和大哥的死，二哥和三哥又接連出事，鎮國將軍府瞬間門庭冷清，有人覺得沈家不祥，避之唯恐不及，幾個嫂嫂更是受盡閒言碎語。

大家都知道，她高興的不單是因為不用擔心挨罵。

裴延初拍著沈思洛，無聲安慰。昨夜沈思洛已經拉著他哭了一通，今日親眼見到她三哥真的好好的，又忍不住了。

沈無非聽到沈思洛提起三嫂，想到當年他扔下剛入門的妻子決然而去，心中一窒。

他不由仔細打量抱著沈思洛的男子，眉眼俊俏，目帶風流，有沒有上過戰場，一眼就能看出來。似乎有點眼熟，好像是當年同沈無咎一道玩的裴延初。

小妹怎會和他湊成對了？他記得這人好像出自英國公府裡最不受寵的三房。

這些暫且不管，沈無非幾步上前。「見過公主。」

公主不在意這些禮數，他卻不能不知禮。哪怕是下嫁將軍府，公主的尊貴也凌駕於將軍府之上。

楚攸寧對這個長得和沈無咎有點像的三哥還是很有好感的，而且他給人的感覺，很像書上說的鄰家大哥。

她連忙擺手。「三哥，生分了不是，一家人不用多禮。」

沈無非笑了，公主喊三哥喊得這般親切自然，不知道的定會認為她是他妹妹。

「聽公主的，往後不會了。」沈無非從善如流。

所有記憶都清醒後，他還記得昨日聽弟弟說了一下午的話，公主也陪著。短短半日，足以摸清這公主是什麼性子。

打死他也沒想到，最疼愛的弟弟有朝一日會尚公主。尚公主看著尊榮，實則受制頗多。

所幸這公主性子極好，壓根兒沒把自個兒當公主。尤其他能有命想起一切，都是她的功勞。

想到之前奉命要抓公主，甚至最後還想殺了她，沈無非自責得不得了。「之前……」

「三哥，你醒來了就好。公主還要帶歸哥兒出宮玩，你我兄弟三人正好敘敘舊。」沈無咎打斷他，這事私下裡說。

他一直也沒得閒，不但要負責皇宮守衛，又被景徽帝傳去議事，直到方才才能脫身。

沈無非本就心思靈敏，瞬間便知道沈無咎不打算讓他說了。

楚攸寧點頭。「對！三哥，我們要去逛逛，給家裡買土產，你要不要一起？你丟下三嫂這麼多年，最好買點東西回去哄哄她。」

堂堂一個公主想送人東西，哪裡需要她親自去買？何況她立了大功，越國國庫和皇帝內庫裡的東西都由她挑，還惦記著親自去買，足見這份心意有多可貴。

沈無非越發覺得這公主弟妹性子好，雖說張口邀請大伯一同逛街，不是弟媳該做的事。他笑了笑。「公主提醒得是，我是該好好想想送妳三嫂什麼禮物。」

「糖葫蘆。」楚攸寧脫口而出。

沈無咎想起，楚攸寧第一次送給他的禮物就是一捆糖葫蘆，不對，是糖油果子。據說是因天熱，糖葫蘆容易化，沒得賣才改送糖油果子，有些懷疑糖葫蘆對她來說，是不是已經成了送禮首選。

沈無非疑惑地看向沈無咎。

「公主喜歡吃糖葫蘆？那我下次買給歸哥兒的時候，也幫公主買。」沈無非沒想別的，直接把楚攸寧當小孩了。在他看來，糖葫蘆是小孩吃的玩意兒。

「好呀。不過，二哥也喜歡吃，昨天過來的時候，手裡還拿著糖葫蘆，可惜打架的時候掉地上了。」楚攸寧替昨天的糖葫蘆可惜。

沈無恙想起和歸哥兒一起舔糖葫蘆的情景，尤其低頭看到兒子期待再一塊兒吃的眼神，又想找地縫鑽了。

陳子善噗哧笑出來。「那是公主之前把駙馬一個人扔在莊子裡養傷，過意不去，打算買給駙馬的禮物。結果天熱沒得賣了，就買了像糖葫蘆的糖油果子。」

沈無非和沈無恙都笑了，無法想像沈無咎當時的表情，叫他們欣慰的是，堂堂公主肯親自買東西哄她的駙馬，證明兩人感情極好。

即便他們沒來得及了解個中緣由，想也知道這樁婚事是景徽帝賜婚，不可能是弟弟求娶。擁有三十萬沈家軍還敢求娶公主，除非腦子生鏽。

「那糖油果子勝過任何以往我收到的禮物。」沈無咎還記得當時公主扛著一草把糖油果子回來給他的樣子，將他整個冰冷孤寂的人生都點熱了。

沈無非忍著笑意點頭。「那我聽公主的，到時送糖葫蘆給妳三嫂。」

「嗯，我聽三嫂說，你還沒送過她糖葫蘆。」她那日進府，便施展精神力，迫不及待想看收回來的東西入庫，然後就聽到幾個女人在府門口說的話了。

沈無非怔住，心裡一痛。他欠她的，又何止一串糖葫蘆。

沈無咎摸摸楚攸寧的腦袋。「三哥記下了。」

沈無恙聽了，也問：「公主，妳二嫂可有說想要什麼？」

楚攸寧認真回想了下。「二嫂說，二哥是個呆子，帶著糖葫蘆騎馬繞了大半個城，最後吃進嘴裡全是沙子。」

沈無恙撓頭。「有這回事？那行，這次回去送她一串不帶沙子的。」

眾人無言，的確是有點憨。

「那我把歸哥兒帶走了，你們兄弟好好聊吧。」楚攸寧覺得沒她的事了，牽起歸哥兒的手，臨走前突然想起什麼，昂頭問沈無恙。「二哥，我說過，若你保護我父皇，就帶你玩，你要一起嗎？」

陳子善等人忍不住發笑，沈無恙剛學會做人的時候，可沒少鬧笑話。

沈無恙神情一僵，隨即大笑。「有這種事？我不記得了。不過，保護陛下是作為臣子的本分，公主不用放在心上。」要不是公主的眼睛過於明亮認真，他都要懷疑她是故意的了。

「那好吧，下次再帶你玩也行。」楚攸寧點點頭，帶著一行人走了。

三兄弟回到殿內。沈無咎似笑非笑地看沈無恙。「二哥，其實你還記得的吧？」

沈無恙神色又是一僵，對上弟弟洞若觀火的眼神，不好意思地點頭。

「其實，我希望二哥不記得了。」不記得那段野獸般的生活，不記得被當野獸馴養過。

沈無恙知道弟弟心疼他呢。「只要能活著與你們相聚，那些都不算什麼。往好的方面想，也算是因禍得福了。」

沈無咎知道沈無恙是在安慰他，用這樣的代價換來的能力，誰想要？

沈無非也附和。「二哥說得對。」

「如今三哥可是想起一切了？」沈無咎擔心地問。

沈無非忍不住抱了抱沈無咎，拍拍他的肩膀，一臉欣慰。「是我們做兄長的不好，本以為能讓你當一輩子的京中小霸王，逍遙一生，最終卻是叫你扛起了整個沈家。」

沈無恙點頭。「沒錯，是我們這些當哥哥的沒用，原想讓你快活一生，反倒叫你揹負這麼多。」

沈無咎是母親生的最後一個孩子，比他們小許多歲，他們原就打算好，將來不需要這個弟弟上戰場，沈家有他們扛就行，誰知道……

沈無咎笑了。「都是一家人，二哥、三哥何必如此見外。不過，若是當年你們有向我透露半分，興許我早些查到，你們也不用受那麼多的苦。」

沈無非和沈無恙互視一眼，嘆息道：「幸好沒透露，不然便是害了你，害了沈家。」

沈無非是因為收到沈無恙的密信，還沒到邊關就遭太后派人暗殺。在他之後，興許太后未必沒想過要動沈家，可能是被景徽帝攔下來了。

兄弟幾個除了敘舊，還要講好對外的說詞，以及盡快掌握一切消息。

當提到地宮的人體實驗時，沈無非和沈無恙倒抽一口涼氣，忍不住摸摸自身，幸好沒接什麼獸腿、獸爪的。

「難道真是沈家血脈方能成功？」沈無非皺眉，他不記得沈家祖上有什麼能人異士。

沈無咎凝視兩位兄長。「二哥，三哥，你們也能駕馭太啟劍吧？」

沈無恙和沈無非怔了下，相視一眼，點頭。

「當年父親讓我試的時候，我發現並沒有任何不適，就假裝駕馭不了。」沈無恙說。

「我也是。」沈無非點頭。

當年有傳言，誰能駕馭太啟劍，誰就是下一任鎮國將軍。雖說沈家沒把這流言當回事，但倘若他們能駕馭，大哥不能，無疑讓大哥難堪。

「這就說得通了。唯有能駕馭太啟劍的人，才可能實驗成功。」

昨夜他跟公主討論過這件事，公主就懷疑，兩位兄長都能駕馭太啟劍。

「原來如此。」兩人也不問沈無咎是怎麼知道的，繼續敘舊。

當得知公主誤打誤撞肅清慶國朝堂，又憑一己之力，攪亂越國，越國才能這麼快滅亡之後，沈無恙與沈無非對這個公主弟妹有了更可怕的認識。

第一百一十八章

如今，曾經為福王建造的仙宮，已經是一片廢墟。

景徽帝站在旁邊，身後站著沈無咎三兄弟，說起關於仙宮坍塌前發生的一切。

沈無恙說的是真的，他被抓來越國之後，對地宮的理解，的確只有零星的記憶。

沈無非也是，他記得曾被注入一管藥水，之後全身彷彿在燃燒，每根筋脈都在撕扯，連他也不知道自己到底是死了又活，還是本來就沒死。

知道最多的反而是沈無咎，揀著能說的說了，就算景徽帝不信，也無從考證。

最後，他提議。「陛下，此處被用來做過諸多傷天害理之事，煞氣重不說，誰知道那個福王做出來的東西，會不會再產生毒氣。臣認為應當將其隔開，列為禁地。」

景徽帝覺得有理，傳令下去，從此這裡被列為禁地，不許人靠近。

三日後，景徽帝班師回朝，沈無咎擔任護駕之責。沈無恙與沈無非的將軍之職，是死後追封的，如今死而復生，景徽帝未決定如何處置，二人便以鎮國將軍家屬的身分一同回京。

此次帶來的大臣，除了史官外，全都留下來治理新的疆土。武將則留了崔巍和他的部將，依戰功封賞不少人，各領兵馬守好城池，將越國百姓編戶入藉。

沈無咎還留下程安，辦一件他自己都覺得異想天開的事。

因為一路護著帝王儀仗回京，走走停停，回到京城的時候，已經入夏。

聽聞大軍班師回朝，整個京城都沸騰了，捷報不停傳回時，慶國上下都在歡呼雀躍。

尤其是鎮國將軍府，自打聽聞大軍班師回朝的消息，府裡只差沒將每一棵花草都擦洗乾淨，迎接他們的將軍歸來。

大軍快到時，每隔幾日便有人來稟報到走到哪裡，沈家幾位夫人無不翹首引領，尤其掛念去戰場的沈思洛和歸哥兒。雖然收到家書，說一切都好，但不親眼瞧見，怎能放心得下。

二夫人好不容易帶著沈無恙的屍骨回京，就聽說兒子跟著公主跑去邊關，這下哪裡還顧得上悲傷，恨不能跑到邊關，將那小兔崽子抓回來，好生打一頓。

本來聽說慶國打退越軍，她想著也該回來了，結果等啊等，盼啊盼，盼來慶國要攻打越國的消息，差點沒暈過去，要不是大夫人和三夫人攔著，她能跑去邊關把孩子帶回來。

她已經沒了夫君，若是再失去孩子，當真是沒法活了。

「大軍回來了！」負責打探消息的小廝歡喜地跑回來報喜，連鞋子掉了都顧不上。

在堂上焦急等待的幾個夫人立即站起來。

「回到哪兒了？可是到城外了？可見到你們四爺了，還有公主一行人？」

小廝忙說：「到城外十里。」

幾位夫人鬆了口氣。「總算回來了。」

這時，門外響起一道聲音——「陛下有旨，命沈家女眷城外接駕。」洪亮的聲音響徹整個永安坊，與鎮國將軍府相鄰的人家都聽得清清楚楚。

景徽帝指名要沈家女眷到城外接駕，這是古往今來都沒有的事。若說如今將軍府裡只剩幾個婦人坐鎮，需要派人代表鎮國將軍府接駕還好說，可沈無垢不是領兵回來了嗎？

所以，在大家看來，突如其來的接駕不是殊榮，反而極有可能是不好的消息。

夫人們聽到這聲音，臉色俱變，追出府門外，但前來傳達聖諭的禁軍已經打馬而去。

「大嫂，不會是老四出了什麼事吧？」二夫人用力抓著大夫人的手，覺得頭頂只剩半邊的天搖搖欲墜。

「二弟妹先別慌，之前四弟派人送回來的家書裡說一切安好，還把歸哥兒寫的大字寄回來，不會有事的。」大夫人握住二夫人冰涼的手，心裡也是七上八下，但是她不能慌。

三夫人見兩個姪女也嚇著了，摸摸她們的頭，冷靜地道：「大嫂，二嫂，大軍已經到城外十里，咱們得趕緊更衣，前去接駕。」

大夫人和二夫人點頭，不管如何，這駕總是要接的。

幾位夫人換好誥命服，牽著雲姐兒和如姐兒，帶上家兵，乘車浩浩蕩蕩往城外趕去。

不一會兒，不光是永安坊，整個京城都知道景徽帝指名要沈家女眷接駕了。看著沈家的馬車出城，羨慕有之，更多的是同情，都覺得沈家怕是又要不好了，否則也不會讓沈家女眷去接駕。

景徽帝御駕親征不過半年，就滅了越國。越國亡國的消息傳回來，幾乎沒人敢相信，凌駕於三國之上，欺壓慶國多年的越國，就這麼沒了？

於是，不單是城裡長街兩邊擠滿了百姓，連城外也是烏壓壓一片，文武百官皆在，以被賦予監國重任的二皇子為首。

沈無垢知道景徽帝讓家中幾位嫂嫂到城外接駕時，也很意外，擔心她們多想，要親信過去說一聲，讓她們安心。

雖然大軍就在城外十里，派人親眼確認不難，但是他不能，會落得窺視帝蹤的罪名。不過，他了解四哥，倘若真的情況不好，不可能沒有隻言片語傳回來。

大夫人等人到城外的時候，聽到沈無垢的親信來傳話，心下稍安。

想當初沈無垢帶十萬兵馬回京，整個京城都炸了，大臣參沈家造反的摺子堆了一堆，連她們都差點以為沈無垢不顧沈家，另有打算。幸好景徽帝金口澄清，道是擔心越國揮兵直下，讓沈無垢帶兵回來，拱衛京師。

後來，景徽帝突然決定御駕親征，直接把四皇子交給沈無垢護著。這下，所有人都知道景徽帝對沈家的信任了，畢竟攸寧公主離開之後，景徽帝幾乎是帶著四皇子同吃同睡。

城門外，文武百官翹首盼望，站在城樓上都隱約能看見屬於慶國的旗幟迎風招展，城外十里的大軍又延綿十里，望不到頭。

沈無咎穿著當初出征時的銀色戰甲，騎馬護在御輦旁邊。御輦的後面是屬於公主的車駕，然後是許玲玥的，再後面才是沈家的馬車。

越靠近京城，大家原本歸心似箭的心突然沈了下來，一個個安靜地想東想西。

沈思洛覺得，這次回去少不得一頓罵，一帶歸哥兒出去，就是將近一年。其實在路上，她就有些後悔了，想到二哥歿了，二嫂只剩歸哥兒一個，要是歸哥兒因此出了什麼事，她賠上命都沒辦法彌補。

她看看外頭騎在馬背上的沈無恙，心裡的愧疚減少了些。幸好，她把歸哥兒好好地帶回來了，還帶回了二哥，還有三哥。

陳子善捏著他媳婦臨行前繡的荷包，裡面是一道平安符。離開快十個月了，雖然他有寫家書，但也知道家書未必能送到媳婦手裡，不知媳婦如何了，有沒有被陳夫人那毒婦欺負。以前媳婦與他形同陌路，陳夫人便懶得費心思對付。而今媳婦跟他一條心了，必定刺陳夫人的眼，少不得會將氣撒到媳婦身上。

此次也跟著一同回來的許玲玥，單獨坐了輛馬車，就在楚攸寧的馬車後面。原本不知道的人，只以為許玲玥是姜塵的心儀之人，等看到安排給她的馬車就在攸寧公主後面，還在沈家前面時，覺得這姑娘的身分不對勁了，紛紛懷疑這是景徽帝帶回來、打算納入宮中的美人。

「公主嬸嬸，我有長高嗎？」歸哥兒問。

這一路上，歸哥兒不是跟他爹一塊兒騎馬，就是跟楚攸寧，偶爾也會被新出爐的三叔抱過去一塊兒騎。有爹爹疼，又多了個三叔，歸哥兒覺得自己是世上最幸福的小孩。

楚攸寧對上小幼崽期待的目光，果斷點頭。「有，不光長高，還壯實了。」而且黑了些，希望帶回去後，二嫂不會嫌棄。

「我母親會不會不認得我啊？」歸哥兒摸摸臉。

楚攸寧摸了把他的髮髻。「放心，到時你母親只怕顧不上你。」

歸哥兒回頭看時不時望著前面、有些坐不住的沈無恙，眼睛一亮，悄聲說：「公主嬸嬸，是不是母親見著爹爹，就顧不上揍我了？」

「今天顧不上，明天總會顧得上。」楚攸寧捏捏他的臉，殘忍地打碎他的幻想，她可是過來人呢。

「啊？」歸哥兒垂下腦袋，還沒到家，已經覺得屁股疼了。

「乖，敢做就要敢當。嬸嬸會記得在旁邊鼓勵你的。」

歸哥兒噘嘴。「公主嬸嬸，我是挨打，不需要鼓勵。」

「那等你母親揍完，我再帶你出去玩。」

走在前頭的沈無咎輕笑。「然後再繼續挨揍嗎？」

楚攸寧打馬過去，與他並行。「你不知道，二哥回來了，與二嫂久別重逢，乾柴烈火，只怕到時候沒工夫管歸哥兒了。」

「公主嬸嬸，母親要燒火做飯給爹爹吃，所以沒工夫管我嗎？」歸哥兒昂頭問。

楚攸寧盯著歸哥兒天真無邪的眼睛，把他的臉轉過去，看著前方。「對！」

沈無咎先是臉色一黑，聽她一本正經地點頭，又忍不住笑了，把歸哥兒撈到自己這邊，跟他說為何他爹爹和母親到時沒空管他。

另一邊的沈無非，時不時摸一下綁在馬背上的小箱子，越靠近京城，心跳就不停加快，真真近鄉情怯。事隔多年，當年的姑娘是否已經認不出他？認出他後，又會是何反應？

此時，眾人都不知景徽帝已經悄悄派人先行一步，傳達讓沈家女眷城外接駕的命令。

又過了半個時辰，屬於帝王的儀仗，終於出現在大家的目光裡。

打馬在前的是威風凜凜的鎮國將軍，與鎮國將軍同行的，是早已聞名天下的攸寧公主。攸寧公主還是同出征時那般，一身紅黑相接的騎裝，滿頭秀髮高高綁起，以髮冠束之，端的是英姿颯爽。

他們的身後，是帝王的御輦，上面設有御座，親征凱旋的景徽帝坐在上頭，睥睨天下。

張嬤嬤抱著已經長高不少的四皇子，殷切地望著她的公主，身影從一個小小的點開始，越來越近，越來越大。

她的公主終於回來了！

公主離開的這些日子，她都是從將軍府那裡得知公主的消息。堂堂一個公主，萬沒有給她一個奴婢寫家書的道理，所以公主有什麼話，都是一併交代駙馬寫在家書裡傳回來。公主還捎回不少好吃的、好玩的給四皇子，足以證明她過得很好。

楚攸寧用精神力掃到城外列隊歡迎的人裡有大夫人幾個，還有張嬤嬤，以及張嬤嬤懷裡抱著的小奶娃。

「沈無咎，我看到小四了。」楚攸寧扔下這麼一句話，便打馬先行。

沈無咎不用回頭看也知道，景徽帝的臉色肯定又黑了。要不是景徽帝一直壓著，不讓她先行，她早就跑回來了。

楚攸寧勒住馬，立即有人上前幫忙牽馬，文武百官看了眼還落在後頭的聖駕，又看看翻身下來的攸寧公主，齊齊躬身行禮。

「參見公主！」

這一揖是發自內心的，無論沈無咎還是景徽帝，都沒有掩藏楚攸寧的戰績，傳回來的捷報中，攸寧公主的功勞最為顯赫，如今誰不知道攸寧公主隻身入城，以一己之力擒住越國皇帝，戰事才能這麼快結束，越國才這麼快滅亡。

不光如此，慶國之所以能做出火藥，也是公主的功勞。當初公主剛出征，景徽帝隨即宣布此事，震驚朝堂，再沒有人認為不應該替公主漲食邑。

曾經，公主在京城攪亂整個朝堂，成了鬼見愁，如今帶著滿身榮耀歸來，大家心悅誠服，只慶幸慶國有這麼一位巾幗不讓須眉的公主。

「不用多禮。」楚攸寧擺手，對另一邊的大夫人幾個說了句。「幾位嫂嫂今日穿得真好看，沈無咎他們在後面，有大驚喜哦。我先去看小四了。」

幾位夫人看到楚攸寧這般神情，徹底放心。若是有人出事，公主斷不會這個樣子。

她們相視一笑，不知何時起，公主成了將軍府的定海神針。驚喜不驚喜的，倒不在乎，只要家人都能平安歸來便好。

小奶娃是皇子，自然跟二皇子、三皇子站在一塊兒，領著百官接駕。

二皇子和三皇子原本還想上前搭話，看到楚攸寧一心想看四皇子，也就罷了，專心等候聖駕。

張嬤嬤激動地看著她的公主走過來，身子似乎又長了些，被一直嫌棄的小籠包也見長了，大概總是在外打仗，臉上已沒有離京時的那般白皙水嫩，但瞧著倒也不覺得黑。這無妨，如今回來，好好養養就行。

又見公主臉上的肉沒怎麼掉，張嬤嬤點點頭，放下心，吃得好就好。

第一百一十九章

楚攸寧走到小奶娃這邊，小奶娃已經在張嬤嬤懷裡待不住，到處走走跑跑，那麼多人在也不怕，還會探頭看看這個，看看那個，被人發現了就跑開，搖搖晃晃，可愛極了。

小奶娃轉過來，看到穿著黑紅色衣裳的楚攸寧，睜著滾圓滾圓的眼睛盯著她，小短腿往前邁了又停。

楚攸寧停下來看他，小奶娃今日穿著量身縫製的皇子袍服，因為還小，沒像他兩個皇兄那般掛了一堆象徵身分尊貴的玉帶鈎。身子抽高不少，看起來不再是圓滾滾的了。

她忍不住想起，去年也差不多是這個時候，小奶娃從花臺後爬出來，抓著她的腳站起身，從此成了她的責任。

張嬤嬤也想看看四皇子還記不記得他姊姊，沒有出聲，想看他見到姊姊後會有何反應。

不出所望，在大家的目光中，小奶娃朝楚攸寧飛快撲過去，抱住她的雙腿，昂起小臉。

就在大家以為他還認得這個姊姊的時候，他伸起小手，去抓楚攸寧墜在腰間的荷包。

「香香，吃……給？」

張嬤嬤期待中的姊弟相見感人情景沒有上演，簡直想捂臉。可能是之前跟著公主待過，四皇子也同公主那般，十分好吃，尤其是鼻子，靈敏得很。

楚攸寧警惕地捂住荷包。「不給。」

圍觀的人無言了，看公主那認真的樣子，不像是逗著四皇子玩，而是真的捂得緊緊的，不願給。

「給……」小奶娃又伸出小手去搆，搆不著，回頭找到張嬤嬤，把張嬤嬤拉過來，指著楚攸寧。「換。」

張嬤嬤想起以前在將軍府的時候，為了防止公主吃太多，讓她把宮裡帶回來的糕點分給將軍府的小輩，她不情不願。沒想到，公主與四皇子分開那麼久，一見面還是吃食更重要，真是的，又該心疼她家殿下了。

今日楚攸寧荷包裡裝的是米酥，指頭大小，吃起來挺廢牙的，就不打算給小奶娃吃了。她拎起小奶娃，小奶娃衣裳裡的玉珮掉出來。她看了，不禁想起，就是因為這塊玉珮，她才來到這個美好的世界，因此決定把小幼崽養大。

霸王花媽媽說，不管世界怎麼變，人的心底總要有個歸處，才能支撐著活下去。在末世，每次出任務，人人都把基地當歸處；在這裡，小奶娃成了她必須回來的牽掛。

「你拿什麼跟我換？」楚攸寧捏了下四皇子的小胖臉。

小奶娃長大了，雖然沒以前那麼肉，但還是那麼好捏，滑滑嫩嫩，有點緊實，看起來更可愛了。

她終於知道霸王花媽媽們為什麼沒事老說一歲到三歲的她最可愛，一歲多的小孩，能融化人心。

小奶娃掙扎蹬腿，但並沒有害怕，張開粉嫩嫩的小嘴，奶聲奶氣地說：「蛋蛋，換。」

楚攸寧問張嬤嬤。「什麼蛋蛋？」

張嬤嬤說：「陛下御駕親征後，殿下一直同忠武將軍住在鬼山。」

楚攸寧望向一直護在小奶娃左右的男人，她記得景徽帝說過，把小奶娃交給沈無垢看護，那這人就是沈家老五，沈無咎的庶弟了。

沈無垢長得和沈無咎兄弟都不像，倒是跟沈思洛這個親妹妹有幾分相似。兄妹倆的相貌應該是隨了許姨娘，眉峰英挺，陽剛帥氣。

「下官沈無垢，參見公主。」沈無垢拱手見禮。

在邊關的時候，他就好奇能讓四哥在字裡行間都透出溫柔的公主是什麼樣子，沒等他回到京城，就已經聽到攸寧公主的威名，才知道在短短幾個月裡，整個朝堂因她發生了天翻地覆的變化，還陪四哥親上戰場。

從戰場上活下來的人，最佩服敢於上戰場的人，尤其是一介女流，他便打心底認為這個公主是好的了。

「一家人，不用多禮。我的雞怎麼樣了？」楚攸寧懷疑她的雞沒了。

饒是沈無垢也沒料到尊貴的公主一開口就問他雞怎麼樣了，呆了下，趕忙道：「公主的雞都在，除了老虎和黑熊每日一隻，以及意外死掉的，其餘的還孵出了一批新的。」

「老虎和黑熊還在？」楚攸寧很意外。沒有她的精神力壓制，那兩頭野獸居然還在呢。

「那不是公主養的嗎？」沈無垢詫異，他帶兵進鬼山的時候，那兩頭猛獸一直守在養雞的山頭，要不是守在那裡的暗衛現身，說那是公主養的，他們都要動手了。

不等楚攸寧哄小奶娃喊姊姊，聖駕已經近在眼前。

沈家幾位夫人看到走在最前頭、坐在高頭大馬上威風凜凜的沈無咎，確認他完好無損，也就沒什麼好擔心的了。

二夫人不停往後面長長的隊伍看去，迫不及待想看到她的歸哥兒，可惜隊伍太長，看不到，也不能直接過去尋人。

御輦一停，所有人跪地山呼。

楚攸寧不想跪，乾脆拎著小奶娃，回到景徽帝那邊。

大家見攸寧公主就這般走過去，景徽帝也沒說什麼，心裡立即有數了。

攸寧公主此番上戰場滅了越國，立了不世之功，只會更得景徽帝看重，更縱容她。若非因為她是女子，儲君之位非她莫屬。

在一片前來接駕的人裡，就屬沈家女眷最為顯眼。

三個身著誥命服的女子站在那裡，容貌各有千秋，唯一相同的是都沒有在意四周目光，挺直背脊，自有一股身為沈家婦的傲然。

景徽帝從御輦上下來，對臣子們一番慷慨陳詞，然後看向沈家女眷，把人叫上前。

「幾位夫人可知，朕為何叫妳們來接駕？」

大夫人看沈無咎，見沒什麼提示，領著弟妹們躬身低頭。「臣婦不知，請陛下明示。」

景徽帝的目光落在她的兩個女兒身上，而後問旁邊的二夫人。「沈二夫人，此次鎮國將軍府滅越國有功，朕賜妳個夫君如何？」

離得近的人聽了，瞠目結舌，以為是景徽帝從越國帶回來的能人，這是又開始昏庸了？歷來只有戰敗國家需要獻上美色求和，何時有過戰勝的國家還要用臣婦來拉攏亡國之臣？

二夫人臉色不變，也覺得景徽帝又昏聵了，先磕個頭，才挺直背脊，堅定有力地回答。「自夫君失蹤那日起，不管是生是死，臣婦都決意替他守著。陛下這是罰，不是賞。」

景徽帝沒生氣，只是笑問：「妳可想清楚了，當真不要？」

楚攸寧將待不住的小奶娃塞給沈無咎。「二嫂，要吧，不虧。」

二夫人皺眉，想起那日公主開玩笑說讓她改嫁的事，莫不是當真了？她看看抱著四皇子的沈無咎，沈無咎也對她笑著點頭。這是商量好的，打算讓她再嫁？不管他們葫蘆裡賣的什麼藥，二夫人堅決道：「公主，我是絕不會另嫁的！」

景徽帝點頭，又問三夫人。「沈三夫人，當年妳與沈三大婚，沈三還在宴客之時，就收到沈二失蹤的消息，因著急趕往邊關穩定軍心，當眾離去。世人皆知妳與他有名無實，朕亦賜妳個夫君如何？」

三夫人此時的腦海裡，有了好幾種可能。

她猜的是，已經滅亡的越國可能有什麼能人值得景徽帝拉攏，就是不知為何會將主意打到她們身上。那人許是在報復，因為沈無咎帶兵滅了越國，他們便要沈家婦來折辱。

可是也不對，這事沈無咎和公主都贊成，瞧他還有心思逗四皇子玩，不可能是被逼的。

「臣婦不願。」三夫人腦子轉得飛快的同時，也跪下磕頭拒絕。「既為沈家婦，便一輩子都是沈家婦！」

就在大家以為景徽帝會勃然大怒的時候，景徽帝笑了笑。「不如這樣，妳們先看看，再決定要不要。」吩咐一聲。「出來吧。」

兩個男子從後面走出來，當場認出那兩人的人都驚得忘了呼吸。

二夫人和三夫人發現四周突然好安靜，靜得讓人心裡發慌。

「二嫂，三嫂，妳們快抬頭看看。」這是公主的聲音。

二夫人暗暗攥拳，她倒要看看，是什麼樣的男人值得公主和沈無咎作媒！

這一抬頭，她只覺得四周景色都模糊了，唯有這人清晰入骨。

二夫人忘了景徽帝還在，忘了周遭所有人，起身走過去，看著這張闊別多年，無數次出現在夢中的臉，想碰又不敢碰，生怕把他碰沒了。

她含淚而笑。「原來這世上當真有英魂不滅一說。沈二，你這是跟著老四去戰場了嗎？如今越國亡了，慶國也有火藥武器了，今後無人敢欺，你可以安心地走了。」

「夫人……」

「我本想將你的屍骨帶回老家，葬入祖墳，可老四寫家書說等他回來再議，我才想起，要把你葬入沈家祖墳，須男丁在場，可歸哥兒又跑去戰場了。你別急，如今老四回來了，待我擇個好日子，就將你葬入祖墳，你便不是孤魂野鬼了。」

沈無恙貪戀地看著這張被他遺忘多年的臉，哪裡聽得進去她說了些什麼。

「對了，你見過歸哥兒了嗎？」

沈無恙紅著眼眶點頭。

二夫人抹了把淚，笑著道：「那就好。你安心去吧，我會好好帶大歸哥兒，看他娶妻生子的。」

這會兒，沈無恙總算聽清了二夫人的話，愣了愣。「夫人，我安心去哪兒？」

「我知你放心不下我們母子倆，放心不下沈家。現在沈家有老四、老五撐著呢，還有公主護著，不會叫人欺了去，所以你大可放心地走。我雖然捨不得你，可又怎麼忍心讓你當個孤魂野鬼。你去吧，缺什麼，我燒給你。」

大夫人也差點以為是沈無恙和沈無非化成鬼魂回來了，但一想又不對，這是青天白日，哪來的鬼？再看沈無咎和公主他們都笑盈盈的，登時不敢置信。

已經死了的沈無恙和沈無非，活著回來了！

她尚且不敢相信，何況是剛把自家夫君的屍骨從邊關帶回來的二夫人。

她看著沈無恙，牽著兩個女兒的手不由緊了緊，心裡由衷為兩個弟妹感到高興，總算苦盡甘來了。

第一百二十章

沈無恙終於遲鈍地發現他媳婦把他當成什麼了，顧不得在場那麼多人，直接握住她的手，將她拉近。

「夫人，我沒死。妳摸摸，是不是熱呼呼的。」

二夫人抬手撫上這張臉，的確是熱的，忽然轉身問大夫人。「大嫂，妳說我是不是瘋了，我竟然看到沈二活著回來了！」

大夫人很理解她此刻想相信又不敢的心情，在她看來，二弟妹在二弟出現的那一刻，腦子就已經無從思考了。三個妯娌在將軍府裡相互扶持多年，都以她為長，所以才會找她要個肯定回答。

她看了眼著急的沈無恙，笑著用力點頭。「二弟妹，妳沒瘋，老二真的活著回來了。妳再仔細看看。」

二夫人瞬間淚如雨下，她是不敢信啊。明明她才親自去邊關將他的屍骨挖出來，讓她怎麼敢信？

沈無恙見他惹得媳婦哭了，顧不得眾目睽睽，將她轉過來，抬手粗笨地幫她擦淚。「阿妍，對不住，是我不好，妳莫哭。要不，妳打我。」

二夫人捶著他、打著他。「你這些年去哪兒了，七年了啊，一點音訊都沒有！」
「妳別打，仔細手疼，等回去再同妳細說可好？」
與此同時，三夫人呆呆看著那個穿著石青色衣袍的男子，拿著一串晶瑩剔透的糖葫蘆朝她款款而來，腦海裡浮現出兩人當初相識的情景。
「是舍弟莽撞，驚了姑娘的馬，還請姑娘見諒。」
「你們可是有事急著歸家？」
「並無，是舍弟騎馬跑得忘我了些。」
「既如此，只要你們對得上我出的對子，我便不計較了。」
「咳，這個……」
「三哥，母親還等著咱們回去呢，你不能見人家姑娘生得貌美，就把母親給忘了。」
「姑娘，這對子不限時日吧？待我何時對出來，姑娘再何時原諒我們兄弟可好？」
當年那男子長得一表人才，瞧著滿腹詩書的模樣，實則卻嫌詩是酸詩，嫌對對子無聊，可後來卻能為了她爬牆頭唸詩、學作詩，向她請教。
甚至為了她，他將自個兒的院子弄得詩情畫意，還專門闢了一間屋子給她藏書，四處搜羅孤本書籍填滿書架。
當年京裡人都覺得他們不般配，一個整日吟詩作對，一個整日持刀弄棒，怎麼看都是沒辦法舉案齊眉的一對，連她母親也覺得她嫁入將軍府會不好過。

他們不知，這世上再尋不到另一個滿心滿眼都是她的人。

當年她在新房裡聽到他急於奔赴邊關的消息，提著嫁衣就往外跑，終歸只能目送他決然而去，最後只留給她一個策馬揚鞭的背影。

她以為她將帶著他們的回憶，還有他留給她的最後一個背影過完此生，沒想到他活著回來了，帶著一串糖葫蘆，在她遺憾他們的回憶裡沒有一串糖葫蘆的時候。

她不像二夫人那樣，剛親自遠赴邊關取回丈夫的屍骨，認為這是白日見鬼。幾乎是沈無非出現的那一瞬間，她就知道這是真的。

多年不見，臉還是那張臉，依舊清俊秀雅，只是多了幾分看不透的神秘。

三夫人無措起來。這麼多年，她已經習慣了沈無非的死亡，習慣了在回憶裡想他，從未想過自己的夫君還活著，他突然活生生地出現在眼前，讓她有些六神無主。

沈無非貪婪地看著這張臉。七年過去，她看起來比當年更沈靜了，當年第一眼吸引住他的，便是她眼中的光彩。如今那眼裡沒有光，像一汪平靜的湖泊。

她在十七的年華嫁他，他卻讓她空守七年，不確定回來後，她還願不願意做他的妻子。

他了解她，心有傲氣，從不願叫人看輕了去。可他當眾拋下她一走了之，是保全了她的清白，可也叫人看了笑話。

「阿錦，我回來了。」沈無非終於走到她面前，將那串糖葫蘆遞過去，聲音裡壓抑著喜悅。「這是我特地用冰捂著一路帶回來的，怕化了。」

一路帶回來的，京城沒有嗎？真傻！像當年硬要向她請教作詩一樣。

三夫人看看那串糖葫蘆，才抬手接過來，迎視他。「糖葫蘆易化，心不易。沈三爺，那封放妻書，還在我這兒好好保存著。」

一句「沈三爺」讓沈無非心頭發緊，喉嚨彷彿被堵住，張了張嘴，才出得了聲。

「阿錦，那不算數。」

三夫人知道，沈無非好不容易活著回來了，她不該使性子，可是心有不甘。「你當年有寫放妻書的工夫，卻沒有來見我一面的工夫嗎？」

「我……」

「你分明是知曉此去不歸，便絕情地轉身離去，連回頭看我一眼都不願。」三夫人倔強地昂著頭，眼裡被淚水填滿。

沈無非搖頭苦笑。「哪是不願，我是不敢，怕看了再也走不了。」

在家國和她之間，他選擇了家國，也只能選擇家國，是他對不住她。

他怕跟她道別，怕看到她不捨的眼，怕捨不得放她離開。好不容易才等到娶她入門，臨門一腳，如何甘心？

三夫人知曉，倘若當年他來向她道別，她會留住他圓了房再走。他知道她會那樣做，乾脆連見都不見，不知這到底是對她狠，還是對他自己狠。

她微抬下巴，就像當年在馬車上那般。「那好，我再給你出一副對子，你何時對出來，就何時從我這兒拿回放妻書。」

沈無非怔怔地看著她，緩緩勾起唇，再也忍不住擁她入懷。「好。」

他回來了，她眼裡的光也回來了。

知道沈無恙及沈無非和妻子重逢，尚有許多話要說，景徽帝哪怕是一國之君，也不會這麼不識趣，一會兒後，就帶著隊伍入城回宮。

臨走前，他還逗了下小兒子，結果小兒子依然跟之前一樣，喜歡用屁股對著他，跟他姊夫倒是親，哼！

凱旋隊伍自然不能在城外就散了，還要進宮論功行賞。楚攸寧不耐煩這些，帶著小奶娃跟歸哥兒他們一道走，到時直接拐彎回將軍府。

沈無咎身為這次領兵的元帥，沒辦法缺席，只能眼睜睜看著他媳婦拋下他離開。

大夫人也帶著兩個女兒坐上馬車，跟著　道回去。

「母親，二叔和三叔回來了，要是……」後面的話，雲姐兒咬著唇，沒說下去。

「妹妹！」如姐兒這個做姊姊的，自然知道她想說什麼，扯了下她的手，示意她別叫母親傷心。她已十三歲，再過兩年就可以許人家，比小兩歲的妹妹懂得多，也想得多。

大夫人把兩個女兒摟進懷裡，笑著說：「傻孩子，母親有妳們兩個就足夠了。妳們二嬸和三嬸比母親苦，如今妳們二叔和三叔回來了，她們也算苦盡甘來，咱們將軍府會熱鬧許多，往後妳們嫁人，又多兩個叔叔給妳們撐腰。再說，母親已經守慣了。」

她和沈大爺不像沈無恙和沈無非夫妻，在成親之前已彼此傾心。沈大爺身為長子，年少便開始跟著他爹鎮守邊關，娶親也是聽從母親安排，娶她是因為她適合當沈家長媳，未來鎮國將軍府的當家主母。

成親後，沈大爺鮮少回京，每次回來都是來去匆匆。她身為長媳，不可能像二弟妹那般可以隨意跟去邊關，兩人如同一般夫妻那樣相敬如賓，他回來，她盡妻子的本分；他離去，她盡長媳之責，打理好將軍府。

唯一叫她動心的，大概是她想替他納妾，讓他帶去邊關伺候，他卻拒絕了。只是到底相處時日不多，此事像一顆石子投進平靜的心湖，掀起漣漪後，再無波瀾。

如今，最大的女兒已經十三歲，再過幾年便要出嫁，她守寡多年，早已心如止水。倘若沈大爺死而復生，她可能反倒不習慣了。

「母親……」

雲姐兒和如姐兒抱住大夫人，不知道母親說的是不是真的。但是母親不想，她們想的。父親死去那年，她們一個五歲，一個三歲，早不記得父親長什麼樣了。倘若父親能像二叔和三叔一樣死而復生，誰不樂意呢？

「都多大的人了，還撒嬌。妳們也大了，可不許使性子，知道嗎？妳們二叔和三叔會同四叔一樣疼妳們的。」大夫人擔心女兒們多想，移了性子。

「知道，幾個叔叔要是不疼我們，我們找公主嬸嬸去。」如姐兒哼道。

大夫人笑著戳戳她的腦門。「鬼靈精，妳公主嬸嬸還能逼叔叔疼妳們不成？」

姊妹倆點頭。「能！」

大夫人語塞。好吧，她也相信公主真的能。

想到那情景，大夫人搖頭失笑。公主回來，沈家又要熱鬧起來了。

凱旋的隊伍從城門進來，長街兩邊圍滿了人，樓上、樓下都是，只怕整個京城裡的人都擠在這裡，迎接大軍了。

聖駕過去後，大家看著馬上俊美無匹的鎮國將軍，不說他在雁回關鎮守多年，與綏國打了那麼多場仗，沒輸過一座城。光是他去雍和關，不到一年就把越國滅了這事，足以叫人奉為不世戰神。

這一刻，大家都忘了曾經嫌棄嫁進鎮國將軍府必守寡之事，只恨當初沒早下手，要不是因為他尚了公主，不知有多少芳心落在他身上，哪怕他娶了妻，也少不得有女人往上撲。但他尚的是公主，還是力大無窮，一言不合就開打的公主，那些鶯鶯燕燕們可不敢。

陳子善自然不會錯過這次萬眾矚目的機會，也騎著馬行走在公主的馬車旁邊，不停張望著長街兩邊的人群，不管是樓上、樓下，想尋找他媳婦的身影。

皇帝班師回朝，這麼大的事，他媳婦不可能不知道，應該會出府來看他威武的英姿吧？要知道，這輩子可能也就這麼一次了。

可是眼看他們的馬車快到拐彎處，要離開正街回將軍府了，都沒見著他媳婦的身影。

第一百二十一章

曾經和陳子善一道齊名的紈袴子弟，見陳子善如今跟在攸寧公主身邊春風得意的樣子，嫉妒得不得了。

明明名聲比他們的還爛，卻走了狗屎運，得攸寧公主看重，怎麼看都叫人不爽。那是能當侍衛的料嗎？就這身肥肉上戰場，居然能活著回來，想也知道有多貪生怕死。

其中最看不慣陳子善的，就是寧遠侯府的世子，兩人的仇可從當年搶花魁說起，寧遠侯世子認為就這麼個鄉下來的泥腿子，還敢跟他搶人，簡直不把陳子善放在眼裡。

後來，他想法子整治陳子善，奈何陳子善充分叫他知道什麼叫光腳的不怕穿鞋的，陳子善能豁得出去，他不行，如今想整治他更不可能。

他見聖駕走遠，便對經過樓下的陳子善喊：「陳大公子，恭喜你當爹，雙喜臨門！」

這話一出，四周的人無不在笑，尤其是以前與陳子善不合的紈袴子弟。

「陳子善，快回去看看你媳婦給你戴的那頂帽子夠不夠綠。」

「陳子善，你不是想要個兒子嗎？有人幫忙了，哈哈……」

「早知道找小爺我幫忙啊，小爺不介意讓別人養自個兒的孩子。」

馬車裡的大夫人聽了皺眉，因為接駕，再加上沈無恙和沈無非的死而復生，倒是忘了派人跟陳子善說一聲他家發生的事。
她招來跟在馬車旁邊的婢女，要她過去把陳家的事告訴陳子善。
楚攸寧想逗小奶娃，難得沒騎馬，聽到樓上一聲接一聲不堪入耳的嘲笑，朝外頭說得最瘋的那幾個男人投去一縷精神力。
酒樓上的幾個公子，前一刻還囂張大笑，下一刻就轉頭互毆。
「知道你不介意我就放心了。想不到吧，你那三兒是小爺的種！」
「你說什麼？你敢給小爺戴綠帽，小爺打死你這姦夫！」
另一個也對另外一個說：「下次你再跟本公子搶女人，本公子就將你好男風的事抖出去，你還是下面的那一個！」
剛剛大肆嘲笑陳子善的幾個男人突然互相揭短，內容驚人得蓋過陳子善被戴綠帽之事。
陳子善哪裡還顧得上別人的嘲笑，聽到他當爹的那一刻，整個人都懵了。
他想起的是當初公主在越國掐指一算說過的話，說興許他回來就當爹了，如今可不成真了嗎？公主還說歸哥兒回來就能見到他爹，儘管沒回來就見到了，但結果都是一樣的。
算算日子，距離他離京至今，已有九個多月，若是他離去時有的，是該生了。
陳子善欣喜若狂，回頭對馬車裡的楚攸寧說：「公主，您算得真準，我真的當爹了！」

張嬤嬤訝然，公主出去一趟，還學會算命了？
楚攸寧對上張嬤嬤疑惑的目光，越心虛越挺直背，搶走小奶娃手裡她帶回來的玻璃球。
「我隨便說著玩的。」
「姊姊，球球，玩……」
小奶娃伸手去要，歸哥兒趕緊把另一顆玻璃球推給他。
小奶娃見了，用雙手拿起玻璃球，給他姊姊一起玩。
這玻璃球有拳頭大小，越國為了給福王製作燒杯等物，有座玻璃工坊，她就讓人做了幾顆沈甸甸的玻璃球，回來給小奶娃滾著玩。
張嬤嬤對公主搶弟弟玩具的行為感到無語，哪裡還能不知道公主是不想她再問下去。
她點頭。「公主果然是有福的，隨便說說就成真呢。」
楚攸寧發現，她臉皮好像沒剛來的時候那麼厚了。
這時，大夫人身邊的巧荷過來說了賈氏當日帶著人來將軍府求助之事。原本大夫人打算讓賈氏在將軍府養胎，但賈氏是個知好歹、懂分寸的人，能得將軍府出面庇護已經難得，她夫君只是公主身邊的侍衛，哪能不知好歹，得寸進尺賴在將軍府不走。
大夫人見她堅持，不好再勉強，告訴她，若是有事，可派人來尋將軍府。
陳子善聽完，一向笑咪咪的臉變得陰沈狠戾，恨不得現在就去把陳府那些人撕了！
萬一賈氏搬回娘家，那娘家也不是好待的。當初賈氏是為了保住她父母留下的家產，才嫁給他，如今家裡只有一個十六歲的弟弟，正努力考秀才。她一離開陳府，等於失去了陳府這座靠山，她那些叔伯豈不乘機欺負她。

陳子善有些不安，擔心會出什麼事，正想跟楚攸寧說要先行離去，只見一個婢女拚命擠進人群裡，朝他追來。

陳子善一眼就認出，那是他媳婦身邊的婢女秋實。

「大公子，不好了，大奶奶動了胎氣，馬上就要生了，您快回去瞧瞧吧！」

陳子善臉色刷白，險些從馬上跌下來，向楚攸寧說了聲，打馬離去。

楚攸寧有點不放心，讓張嬤嬤先把四皇子帶回去，又跟大夫人說一聲才離開。

身為隊長，她得去看看，更別提陳子善可是在完全沒什麼身手的情況下，敢跟她遠赴邊關，上戰場，甚至為了護著隊友豁出命。護短，她是認真的。

原本還在嘲笑陳子善的人，看見從馬車上跳下來的身影後，有默契地閉嘴了。

沒上戰場前的攸寧公主已經叫人聞風喪膽，而上了戰場，敢孤身入虎穴抓住敵國帝王，逼得敵國不得不投降的攸寧公主更叫人可怕、可敬。

沈思洛聽了，也要一塊兒去。他們可是一隊的，同生共死過，也被楚攸寧帶得護短起來。

裴延初在攻城時帶兵禦敵有功，列入進宮領賞的名單裡，所以不能去。

姜塵還在因為景徽帝讓許晗玥跟著回宮而魂不守舍，聽到公主要去為陳子善出頭，自然也跟上。

至於歸哥兒，就不好帶去了，還是讓他回去等著跟爹娘團圓吧。

陳子善的媳婦賈氏，娘家曾是不小的商戶之家。後來父母雙亡，家中叔伯、族中親人惦記她父親留下的家產，最後她捨了大半錢財，才帶著弟弟從那個群狼環伺的家裡分出來，住進她母親的陪嫁房子裡。

陳子善到的時候，正鬧得歡，文弱的小舅子擋在門口，如狼崽子一般，不讓人闖進去。一個流裡流氣的男人說：「小舅子，你姊正在裡邊替我生孩子呢，快讓我進去看看。」

「我再說一遍，給我滾！」小少年完全沒了平日的斯文。

「你該不會還指望你那個姊夫吧？京城誰不知道陳家二……大公子睡遍京城女人，也沒能讓一個女人懷孕。你覺得，陳大公子回來了，還容得下你姊？」

「你他娘的找死！」

陳子善衝過去，一拳朝那人臉上砸去。這趟去戰場，也不是白混的，至少行動敏捷多了，還學會不少招式。最重要的是，死裡逃生過，該狠的時候絕不猶豫。

楚攸寧用精神力掃了眼正在生娃的女人，然後呆住了，忘了把精神力收回來，就那麼看著痛得尖聲大喊，表情猙獰的產婦。

末世裡出生的孩子多得是沒爹沒娘，最幸福的就是有父母的。霸王花媽媽擔心她多想，打小就告訴她，身處末世還願意把她生下來的女人，必定很愛她。

畢竟人在末世都活不下去了，更別提安全撐過十月懷胎。孩子生下來後，養不養得活還不知道，所以有勇氣生下她的女人很偉大。

霸王花媽媽是希望她不要忘了那個給了她生命的女人，雖然不知道她是誰，長什麼樣。如今親眼看到女人生孩子這麼痛苦，楚攸寧心裡有了觸動。

「糟了！孩子的腳先出來，這是難產！」

楚攸寧聽到穩婆的話，趕緊收回精神力，上前抓住陳子善的手，把已經被揍得嗷嗷叫的男人一提，扔進巷子裡的泔水桶了。

「你媳婦難產，先去看你媳婦。」

陳子善聽到難產兩字，腳都軟了，要不是姜塵在後面接得快，得癱在地上。

他兒時待在鄉下，就見過兩個女人因為難產而死，一屍兩命，無一救得活。

「不要了，孩子我不要了……」陳子善跌跌撞撞往屋裡跑去，嘴裡喃喃說著這話。他後悔了，他不該奢求的，沒孩子就沒孩子了，何苦還要填上他媳婦一條命？

小少年看到楚攸寧扔人的時候，就知道她是誰了，何況她穿著雖簡單，那料子卻不是常人能穿的，大概是她的實力往往讓人忽略了她與生俱來的貴氣。

賈家只有一個廚娘和他身邊的小廝，還有灑掃婦人。因此，小少年再擔心姊姊，也只能留下來接待突然駕臨的攸寧公主。

只是沒等他行禮，楚攸寧已經抬步進門。

「人命關天，公主不講這些虛禮，你快安排人叫大夫吧。」姜壓對小少年說了句。

小少年感恩地深深一揖，趕緊去忙了。

至於被扔到泔水桶的無賴，很快就被趕來的京兆府衙役抓起來。公主親自出手要整治的人，他們哪敢裝死，尤其今日是景徽帝率領大軍凱旋的大好日子，這人最好背後沒人指使，否則就是自尋死路。

楚攸寧人沒到，卻用精神力關注屋裡的一切，也弄懂了為何孩子腳先出來會導致難產。因為孩子的兩隻腳是分開的，就算一隻出來了，一隻沒出，卡住宮口也生不出來。硬把孩子的兩隻腳往外扯，會大出血，何況扯出了腳，還有手呢。長時間生不出來，孩子容易因窒息而死。

這個世界沒有剖腹產，也沒有止血、輸血的醫學技術，楚攸寧突然覺得，這個世界的女人生孩子的危險，簡直跟末世有得一拚。

第一百二十二章

楚攸寧的腳速不慢，到的時候就見陳子善撲在床前，握著賈氏的手，哭得稀裡嘩啦，直說不要孩子，保大人。

賈氏滿頭大汗，臉色蒼白，看得出正在忍著極大的痛苦，看到陳子善破門而入的剎那，就知道她值了。

「你信這孩子是你的嗎？」賈氏聲音虛弱，但是抓住陳子善的手很用力。

陳子善連連點頭。「我信，我沒懷疑過。妳要是真想紅杏出牆，當初我答應和離的時候，妳就不會留下來。」

賈氏眼角落淚，眼裡閃過一絲堅定，對穩婆說：「保孩子！」

「保大人！至於孩子……是我命中注定沒有孩子。」陳子善握著她的手，同樣堅定。

「是不是只要把孩子的頭調過來，就能生了？」楚攸寧直接問穩婆。

穩婆眼光老辣，一眼便看出楚攸寧還是個黃花大閨女，產房不是她能待的地方。

「是，不過難就難在沒有法子調過來啊。姑娘家不該進產房，快出去吧。」

陳子善想起楚攸寧有著不一般的能力，心裡又有了希望，轉過身對著她跪下。「公主，求求您救救我媳婦！」

穩婆聽說這是公主，嚇了一跳，也趕緊跪地。

楚攸寧讓他們起來，她本來是可以直接做的，但這攸關兩條性命，她對生娃不熟，所以得確認一下。

她施展精神力穿過肚皮，看到肚子裡的寶寶臀位朝下，一隻腳已經往外探。

楚攸寧看向痛得表情猙獰的賈氏，提醒她做好準備。「接下來，可能會更痛。」

「我受得住，只要能保住孩子就好。」

賈氏知道，遇上難產只能保一個，要保孩子的話，只能用剪刀把會陰剪開，探手進去，試著將孩子拽出來。如此，母體必然不能活，孩子最後能不能活尚未可知。哪怕機會再小，她都想保住孩子，除了滿足陳子善想要有孩子的願望，她也覺得自己可能活不成了。

連穩婆也以為這是要保小了，正等公主下令，就見公主又一瞬不瞬地盯著賈氏的肚子。就算產房不該是姑娘家該待的地方，她也不敢多說什麼了。

楚攸寧再次將精神力探入賈氏的肚子裡，化為無形的手，先將寶寶出來的那隻腳收回去，呈蜷縮狀，輕輕往上退出骨盆腔，然後托住寶寶，一點點掉轉方向。

穩婆發現產婦的肚子開始鼓動，輕易就能分辨出是孩子的頭在往上移，瞪大雙眼，不敢置信。

她接生這麼多年，還是第一次見到這麼詭異的一幕，差點驚呼出聲，也差點想上手幫忙，隔著肚子把孩子的頭往上推。

賈氏的痛呼聲比之前更尖銳，每叫一次，陳子善就覺得好像刀子刮在身上，被她握住的手，已經疼得沒有知覺。

他一邊擔心她、一邊緊張地看著她高高隆起的肚子，時高時低地鼓起，也焦急地暗暗期待著。

看似漫長，實則只有一會兒，等寶寶身子轉得差不多的時候，楚攸寧一鼓作氣，技巧地往上一推——

賈氏發出慘烈的叫聲，那一刻，孩子的頭似乎要頂破肚皮，旁人看得觸目驚心，幸好很快就恢復正常。

哪怕疼得渾身好似撕裂，但賈氏還是能感受到，肚裡的孩子在裡面猶如打了個轉，胎位已經掉轉過來了。

楚攸寧沒經驗，卻也知道不能讓臍帶纏上寶寶的脖子。胎位調正過來的寶寶，因為宮口已開，幾乎是自動入盆，好似已經迫不及待要出來看看這個世界。

這番操作，一點也不比上次幫沈無非取針時簡單，那麼小的孩子，她都怕一個失手，把他弄沒了。最可怕的是，可能會一屍兩命，所以神經一直緊繃著。

穩婆見產婦的肚子在驚心動魄那一下後，便沒了動靜，趕緊蹲下身看，然後喜得大喊。

「正了！正了！真是老天保佑，這孩子是個疼娘的啊！大奶奶，孩子已經正過來了，可以繼續生了。來，使勁！」

楚攸寧看賈氏已經痛得沒有力氣，真怕她生到一半生不出來，於是在賈氏用力的時候，又用精神力探入肚子裡，把孩子往前推。

沒一會兒，孩子就從產道裡滑出來了，穩婆也沒料到孩子這麼快就出世，接住的時候還有點懷疑人生，生第二胎的婦人都沒這麼快吧？

雖然在肚裡折騰了一會兒，但孩子沒憋得太久，又是足月，一出來，就哭得十分響亮，是個男孩。可能是懷胎的時候，母體憂思過重，生出來的時候有點瘦，也幸好不像陳子善那麼胖，不然胎位更不好調正。

楚攸寧看了眼，默默扭開臉。在肚子裡的時候還不覺得，生出來了一看，好醜。

「生了？我的孩子順利出生了？媳婦，妳看見了嗎？沒事，妳和孩子都沒事。」陳子善看著穩婆抱在手裡蹬腿的嬰兒，懵了好一會兒才回過神來，激動地跟賈氏說話。

賈氏有氣無力地點頭，在她以為她快要力竭，沒辦法把孩子生出來的時候，孩子就出世了，自己都感到不可思議。

她望向楚攸寧，那麼尊貴的公主，居然半點不嫌腌臢地進產房，跟個福星似的站在產床前。有她在，孩子自己掉過頭來，改掉了本就難產的命運。

至於公主方才跟她說「接下來可能會更痛」那話，她還是覺得，那是打算用上剪刀了，連穩婆也這麼以為。只是還沒來得及拿剪刀，孩子就奇蹟般的轉了個頭。

楚攸寧又看看已經用襁褓包起來的嬰兒，跟隻紅皮猴子似的，還是覺得醜。要是每個孩子剛出生都這樣，當初這樣的她被霸王花媽媽撿回去，真是幸運。

楚攸寧收回目光，說道：「孩子生下來了。陳胖胖的媳婦，妳好好休息吧，我給陳胖胖放假，讓他在家帶孩子。」

這會兒，陳子善已經鎮定下來了，讓賈氏好好休息，又讓秋實看好孩子，然後親自送楚攸寧出去。

外頭，姜塵和沈思洛擔心得不得了，畢竟難產真的很難有好結果，哪怕是宮中的婦醫聖手都沒轍。直到聽見孩子的啼哭聲，以及母子平安的聲音，揪著的心才徹底落地。

到了外頭，哪怕知道楚攸寧不喜歡人跪她，陳子善還是撲通跪下，結結實實磕了三個響頭，眼眶泛紅，說他和他兒子這輩子就替她效命了。

別人不知道這是公主幫的忙，他卻是知道的，要不是公主，他就要失去妻子和孩子了。

「陳胖胖，我有點同情你兒子了。」

陳子善笑道：「能為公主效勞，是那小子的福氣。等他長大了，一定會感謝我的。」

想當初，他就是靠臉皮厚湊到公主跟前，才入了公主的眼，不然如今還是團爛泥呢，哪有今日的造化。

「現在母子平安，你打算怎麼做？」楚攸寧就看不慣欺負孕婦的，人都找上將軍府了，必然是被逼得走投無路。

陳子善眼裡閃過一絲狠戾。「自然是打上門算帳！」

他叫來小舅子，了解他離京後發生的事。從小舅子口中得知，賈氏懷孕被陳夫人發現後，就誣衊她偷人，還想強逼她打掉肚裡的孩子，或者供出姦夫。這兩個選擇，哪個不是把賈氏往死路上逼。

後來，還是賈氏想辦法讓秋實逃出府，向鎮國將軍府求救，沈大夫人身邊的婢女親自帶人上門，將賈氏領出陳府。

今日那無賴，就是陳夫人安排的，那是陳府裡的馬伕，想坐實賈氏紅杏出牆。就算賈氏搬回娘家，也沒少受那人騷擾，更是在外頭傳她肚裡的孩子就是他的。

陳子善臉色陰沈，咬牙切齒，胖胖的臉難得繃出了明顯線條。

「公主，可否借我幾個人？」陳子善問。

楚攸寧點點沈思洛和姜塵，再指指自己。「這三個夠嗎？」

陳子善又想下跪表示要為公主肝腦塗地了，感動地點頭。「夠了夠了，多謝公主。」

「走。」在末世，隊友的家屬也享有隊裡的待遇兼保護，雖然霸王花隊的隊員多半都沒有家人了。

跟過來伺候的風兒想說，收拾一個小小的陳府，哪用得上公主親自去，張了張嘴，還是把話吞回去。過去跟在公主身邊，看著公主大發神威的日子又回來了。

陳夫人聽到那邊傳回來母子平安的消息，有些坐立不安，就怕那孩子一生下來便像陳子善，那她所謀劃的一切就白費了，還要遭陳子善報復。

陳子善離京一個月後，賈氏發現有了身孕，儘管沒有聲張，一直躲在院子裡養胎，但肚子總有鼓起來的時候，怎麼可能瞞得住她。

在她看來，陳府的一切只能是她兒子跟她孫子的，早就絕嗣的陳子善休想沾染分毫，所以，不管孩子是不是陳子善的，她都不能讓這個孩子出生。

她本想逼賈氏喝下打胎藥，誰知鎮國將軍府的沈大夫人居然派貼身婢女來把人帶走。

既然孩子打不掉了，那她只能把賈氏和家裡馬伕通姦的事傳出去，能把賈氏氣得小產最好，不能，等陳子善回來，也勢必不會認下那孩子。

滿京城都知道陳子善是絕嗣的命，陳子善要是敢認，等於告訴世人，他甘願戴這頂綠帽，甘願幫別人養孩子！

沒想到，孩子還是讓賈氏生下來了。聽打探消息的人說，馬伕已經被京兆府的人拿下，叫她如何安心？

那野種沒攀上攸寧公主時，就已經瘋得拿他沒轍。如今有公主當靠山，又怎麼可能善罷甘休？

就在陳夫人絞盡腦汁想對策的時候，婢女慌慌張張地進來。

「夫人，不好了，大公子帶著攸寧公主回來了！」

陳夫人臉上瞬間沒了血色，嚇得站起來，恨恨咬牙。「攸寧公主不進宮參加慶功宴，卻來管身邊一個小小侍衛的家事，也不怕被人笑話。」

「夫人慎言。」貼身嬤嬤忙道。

攸寧公主還真不怕被人笑話，要是怕，當初在京城也不會鬧出那麼多事了。何況她如今立了大功，景徽帝都寵著她、縱著她，論功行賞想不去就不去，還怕什麼。

貼身嬤嬤覺得陳府要完了，一旦攸寧公主插手，就沒有好下場。

「快派人想法子送信給老爺。」陳夫人只能把希望寄託在陳父身上。

嬤嬤想勸陳夫人見到公主就求饒，或許事情還有轉圜餘地。但她也知道，陳夫人不可能答應。

第一百二十三章

陳子善不可能真把公主幾個當成打手，倒是沈無垢派來跟著公主的家兵，可以用一用。

一進府，陳子善就帶頭，把府裡的東西砸了，反正他打定主意，不會再待在這個家。

陳夫人因為攸寧公主的駕臨不想出來，也因為攸寧公主不得不出來。

她從後院過來的時候，前院已經被毀得差不多，只差拆屋子了。

陳夫人壓下憤怒，看向靠在迴廊柱子上啃蘋果的楚攸寧。

這真的是公主嗎？公主哪怕是吃顆蘋果，都應該叫人切出花來，再擺盤呈上，坐在屋裡或水榭優雅品嚐才對，哪像她這樣整顆拿著吃，還吃得那麼香。

「見過公主。」陳夫人顧不得喝斥陳子善，上前行禮。

一向不喜歡人行禮的楚攸寧這次沒說什麼，打量陳夫人，皮笑肉不笑的，瞧著就心術不正，感受到的精神波動也是惡意滿滿。

「公主駕臨，本該請公主堂上坐的，只是這裡已經被那逆子毀得差不多，只能煩勞公主移步後院了。」陳夫人回頭看看一片狼藉的大堂，暗暗挑撥。

直慣了的楚攸寧自然聽不出來，還說：「砸完前院，就該砸後院了。」

陳夫人氣結，她明明是想說陳子善不敬嫡母，公主是真聽不出來，還是假裝聽不懂？

「子善，別以為仗著公主的勢，就能忤逆長輩。再怎麼說，我也是你的母親。」
楚攸寧道：「沒事，我讓他仗的。」
陳夫人無言了。
陳子善抬起一只青花瓷瓶，狠狠砸下，陰惻惻一笑。「母親？我母親躺在墳裡呢，妳要去躺一躺嗎？」
陳夫人臉色沈下去。「看你這架勢，是打算掀了整個陳府，不打算待在這個家了？」她打著激將法的主意，最好能激得他就此搬出去。
今日陳子善回來，就沒打算善了，冷笑道：「不光是我不打算待，你們也別想待！幾位兄弟，隨我往後院去，完事我請你們去酒樓吃飯。」
家兵們看看公主，見公主抬步跟上，才點頭。
陳父收到消息趕回來時，家裡已經被砸得差不多，見攸寧公主還在，險些沒昏過去。他上前行禮，戰戰兢兢地說：「公主，此乃下官家事，還望公主不要插手。」
楚攸寧說：「我不插手，我插嘴。」
陳父不敢吱聲了。
京兆尹在得知攸寧公主親上陳府算帳後，趕緊親自帶著衙役過來，道那馬伕已經招了，是受了陳夫人的指使。

陳子善看向陳父。「聽到了嗎?這就是你娶的好夫人，趁我不在，想逼死我妻兒！這件事，想必你也知情吧？」

陳父皺眉看著他，臉上閃過一絲嫌惡。「大夫都說你身子有問題，壓根兒沒辦法有孩子。賈氏不守婦道，你想當便宜爹，陳府還丟不起這個臉呢。」

「所以你就默許她害我妻兒?!」陳子善攥拳，果然不該對畜生抱有任何期待。

陳父覺得他說不通。「那就是個野種，生下來叫人恥笑嗎?!」

陳子善嗤笑。「許是老天也看不過眼，賜給我一個孩子，一生下來，長得可像我了。倒是陳子慕的種，長得一點也不像他，是不是他的就不知道了。」

楚攸寧無言了，皺巴巴一團，哪裡看得出來像的？

陳夫人的目光極快地閃爍了下，表情猙獰。「你少胡亂攀咬，孩子不是子慕的，還能是你的不成？」

「哦，我說錯了，應該說，是不是陳家的種，就不知道了。據我所知，陳子慕只有對成了親的婦人才硬得起來，而且還是別人家的婦人。對了，他還勾搭上自己的表嫂，也不知道妳娘家姪子的兒子，是妳姪孫還是妳的孫子。」

這些是之前賈氏沒跟他好的時候，無意中諷刺了一句，說陳府都是什麼玩意兒，一個不能生，一個專勾搭成了親的婦人。

當時他聽了，以為陳子慕打賈氏的主意，氣得雇人跟蹤，想打陳子慕一頓，結果意外發現，陳子慕竟和外頭成了親的婦人勾搭成姦。再往下查，他不但知道陳子慕在外胡來，就連陳子慕那妻子也不是個好的。

他不急著揭穿，就等著這毒婦把別人家的孩子當親孫疼，等到合適的時機再爆出來。譬如，等陳子慕考中進士的時候。

「陳子善，你給我閉嘴！」陳父覺得事情往不可控制的方向發展，不相信品行端方的兒子是那樣的人。即便是，也不能當著公主的面說。

「來人，把這逆子綁起來押下去！」

陳子善就知道會這樣，哪怕他已經混得比陳子慕好，這個男人依舊只會以陳子慕為重，就因為他是鄉下婦人生的，是他人生中的污點。

楚攸寧曾聽沈無咎提起過，會允許陳子善跟在她身邊，是因為在那個夢裡，是陳子善和奚音一道替沈家收屍立碑，給了沈家人最後的體面。

他也提及陳子善毀掉陳府，落得孑然一身的下場。看了今日這齣，覺得大概是被逼得魚死網破了。

楚攸寧問陳子善。「陳胖胖，之前小黃書不是說過，你不能給女人孩子，可能是這個後娘幹的嗎？不如你問問。」

她說著，朝陳氏扔個精神暗示。在毫無防備的情況下，一般人對精神力沒有絲毫抵抗。

陳子善親眼見過忠順伯夫人張口說實話，臉色更加陰沈，瞪向陳夫人。「說！可是妳這毒婦下毒，讓我絕嗣的？」

陳夫人心中嗤笑，真以為仗著公主的勢，開口問她就會說了？哪怕是公主親自開口問她，都不會承認。

然而，她的嘴角剛上揚，便僵住了，嘴巴不受控制，覺得心中的惡意被無限放大。

「是又如何？你不過是個賤種，憑什麼占了我兒的長子之位？若不是你父親當初瞞得緊，我知道你和你娘的存在，早派人處理掉，哪還輪得到你們找上門！

「果然是鄉下來的，我不過拿你，還有你父親的前途威脅幾句，你娘就甘心為妾，但她的存在就是對我的威脅，怎能讓她活著？我有的是法子神不知、鬼不覺弄死一個鄉下婦人。

「你娘死了，自然就輪到你了，哪怕降為庶子，對我兒還是有威脅。只要你一輩子沒有子嗣，陳府養一個廢人，還是養得起的。所以，我讓廚房專給你做能殺精的菜，長期吃就會絕嗣，連大夫也診不出來。」

「果然是妳！我就知道是妳害死我娘的，我殺了妳這毒婦，給我娘償命！」陳子善拔出一個將軍府家兵的刀，朝陳夫人砍去，絕嗣的事已沒有他娘的仇重要。

「陳兄，你冷靜點，這毒婦已經當著京兆尹的面招認罪行，實在沒必要再髒了你的手。想想剛拚命替你生下孩子的媳婦，和剛出生的兒子。」姜麏連忙阻止他。

京兆尹不用楚攸寧吩咐，立即讓人上前，將陳夫人拿下。

陳夫人身邊的嬤嬤不知她為何突然全招認，幾次想開口打斷都出不了聲，嚇得渾身發涼，又恰好聽見她承認害死姨娘，不能不多想。

陳父也沒想到陳夫人突然犯蠢，一氣之下，就不打自招了。

沈思洛似乎也看出點門道來了，趕緊接著問：「那麼，敢問陳夫人，妳兒子的癖好，妳可是清楚？妳的孫子，當真是妳孫子嗎？」

「我自然知道，要不是我幫忙瞞著，他早就出事了。我絕不能讓我兒子因為這事毀了！至於孫子，不過是用來掩蓋子慕這種見不得人的醜事罷了。說是報應也罷，我好不容易才將那對母子毀掉，哪怕孩子不是我孫子，他也得是！」陳夫人已然偏執，好不容易算計到這一步，絕不允許最後成為笑話的是自己。

陳父受不住這個打擊，踉蹌幾步，險些倒下，陳子善連扶都沒扶。

他看向陳子善，欲言又止。

陳子善知道陳父想說什麼，譏笑道：「這就是你引以為傲的兒子，驚喜嗎？今日回來，除了替我妻兒討公道外，還要當著公主的面，同陳家斷絕關係，老死不相往來。你就帶著你的好兒子過吧。」

楚攸寧一臉正色地點頭。「我作證。」

陳父聞言，知道再不做什麼，便真的徹底失去陳子善了，跪下哭求。「公主，此乃臣的家事，您即便貴為公主，也不能插手臣子的家務啊。慶國以孝治國，百善孝為先，陳子善此舉，為大逆不道。」

楚攸寧第一次聽說有這樣的治國法，瞪大眼睛。「你不把陳胖胖當兒子，他又何必把你當爹？以孝治國？呵，你把鎮守邊關，用血肉抵禦外敵的將士放哪裡去了？真要以這樣的孝治國，那還不如亡了呢。」

陳父沒想到楚攸寧這麼敢說，瞠目結舌，差點想喝斥她慎言。這樣的話要是傳出去，他也會被牽連。

他不知道的是，就算景徽帝在這裡，楚攸寧也照說不誤。

這時，門外傳來一聲高呼。「聖旨到，陳子善接旨——」

除了楚攸寧，所有人皆是一震，莫不是景徽帝聽聞這事，親下聖旨來整治陳子善？

大家趕緊到前院去，來的是個不認識的小太監，以陳子善為首，所有人跪下接旨，只有楚攸寧大剌剌往小太監身邊一站，探頭看看聖旨上的字，然後放心了。

小太監知道這是攸寧公主，只有攸寧公主才這般我行我素，先行了一禮，才宣讀聖旨。

大概意思是，陳子善此番跟著去戰場，雖然沒有親自上陣殺敵，但是助公主潛入越國，挑動敵人內亂，並且救四公主有功，封五品員外郎。

陳子善萬沒想到自己還能得到封賞，激動地領了聖旨謝恩。

員外郎雖然只是一個閒差，商賈仕紳捐錢就能獲得此官職，但怎麼也算是個官身。想來景徽帝也知道他不適合當侍衛，才體貼地封了個悠閒的官職給他。

不過，救四公主有功？他何時救四公主了？即便要往他身上安功勞，也該是大公主啊，畢竟公主帶回了大公主的骸骨。

陳父也沒料到這聖旨竟然是封賞，他將一切希望寄託在二兒子身上，全心全力栽培，結果二兒子把自己弄得那麼不堪。反倒是從鄉下來的大兒子，原以為是扶不上牆的爛泥，結果搖身一變，成了五品員外郎。

「不可能，這個賤種怎能比得過我兒！這樣的榮光，該是屬於我兒的！」陳夫人不知道自己剛才為何一股腦兒說出真相，又聽到陳子善得了封賞，很是激動，不願意承認自己苦心謀劃的一切，到頭來一場空。

楚攸寧幽幽看向京兆尹。「不把她帶回去治罪，是等我動手嗎？」

京兆尹連說不敢，急忙讓人押著陳夫人離開。

「子善，你這是想家破人亡？」陳父還想讓陳子善既往不咎。

陳子善嗤笑。「那是你家，不是我的。對了，我還要把我娘的牌位帶走。」

陳父頹然地垮下肩膀，望著被砸得七零八落的陳府，完全沒有對策。陳子善有攸寧公主撐腰，縱是再多的謀算、人脈都不管用。

很快，小太監回宮說了陳府發生的事，景徽帝大怒，道陳父治家不嚴，家風不正，停妻另娶，以庶充嫡，直接免其官職。

陳子善帶著他娘的牌位走出陳府，最後回頭看了眼，多年來套在心裡的枷鎖徹底打開，只覺得外面的陽光無限美好。

他鄭重向楚攸寧道謝後，又跟幾個幫忙的家兵約好，改日在酒樓請他們吃飯，然後得了楚攸寧的允許，才迫不及待往家裡趕。

陳子善一走，楚攸寧看向姜麈。「姜叨叨，你要回將軍府，還是回鬼山，或者莊子？」

她記得姜麈以前是道士，下山後一直跟他們混，沒別的地方可去。

「嗯？公主說什麼？」姜麈回神。

楚攸寧盯著他看，這麼魂不守舍，好像是從景徽帝讓許琀玥跟進宮開始。不對，是從許琀玥被安排獨坐一輛馬車，並且排在她的馬車後面開始，姜麈就沒怎麼嘮叨了，往常還愛在路上教歸哥兒讀書來著。

她靈光一閃。「姜叨叨，你喜歡許姑娘啊？」

姜麈嚇得急忙否認。「公主莫要說笑，許姑娘往後身分不同了。」

楚攸寧以為許琀玥跟他說了她的公主身分。「那又如何，喜歡就去爭取。」

姜麈沈默了，公主是在鼓勵他跟皇帝搶女人嗎？

「怎麼？你沒信心啊？你要是覺得許姑娘是真愛，我可以幫你。反正我這次功勞那麼多，拿出一半來換道賜婚聖旨不難。」

身為隊長，隊員的終身大事也至關重要。陳子善有妻有兒，裴延初和沈思洛也成雙成對，連歸哥兒都有爹了，就姜塵孤家寡人一個，她得用點心。

姜塵哭笑不得，他若是點頭，公主真能逼景徽帝讓出許琀玥？跟皇帝搶女人，那是老壽星上吊，嫌命長。

「公主的好意，我心領了，我並非許姑娘的良人。此番隨公主邊關戰場一遊，有諸多感慨，想將這些寫成遊記，所以接下來想回鬼山住下，那兒安靜。」

當初隨沈無咎回京，不過是想為改變慶國局勢出一分力。如今慶國馬上就要一統，他參與過、見證過，便足矣。

楚攸寧想了想，點點頭。「行，過兩天我也要回去，帶上小四。現在小四會說話了，你可以教他讀書。」

姜塵想說，當初景徽帝知道他當四皇子的老師是當著玩，所以沒過問。現在四皇子得景徽帝那般看重，他更沒資格教四皇子了。好在，他對此並不執著。

他點點頭，拱手而去。

等姜塵轉身離開，楚攸寧才想起，剛才他們不是還在說要不要追許琀玥嗎？

第一百二十四章

景徽帝一回宮，便收到綏國新君早幾日送達的國書，願意接受慶國一統，讓天下百姓為一家，從此無須再受戰火之苦。

沈無咎並不意外，那日救了柳惘後，他故意說，日後興許能在戰場上相見，為的就是讓柳惘知道，打完越國，下一個便是綏國。

柳惘回去，自然知道該怎麼說，再加上看到晏國在火藥武器面前不堪一擊，連越國這個凌駕於三國之上的強國也被滅了，綏國新君知道，慶國一統天下是必然的事。與其被打得亡國，還不如主動上書接受一統，反正結局都一樣。

景徽帝原本還在考慮，要不要趁熱打鐵打下綏國，沒想到綏國新君這般識相，龍心大悅，決定封綏國新君為一方諸侯。

不過，這留待日後再同群臣商議，眼下重要的是慶功宴。

景徽帝舉杯說了幾句話，開始封賞。按照功勞算的話，最先要封賞的便是楚攸寧。

輪到沈無咎時，他站出來道：「陛下，自古長子襲位，臣的二哥既已回來，臣的位置便該讓出來。再者，如今天下太平，慶國安穩，臣想解甲陪公主四處遊歷，請陛下恩准。」

嘶！有人驚得咬到嘴。

沈無咎莫不是傻子，立下這麼大的功勞，本該獲得進一步封賞，他卻要解甲辭官？

沈無咎在回來的路上，便已有此打算。不單是想陪公主，還考慮了沈無恙與沈無非。瞧景徽帝好似沒有收回兩個兄長官職的打算，哪怕是覺得有愧才這麼做，他們也不能受得心安理得。一門四將，那是將沈家放在烈火上烤。

「堂堂一個公主，遊歷什麼天下？朕不准！」也不知道是不准沈無咎解甲，還是不准攸寧公主離京。

沈無咎抬起頭，那眼神景徽帝看懂了，他攔不住他閨女，心裡又是一堵。

他覺得為了往後不鬱悶，應該歡慶閨女離京才對。

景徽帝冷哼。「等你們有孩子再說。」

沈無咎垂下的眼眸微微瞇起，景徽帝還未打消那個念頭。

大臣們恍然想起，公主和駙馬成親一年有餘，公主還未有孕，莫不是駙馬當日所傷，真壞了身子？

景徽帝看到臣子們微妙的目光，知道他們在想什麼，也不幫著澄清。欺負不了閨女，欺負負她的駙馬也不錯。

最後，景徽帝還是照樣封賞了沈無咎。

除此之外，更叫眾臣震驚的是，景徽帝帶回來的那個女子，並不是要納為妃，而是因為她才是真正的四公主。

聽完來龍去脈，大臣們只會認為景徽帝有遠見，不願叫越國得意，早早找人替代公主和親。如今越國滅亡，真正的公主歸位。

今日整個京城都是沸騰的，沈無恙和沈無非死而復生歸來，叫人津津樂道。接著又聽說攸寧公主往產房裡一站，原本難產的婦人便奇蹟地將孩子生下。

這說明什麼，公主洪福齊天。也有人說是小孩嚇得自個兒轉正，趕緊出來。

然後就是一道道封賞的聖旨了。如今慶國一統天下，正是需要官員治理各處的時候，但凡此次有功的，封賞都極大。

楚攸寧還不知道，她已經成了生子福星。

她回到將軍府，宮裡的封賞早已到了，就等她接旨呢，還到了三道聖旨。

一道是她獲賜公主府，也就是原來屬於大皇子的府邸，並增食邑五城，監察百官之權不變。這相當於將那五城劃為她的封地了，這是古往今來都沒有的事，享食邑五城，都能自立為王了。

有大臣想抗議，好嘛，陳家的事傳進來了，攸寧公主一回京，又搞掉一個官員，他們還是歇著吧。

楚攸寧覺得景徽帝挺上道，等於送她一個偌大的糧倉，算是送到她心坎裡了。

第二道，沈無恙和沈無非潛入敵國，忍辱負重多年，於此次滅越之戰功不可沒，由死後追封的三品將軍升為二品，繼續領兵鎮守邊關。

兩人沒料到景徽帝不但沒收回官職，反而還升為二品，這不就是一門四將，可不大妥。

最後一道才是最叫人震驚的。鎮國將軍加封平越侯，世襲罔替，因舊傷復發，不再領兵打仗，沈家軍由沈無恙統領。

聽到舊傷復發，沈家人對沈無咎的擔憂蓋過了封爵的喜悅，擔心地望向楚攸寧。

楚攸寧眨眨眼。「沈無咎有傷，我不可能不知道。不然等他回來，你們再問問？」她用精神力仔仔細細探查過的，可以肯定。

幾個夫人覺得是沈無咎不想讓公主擔心，所以有意隱瞞。兄弟們倒是覺得，這可能是藉口。畢竟，一門四將實在是太盛了。

接了封賞聖旨後，沈家兄弟到大房正兒八經拜見長嫂。所謂長嫂如母，他們自是敬重。

「大嫂，我和阿妍商議好了，等下一個兒子生下來，就過繼給您和大哥，不能叫大哥斷了後。」一番寒暄後，沈無恙開口。

「就算二哥不能生了，還有我和阿錦。」沈無非握住媳婦的手。就算沒商議過，他媳婦也是願意的。

沈無恙瞪眼。「三弟，你說誰不能生呢？我身子瞧著都比你壯實。」

「大嫂不嫌棄我庶子出身，我也願將孩子過繼給大房，延續大哥血脈。」沈無垢也道。

沈無恙和沈無非一同瞥向他。「你？先娶親再說吧。」

沈無垢曬得有些黝黑的臉難得露出羞赧之色，拱拱手。「那請幾位嫂嫂幫我張羅了。」

夫人們笑了，二夫人道：「老五也就比老四小一歲多，是該張羅親事了。放心，我們定會替你物色個好媳婦。」

大夫人也說：「別說什麼庶子不庶子的，你們兄弟幾個齊心，便沒有嫡庶之分。」

沈無垢打小養在嫡母名下，自來敬重嫡母。當年沈無恙與沈無非的噩耗接連傳來，嫡母病倒，沈無咎不顧她的勸阻，在院裡磕了三個響頭，便毅然奔赴邊關。一年後，嫡母病故，是沈無垢披了兩層孝，一層是自己，一層代沈無咎披的，處理完後事，也上了戰場。

若沈家沒有出事，沈無垢也是跟在沈無咎身後搖旗吶喊，當個閒散公子的。

「就算老五娶媳婦，也趕不上我們，有心就行。」沈無恙覺得他是兄長，這事該他來。要說不捨，那是肯定的，但如今大哥不在了，他為長，要過繼自然是先過繼他的孩子。

「誰先生出來，就過繼誰的兒子吧。」楚攸寧走進來，身後跟了抱著幾個禮盒的風兒和金兒。

她把二夫人和三夫人的丈夫帶回來，就大夫人孤零零一個，得趕緊把準備的禮物送上。

沈無恙跟沈無非每次面對公主，都讓他們想起失憶時幹的蠢事，尤其公主還是個有什麼說什麼的，就怕她又突然提起。

沈無恙趕緊點頭。「這倒是個好法子。」

大夫人原本還有些悵然的心徹底平靜了，也沒拒絕，只說：「就依你們說的，誰先生下來，就過繼誰。只是，得等到他長到記事的時候，心裡願意再過繼。」

幾人也覺得這樣不錯，讓孩子知情，總好過生下來就過繼，等他長大了再鬧出事的好。

說完過繼的事，楚攸寧從風兒手裡拿過一只錦盒，打開遞給大夫人。

「大嫂，這是給妳的禮物，我親自做的，妳看看。」

錦盒裡鋪了一層紅色綢緞，上面躺著一尊巴掌大的雕塑，晶瑩剔透，瞧著就驚豔。這是個人像，穿著鎧甲，腰別寶劍，威風凜凜，尤其那雙眼尤為傳神，凌厲森然。

大夫人看到雕像的那一刻，沈大爺的臉清晰浮現於腦海。

那人因打小跟了他爹的緣故，隨了他爹的性子，一樣的威嚴冷酷，毫不留情，叫人瞧了就不好親近，哪怕在床笫間也克制得很。只有在面對兩個女兒的時候，才會露出明顯的溫情，奈何一張冷臉，常常把女兒嚇哭。

「大嫂，我沒辦法帶回活的大哥給妳，只能帶這個了。妳看像不像？」

楚攸寧把玻璃雕塑立起來，這可是她和沈無咎連夜做的。她不知道沈大爺長什麼樣子，畫出來也看不出哪兒是哪兒，就讓沈無咎刻了個木雕，用精神力照著木雕做的，分毫不差。要是不像，就是沈無咎的錯。

這麼用心的禮物，讓大夫人心裡滾燙得不知該說什麼好，看向公主的眼神無比慈愛。這樣的公主，很難讓人只敬著，不去疼。

「像，像，公主有心了。」大夫人感動得直點頭。

「那大嫂以後隨身帶著，讓它陪著妳。沈無咎還說，想把我縮小，揣進荷包裡，跟他到處走呢。」

聽楚攸寧這麼說，大家忍不住樂了。看來沈無咎同公主相處時，是完全不同的性子啊。

大夫人笑著收下。「不說四弟，連我都想把公主縮小，隨身帶著。」

楚攸寧當真了。「那好吧，等慶國的玻璃工坊建起來，我再給你們一人做一個，帶著應該能辟邪。」

大家樂得不得了，以公主的威名，還真能辟邪。

雲姐兒見大人們說完正經話了，才激動地上前觀看。「公主嬸嬸，這是我父親嗎？」

楚攸寧點頭。「應該是吧，我是照妳父親的模樣做的。」

她又拿出兩個小熊吊飾。以目前的條件，很難做出精細的玻璃飾品，可是她用精神力雕刻很容易。

當時她想起家裡這對姊妹花，便順手做了對小熊吊飾。在末世，她也看過小熊玩偶，覺得女孩子應該喜歡。

果然，姊妹花看著憨狀可掬的小熊，眼睛都亮了，忙接過來，歡喜地道謝。不光是喜歡小熊，更歡喜的是公主嬸嬸記得給她們姊妹備禮。

楚攸寧又各給二夫人和三夫人一只錦盒，裡面是一朵玻璃製的玫瑰花，特地加了顏色。她實在不知送什麼好了，就弄了朵玫瑰花。

末世後即便有玫瑰，也是變異植物，但那曾經代表愛情的花朵還是留下許多痕跡，譬如書上、畫上，以及各種東西上的圖案。

二夫人和三夫人見到這朵花，愛不釋手。在她們看來，公主這一去，能將她們的夫君帶回來，已是最大的禮物。

第一百二十五章

慶功宴直至夕陽西下才散，景徽帝剛回到寢宮沒一會兒，外頭就響起通報聲。

「太后娘娘到——」

身為景徽帝的貼身太監，劉正自認練得一張情緒不露的面皮，但聽到太后駕臨，也不禁露出幾分愕然。

多年閉宮不出的太后，破天荒，親自來見景徽帝了！

景徽帝皺眉，只能停止更衣，往外殿走去。

到了外殿，他看見錦衣華服、頭上戴滿金釵珠翠的太后，眉頭皺得更緊。

他行了禮，直起身道：「母后有何事，差人來告知朕一聲即可，無須親自走一趟。」

「怎麼？哀家來看看大勝歸來的兒子，也有錯？」

景徽帝抬頭凝視太后，不一樣了，先前渾身透著股佛氣，哪怕是裝的，也裝得淡然脫俗。如今褪去緇衣，換上華服，整個人氣勢都變了，彷彿看到當日那個在他登基後晉升為太后、受朝臣跪拜的女人。

他負手而立。「母后不覺得這話可笑嗎？當初朕要御駕親征，您可是連句話都沒有，想來也是知曉朕打算戰死沙場了。也許母后會擔憂得寢食難安，卻不是擔心朕，而是擔心朕這一去，您苦苦隱瞞的事被揭穿，最終會落得什麼下場。」

太后面上閃過一絲難堪，在他身上看到了先帝的氣勢，以及屬於帝王該有的威嚴。

她沒有正面回應景徽帝的話。「越國一亡，陛下重新立威，後宮也該掌管起來。皇后跟貴妃的位置皆空，便由哀家暫時管著吧。」

這一刻，景徽帝才算是徹徹底底明白，他的存在其實就是這個女人用來搏尊榮的工具，絲毫不管他是誰的種。

那些年母子倆的相依為命，好像是一場夢。他甚至懷疑，太后和他苦苦支撐，是為了讓先帝心軟，或者早就知道有人能助他登基，才能一直堅持下去。

他登基，她得到太后之尊，在他得知身世後，閉宮不出，拿禮佛當藉口，無非是怕這個秘密被揭穿。她無法承受，就龜縮起來。如今知道越國亡了，不光如此，那椿混淆皇室血脈的醜事也被歪曲，即便以後再有人懷疑也不懼，所以，又想享有太后尊榮了？

要不，怎麼說她燒的香、唸的經，佛祖不收呢？

景徽帝想通了，心硬如鐵，拿出對待臣子的態度。「還有其他嬪妃一塊兒掌管。母后沈迷禮佛，就不煩勞母后操心了。」

太后似乎早料到他會這麼說。「行，哀家可以不管。還有一事，關於攸寧那丫頭的。」

景徽帝眼底泛著冷光，要掌管後宮是假，這才是太后著急來見他的目的。

「一個公主有食邑，已經超出太多。又給五城，她若是有心，可以自立為王了。更別說還有沈家一門四將支持，你這是糊塗了！」

景徽帝臉上露出幾分冷淡和不耐，太后急於想掩蓋自己的醜事，聯手越國滅了沈家這事，沈家人雖然表面不說，心裡不知如何怨恨呢。

「母后以為，此番從越國回來，沈家兄弟什麼都不知道嗎？若朕是母后，就會好好待在永壽宮，繼續禮佛。」

太后的臉色終於變了，有些慌亂。「沈家怎會知曉？你不將他們滅口，還等什麼？這世上只有死人才能守得住秘密！沈二和沈三在越國多年，就以判國罪論處，抄家滅門好了。」

景徽帝就知道她會這麼做，如同當初知道沈無恙查到越國的線索後，慌得只想滅口。

他忍不住問：「母后就不覺得愧對沈家，愧對先帝？」

此時太后滿心想著如何滅了沈家，冷笑道：「愧對？哀家不那樣做，會有咱們母子的今日？只要成為天下之主，便能叫天下人閉嘴。哀家不記得教過你，為帝者可以心慈手軟。」

「您是沒教過朕，只跟朕說您如何如何不易，今日又受誰的欺負，總說若不是為了朕，早已撐不下去。自朕懂事起，聽得最多的就是這些話。如今朕算是明白了，那不過是讓朕去恨、去爭，去為受盡苦頭的母親爭出一片天。」

太后在景徽帝的逼視下，眼神不由有些閃躲。「若沒有哀家那般，又怎能激得你去爭？事實證明，哀家的良苦用心沒有白費。」

景徽帝心裡閃過一絲厭煩。「是沒有白費，朕卻從此揹上竊國之名，午夜夢迴，總能夢見先帝臨終前的眼神。」

「只要能成為天下之主，是何出身，還不是你說了算！歷史上謀朝篡位的還少嗎？」太后恨鐵不成鋼，懷疑自己當年是不是哪一步教錯了，怎會教出這麼個心慈手軟的性子。

景徽帝譏笑。「母后可是覺得，只要能大權在握，就算讓叔姪通婚，有悖倫常也無妨？就算被越國當狗戲耍也無妨？」

太后啞然，似乎不願面對這些事。「哀家同你說的，是給沈家定罪的事。如今慶國一統，你是天下唯一的霸主，難不成還想留著沈家這個威脅？你莫要忘了，先前是因何而寢食難安！」

「所以，母后若不想受盡天下人唾棄，便安生在永壽宮禮佛吧。」

太后駭然瞠目。「你留著沈家，是為了制住哀家？」

景徽帝還真沒這麼想，不過能制住倒也好。「母后，後宮不得干政，您回去吧。來人，送太后回宮！」

「你這是養虎為患！留著沈家，遲早會釀成大禍！」太后聲音尖厲，恨不得能罵醒他。

景徽帝不願跟她多說，拂袖要回內殿，走了幾步，想起什麼，回身道：「想必母后也聽說了，楚氏祖宗在攸寧身上顯靈的事。」

太后正怒氣高漲，聽了這話，心底打了個寒顫。她明白，景徽帝這是不想讓她宣楚攸寧那丫頭進宮。

「不過是仗著你的縱容瞎說罷了。皇帝讀了這麼多年的書，應當知道，子不語怪力亂神。」

景徽帝聽了，實在沒什麼可說的了。「母后好自為之。」如今他不光厭惡體內另一半的父族血脈，連母族都厭惡。

太后回到永壽宮沒多久，劉正便親自帶內侍總管將永壽宮的人換了個遍。若非她發怒，恐怕連跟了她多年的嬤嬤都要被換掉。

等她想再聯繫宮外的人時，已經沒人可用，以前在宮外的人也早被一網打盡。

另一邊，寧遠侯府裡，沈思妤見婢女進來，趕緊問：「如何，將軍府可來人了？」

婢女搖頭。「夫人，奴婢問過了，今日並沒有將軍府的人來過。」

「可有口信傳過來？」

婢女再次搖頭。

沈思妤眼神黯然，緩緩坐回椅子上，怏怏不樂。

鎮國將軍府真的不把她當沈家人了，沈無恙和沈無非死而復生，本應該是團圓歡慶的日子，卻連個口信都沒有傳來，連與她一母同胞的沈無恙都沒有想起她。

儘管未出閣時，她驕縱了些，但也正因為兩人是雙胞胎兄妹，沈無恙比其他人更包容她，處處讓她。不過，她欺負沈思洛的時候，沈無恙也會護著沈思洛。

說來，她和將軍府的關係僵到如此地步，可不就是因為沈思洛嗎？沈無咎就因為這樣，不認她這個一母同胞的姊姊，真可笑。

這世上哪有真正無嫡庶之分的人家，好比寧遠侯府，光是她那風流夫君，就有一大堆庶子、庶女。

「夫人，許是今日慶功宴，又逢二爺和三爺歸來，正是和妻兒團聚的時候，將軍府才不急著辦家宴。」身邊的嬤嬤委婉地勸道。

「罷了，人家一家團聚，我算什麼？」沈思妤嗤笑。

嬤嬤暗暗嘆了聲，沈思妤就是太過彆扭，才將娘家的關係搞成這樣僵。若是性子軟些，哪能是這種局面。

「不如夫人明日備禮回去瞧瞧，您也許久未見二爺和三爺了吧？」

「去什麼去，不請自去討人嫌。」沈思妤不願送上門叫人笑話。

嬤嬤默默閉上嘴，就這性子，去了的確是討人嫌，沒得掃興。

這樣也好，倘若寧遠侯敢對沈思妤如何，將軍府也不會眼睜睜看著。就怕一登門，又將娘家人得罪了，徹底不再管沈思妤的死活。

沈無咎回到將軍府，府裡正在籌備家宴。

僕人忙碌的身影，幾位嫂嫂連聲的交代，兩個姪女正聽歸哥兒眉飛色舞地說邊關戰場上的事；西邊的練武場傳來陣陣喧鬧，那是兄長們在比武切磋。他置身其中，彷彿回到當年父兄歸家時的場景，那麼熱鬧，那麼歡樂。

「四爺回來了！」有僕人看到沈無咎，趕緊通報。一時間，整個將軍府都知道了。

練武場裡，這次沈無非沒躲過沈無恙的捕捉，被抓了個正著。

一聽沈無咎回來了，兩人同時停手，走下練武臺，接過小廝遞來的汗巾擦手擦汗。

沈無恙道：「你這身手委實過快，就算我如今的動作比常人快了許多，也捕捉不到你的身影，除非能摸準你下一步動作。」

沈無非說：「二哥也不錯，不光是力氣、身手，還有眼力都有所增加。隨手一扔，百步穿楊。」

沈無垢走過來。「二哥、三哥可別說了，如今我跟你們打，只有挨揍的分。」

沈無恙和沈無非相視一眼，笑了。

沈無恙把汗巾掛在銅盆上。「那不正好，往後有兄長護著你。」

沈無非也道：「五弟，如今我們回來了，你想做什麼，儘管去做，往後沈家有我和你二哥扛著。」

前頭有三個兄長，而且比下面兩個弟弟大那麼多歲，早就說好了，讓這兩個弟弟做他們想做的事，像沈無咎打小就嚷嚷著當個小紈袴，他們也縱著。可惜，後來終究是讓兩個弟弟上了戰場，還是在那樣的情況下。

哪怕沈無非沒有真正上過戰場殺敵，也是受過父親親自教導如何用兵、如何打仗。而這兩個弟弟沒有人教，在遍地廝殺的戰場上，只能靠自己摸索，最後靠一股狠勁殺出一條血路。這其中的艱辛，不是他們當年有人教、有人敬著能體會。

要是換其他心思敏感的庶子，聽了這話，定會多想。但沈無垢知道，兩位兄長是真心為他，便笑了笑。

「我早習慣領兵打仗的日子了，讓我再當個閒散公子，我可當不來。聽聞綏國新君也上了國書，甘願接受慶國一統，我原本還想著同兄長們帶領沈家軍殺回去呢。」

沈無恙和沈無非一怔，還真被沈無咎猜中。

他們恢復記憶後，沈無咎一直跟他們說京城的局勢，譬如曾經仗著皇后和皇貴妃囂張的英國公府，譬如半個朝廷的官員皆是門生的秦閣老，譬如被貶為庶民的大皇子，他們差點懷疑自己在聽沈無咎說夢話。

在邊關回來的路上，幾個兄弟歇息時就湊在一塊兒，其中沈無咎就猜綏國新君可能會主動俯首稱臣，沒想到還真應驗了。

沈無恙嘆息。「父親曾說，幾個兄弟裡，老三心思最靈透，做文臣也使得。我看，老四比你還厲害。」

沈無非也笑。「你才知道，我早看出來了。老四打小就精，鬼主意一套一套的。」

沈無垢搖頭。「我覺得四哥不適合做文臣，適合當軍師，運籌帷幄，決勝千里。同樣是領兵打仗，我自愧弗如。」

「也對，文官不但說話彎彎繞繞，還磨嘰，還是別了吧。」

「我聽歸哥兒說，老四已經是軍師了，公主的軍師。」

幾兄弟相視一眼，都笑了。

第一百二十六章

沈無咎迎著一路的喧譁回明暉院，就在快到院門的時候，一個身影從裡面跑出來。

「沈無咎，你回來啦！」

沈無咎抬眸看去，見楚攸寧腳步輕快地朝他飛奔而來，如一隻蝴蝶翩翩停在他心裡，輕輕一扇翅膀，就可以讓他心癢癢。

此時的她已經換下一身勁裝，穿著淡粉色軟煙紗裙，頭上別了些輕巧又好看的髮飾，想也知道是被張嬤嬤和婢女們打扮的。

沈無咎身上還穿著堅硬的鎧甲，怕她直直撲過來撞疼了，忙伸手摟住她。

「咦？有酒味。」楚攸寧皺皺小鼻子，踮起腳尖往他臉上聞，跟隻毛茸茸的小狗似的，惹得人心頭發軟。

「在宴上喝了幾杯。可是難聞？待我漱洗更衣後就不會了。」沈無咎微微昂頭，怕身上味道熏著她。

楚攸寧想起上次偷喝酒，結果大半夜跑出去搞事，當時覺得酒不好喝，現在又想嚐嚐那味道。

她舔了舔唇，見自己搆不上，乾脆跳起來，雙腿盤住沈無咎的腰，摟住他脖子，這樣就摶得著了。

沈無咎還穿著鎧甲，看她盤不住，早在她跳上來的時候就托住她的臀，懷疑她被他呵出的酒氣醺醉了。

「沈無咎，我嚐嚐你喝的酒有什麼不同。」

沈無咎愕然，若非楚攸寧眼神裡的好奇實在太過認真，他真會以為她是藉此撩撥他。不過，就算不是有意的，他也被撩撥到了。

不等他答應，柔嫩香軟的唇已經貼上來，剎那間，他渾身血液都在躁動。

兩人雖然早親過不知多少回了，但沈無咎怕克制不住，很少深入。可楚攸寧不是扭捏的性子，對一切都好奇，喜歡探索，比如接吻。

現在她主動，幾乎完全複製了沈無咎平時親她的樣子，先描繪溫熱的唇形，再用舌尖頂開，探入勾纏。

不過，還沒等她頂，沈無咎已經啟齒迎她進來。

唇齒交纏一會兒，沈無咎放下楚攸寧，貼著她額頭，聲音低啞。「嚐到什麼味道了？」

楚攸寧眨眨眼。「忘記感受了。」吻得投入，忘記她是奔著酒味去的了。

沈無咎笑著親親她的額頭。「那下次再讓妳好好感受。」

他說著，把程佑叫過來。程安被他留在新興城辦事，新興城是景徽帝替越國國都新取的名字，總不能還老越國、越國的叫。

方才程佑見公主跳到自家主子懷裡，迅速後退十步遠，並且背過身去，非禮勿視。

沈無咎從程佑手裡拿過食盒。「這是陛下特地吩咐人裝給妳的，是慶功宴上有的菜。」

楚攸寧抱住食盒，仰起臉，笑得極甜。「有句話怎麼說來著，知女莫若父。」

沈無咎摸摸她的腦袋，能記得這句話，證明她打心底把景徽帝當父親了。景徽帝嘴上嫌棄，卻也惦記著她。

幸好，沈家最終沒有和景徽帝反目成仇，沒有讓她為難。

兩人一進院子，就被在院裡玩的小奶娃發現了。

剛才小奶娃被張嬤嬤攔阻，不讓他出去找姊姊。這會兒看到楚攸寧，立即興奮地跑過來，身後跟了好些伺候的人。

小奶娃八個月大時，就能自個兒到處亂爬，現在會走、會說，更待不住了，時時刻刻想著出去玩，揪揪小花、小草也開心。在沈無咎回來之前，還鬧著要回鬼山抓小雞、撿蛋蛋。

小奶娃看到楚攸寧，立即邁著小短腿衝上前，跑起來還不穩，常常讓人擔心他會摔倒。他走到楚攸寧和沈無咎跟前，停下腳步，睜著琉璃珠似的眼睛在他們身上來回轉動，像是在好奇，又像是在分辨他們是誰。

「姊姊……」

最終，小奶娃還是更喜歡陪他玩的楚攸寧，撲上去抱她的腿，露出一排可愛的小乳牙。

楚攸寧把小奶娃撈起來，親親肉肉的小臉，又埋進他頸窩裡吸奶香味，把小奶娃吸得格格大笑。

吸娃完畢，楚攸寧指著沈無咎問：「他是誰？」

「他是誰？」小奶娃歪頭學她說話，見沈無咎看過來，飛快轉頭，自己玩起躲貓貓。

楚攸寧拍拍他的小屁股。「姊夫在哪兒？」

小奶娃伸出小胖手，指向沈無咎。「姊呼……」

還真認出來了。楚攸寧想起，之前在馬車上，她逗了好久，教了好久，小奶娃才記住她是姊姊。沈無咎才抱他一會兒，跟他說是姊夫，他就記著了。

楚攸寧忍不住蹭蹭他嫩嫩的小臉蛋。「要姊夫還是要姊姊？」

小奶娃一聽，立即轉身抱她的頭，抱得緊緊地。「要姊姊玩。」

張嬤嬤看得欣慰，她家殿下知道，無論何時都是姊姊最可靠。

沈無咎笑著摸摸小奶娃的小腦袋。「等姊夫更衣了，再來同你玩。」

他說著，又順手摸了下楚攸寧的頭，大步回屋。

張嬤嬤看到楚攸寧過於嫣紅的唇，想到方才四皇子鬧著要去找楚攸寧玩，她領他出去，結果撞見公主和駙馬親嘴，真是羞煞人。

顯而易見，公主和駙馬的感情更好了。駙馬還沒進院子，公主就知道他回來了，當真是心有靈犀一點通。

家宴開始前，楚攸寧帶人搬出幾個紙筒捆成的東西，用石頭固定好，讓歸哥兒和姊妹花拿著火把，去點上面的引線。

小奶娃想玩，也被沈無咎抱著，手把手點了一個。

沈無恙驚奇。「四皇子同老四可真親。」

沈無垢跟著附和。「我陪在四皇子身邊大半年，都沒見他這般親近人呢。」

沈無非道：「那是因為老四沒把他當皇子敬著。」

女眷也湊在一塊兒，猜公主又要玩出什麼把戲來，笑公主像是孩子王，帶著孩子們玩鬧。

砰！砰！砰！

璀璨的煙火點亮夜空，聲響貫耳，炸得整個京城的人嚇了一大跳，以為越國餘黨殺過來了，紛紛跑出門察看，就看到夜空上炸開五顏六色的火花。

「那是何物？飛上天的爆竹嗎？」

「我曾聽說以前越國有種會飛上天的煙花，應該就是這個。」

「那地方是鎮國將軍府啊。這就對了，鎮國將軍和攸寧公主剛從越國回來，帶回煙花也不奇怪。」

這一夜，幾乎整個京城的人都看到盛放在夜空上的煙花，看到那璀璨的煙火，彷彿看到了慶國的未來，也是如此絢麗多姿、光芒萬丈。

陳子善瞧見後，硬是把賈氏裹好，敞開窗，帶她和孩子往外看，還跟她說，他也有幫忙搬這東西。

裴延初也在家中陪著父母仰望煙花，心裡想的是沈思洛，覺得可以準備登門提親了。慶功宴上，景徽帝道他領兵退敵有功，封他為都尉官，食祿一千石，可獨領一營兵馬，護衛京都。

以前，裴延初想的是脫離裴家，掙軍功出頭，如今他真的做到了。這機會是沈無咎這個好兄弟送給他的，要不然，論起領兵，其他武將哪個不比他強。

不管沈無咎是因為他是他兄弟，還是為了他妹妹，都叫人銘記於心。

景徽帝聽到聲響，也走出殿外，看到夜空上的煙花，氣得笑了。「沒想到，還是被她偷藏了。」

越國能製出煙花信號彈，自然也做出煙花了，因為裡面的配方與天雷相似，越國把控得緊，其他三國出再高的價錢都不賣。即便在越國，也只有皇家貴族才能放。

當初搜出來時，景徽帝自是想著先控制在皇家手中，孰料還是被閨女摸去了好幾個。

看著夜空上五顏六色的煙花，他彷彿能看到慶國未來的盛世之景。

沈家這邊放出慶國的第一場煙花後，家人熱熱鬧鬧吃完家宴，趁著今日多喜臨門，大夫人帶著二夫人替沈無非夫妻重新布置了新房，以圓當初未能完成的洞房花燭夜。

回各自院子的路上，楚攸寧瞧見沈無非袖子下和三夫人牽在一起的手，直接拉起沈無咎的手給他們看。

「三哥，有本事你別親親哦，親親有傷風化。」她壞壞地笑。

三夫人羞臊得立即掙開手，假意摸摸頭髮。

沈無非恨不得拍死當日的自己，乾笑道：「公主，三哥知錯了。公主和四弟是情難自禁，感情好，三哥羨慕才那樣說的。」

楚攸寧覺得有理。「當時沒想起過去的你是單身狗，可以理解。」

沈無非覺得這不是誇人的話。「何為單身狗？」

拆開來唸，他知道意思，結合起來就不行了。他尋思著，他沒有記憶時，也沒像沈無恙那般活成野獸模樣啊，怎麼淪落成狗了？

楚攸寧想了想，道：「大概就是沒有媳婦，跟狗一樣孤獨的意思。」

沈無非萬沒想到可以這樣理解，是他失憶這些年興起的詞？

沈無咎忍不住輕笑，帶楚攸寧離開。「不打擾三哥和三嫂了，我還等著抱姪子。」

沈無非看著他們大大方方牽在一塊兒的手，再看著他夫人的臉蛋，在夜色下已經紅得醉人，還故作鎮定地不敢看他，倒是有了幾分新婦的羞澀。

他笑著拉起她的手，輕聲道：「那我們莫要讓四弟他們等太久。」

今日的月也是圓的，高高掛在天上，皎潔月光灑滿人間。

楚攸寧洗完澡出來，穿著月白色裡衣，對著鏡子照了又照，用手量了量好像大了一圈的胸脯。

沈無咎也沐浴完，同樣穿著月白裡衣，比起穿著裡衣越顯嬌小的楚攸寧，看起來仍是身形挺拔，額前髮絲有些許打濕，看起來增添了一絲隨意。

沈無咎沒料到沐浴出來就看到媳婦在揉胸，只覺得有團火往下腹燒。

「沈無咎，你快過來。」楚攸寧發現沈無咎，忙招呼他。

沈無咎上前。「怎麼了？」

楚攸寧抓起他的手往胸口放。「有沒有變大？」

沈無咎在慶功宴上喝了幾杯酒，家宴時又忍不住與失而復得的兩位兄長喝了不少，這會兒突然被媳婦這麼一勾，腦子有些暈乎乎，深邃如星辰的眼眸亮得灼人。

他凝視媳婦澄澈滾圓的眼眸，再看她白嫩的小臉，那麼純又那麼媚，她一定不知道她此時有多勾人。

「沈無咎，我聽說多揉揉可以變大哦。」楚攸寧眨眨眼，還握著他的手抓了抓。

沈無咎頓時覺得剛才看的煙花在腦海裡炸開，絢爛過後，腦子一片空白，只餘下眼前這抹豔色。

他摟著她，一個旋轉將她壓到床上，俯首看她。她有一張小巧飽滿的唇，自然微嘟，好似邀請人品嚐般。

他接受邀請，低頭吻上去。

楚攸寧眨眨眼，在他細細描繪她唇形的時候覺得癢，便張開嘴，輕咬了下他的唇。

沈無咎眸色更深，扣住她的後腦，加深這個吻。

最後，他還是克制住了，也如他媳婦的願，揉了半夜，把媳婦揉得哼哼唧唧，可沒比沈無非的洞房花燭夜差多少。

如今整個天下都是慶國的了，需要商議的事實在太多，沈家幾個兄弟都得上朝議事。

隔天，楚攸寧正在用早膳，宮裡來人了，道是太后要見她。

她剛咬了口剝殼的雞蛋，還沒吞下，聽到太后要見她，瞬圓了眼，一雙眼珠子滴溜溜的，跟嵌了寶石似的。

她差點忘了太后這個人的存在。當初，若不是沈無恙查到父兄的死和越國有關，傳消息給沈無非，也不會被太后的人察覺，繼而告訴越國老皇帝，害沈無恙失蹤，沈無非被暗殺。

說到底，造成那麼多不幸的罪魁禍首是太后。這筆帳要是想算，只能算在太后頭上。

張嬤嬤也怔了下，連公主出嫁那日都沒出來見一面的太后，居然要宣公主進宮？

她直覺這不是好事，可太后的理由是，公主是此次滅越的大功臣，想見見這個孫女。嫁去晏國的二公主隨著晏國滅亡，也被接回來了，真正的四公主重新認祖歸宗，趁此機會，幾個姊妹該好好聚一聚。

相比見太后，楚攸寧更感興趣的是素未謀面的二公主。在原主的記憶裡，二公主好像是那麼多兄弟姊妹裡，唯一一個敢跟原主嗆聲的人。

楚攸寧不緊不慢地享用完早膳，才在張嬤嬤和幾個婢女的收拾下，換上隆重且華麗的宮裝進宮。加上她昂首闊步，派頭絕對十足，氣勢盛得叫人看了不敢再看第二眼。

第一百二十七章

昨夜景徽帝連美人都顧不上睡，處理他離京大半年的政務，又上了一日早朝。一下朝，就聽說太后宣攸寧公主進宮了。

景徽帝沈默半晌，一時不知該擔心太后，還是該擔心閨女。

張嬤嬤不放心她家公主進宮，以貼身嬤嬤的身分跟著去，被人一路領到了永壽宮。

只是，到永壽宮後，帶路的嬤嬤進去稟報，一直沒出來。楚攸寧懶得用精神力去查探，直接帶著張嬤嬤走進去。

永壽宮的正殿裡，兩邊分別坐了兩批人。一批是宮妃，一批是公主。

兩位公主，楚攸寧認得其中一位是許琀玥，不，現在改叫楚琀玥了。

另一個應該就是二公主，二公主很瘦，瘦得連衣裳都撐不起來，就算敷了粉，也掩飾不掉臉上的蠟黃，一看就知道是飽受生活折磨的婦人。看起來比實際年紀大了不少，眼裡已沒有過去的光彩，只剩麻木，顯然在晏國過得並不好。

太后坐在主位上，手裡捏著一串佛珠，佛珠與她穿的鳳袍一點也不搭，好像一邊是佛、一邊是……喪屍。

所有人看到楚攸寧就這麼昂首挺胸地進來，不由愣了愣。

太后不悅地皺眉，她還想讓這丫頭先在外頭好好站一站呢，果真被景徽帝寵得沒規矩。

張嬤嬤進來看到這一幕，知道太后是想立威了。換句話說，就是想攬權，眼裡的野心是她隨皇后在後宮沈浮多年才能看出來的。

她有些慶幸，皇后還在時，太后閉宮禮佛，不然皇后除了跟昭貴妃鬥外，還得跟太后鬥。一個沒有皇子的皇后，太后會看得順眼才怪。

奇怪的是，既然太后有如此野心，這些年來為何一直閉門禮佛？

其他嬪妃自楚攸寧進來，就暗暗打量她。以前這位公主囂張刁蠻，但她是皇后的心頭肉，景徽帝又憐惜皇后只有一女，除非闖下滔天大禍，否則是不會管的，連當時在景徽帝跟前說得上話的昭貴妃都沒辦法讓他開口責罰，又因皇后護得緊，想栽贓陷害都害不到。

所以，皇后死後，楚攸寧很輕易就被昭貴妃挑撥得上竄下跳，之前若非皇后護著，早死了不知多少回。畢竟宮裡夭折的皇子跟公主多了去，死個嫡公主也不算什麼，哪怕身懷巨力，也躲不過重重算計。

沒想到，後來楚攸寧的囂張變本加厲，囂張到景徽帝跟前。偏生景徽帝就吃這一套，才讓她搞出那麼多事，搞著搞著，搞翻了整個天下局勢。

「妳便是攸寧？見著哀家不行禮，可是仗著立了大功，就不將禮數放在眼裡了？」太后一開口，便對楚攸寧發難。

「哦。」楚攸寧敷衍地福了下身，又站得直挺挺的，毫無畏懼地直視太后。

這就是讓先帝戴綠帽的女人，搞得她父皇當個皇帝都生不如死，看著也不怎麼樣，拉長的臉透出幾分尖酸刻薄，臉上滿是看不慣她的神情。

太后皺眉，被她這敷衍的態度氣著，看向張嬤嬤。「哀家認得妳，妳是先皇后身邊的嬤嬤，既然跟在攸寧身邊伺候，怎不教她規矩？」

張嬤嬤躬身。「回太后，公主剛從戰場回宮，一時還改不過來。日後奴婢會好好督促公主，身段再放柔一些。」

嬪妃們用帕子掩飾笑意，皇后身邊的張嬤嬤向來不好惹。身段軟的人上戰場，是要去跳舞嗎？所以公主這禮行得生硬，也是有理由的。太后想要追究？除非不把攻打越國時公主的赫赫戰功放在眼裡。

太后臉色越發難看。「是該好好教教，剛認祖歸宗的四公主都比妳知規矩。」

「攸寧，太后這裡的糕點可好吃了，聽說妳來，我都沒捨得吃，留著給妳。」剛被誇的四公主歡喜地把 碟糕點捧到楚攸寧面前，簡直是往太后臉上打。

嬪妃們低頭忍住笑，今日一早，太后就將她們叫過來請安，完全一副後宮之主的架勢。她們便罷了，但攸寧公主可不一樣，那可是見了皇帝連膝蓋都不彎的人。

「好呀。」楚攸寧拿起一塊蕓豆糕，挑了四公主旁邊的位置坐下。

旁邊的小几上也擺了一碟相同的茶點，她坐上去，三兩口吃完一塊，接著吃下一塊，小臉鼓鼓的，還邊吃邊點頭，完全不在意還有其他人在。

太后看她這樣，氣得不得了，她叫楚攸寧進宮，是要給楚攸寧一個教訓的。孝字當頭，皇帝都得尊著她，她就不信用輩分壓不住這丫頭。

「攸寧，妳當哀家這兒是什麼地方？給哀家站起來！」太后疾言厲色地喝斥。

楚攸寧吃完一塊茯苓餅，打量四周，點點頭。「這地方挺好的。妳叫我來，有什麼事就直說。」

太后氣得說不出話，她是問她地方好不好嗎？

「哀家是想趁著妳們幾個姊妹都在，叫妳們過來看看。對了，妳一個公主，不該享有那麼多食邑，實屬違制。」

就算動不了沈家，她也不會再閉宮不管事，若是能拿捏住這丫頭更好。聽說這丫頭以前在宮裡的時候，還是挺好騙的。

楚攸寧沒出聲，又拿了塊點心。這是豌豆黃，吃進嘴裡味道香甜，清涼爽口。她滿意地點點頭。

太后以為楚攸寧同意她的話，瞧她順眼了些。「妳父皇一共有五個公主，除了妳和早逝的三公主，她們都為慶國做了不小的犧牲。

「大公主被逼去越國和親；二公主同樣為了不叫慶國四面楚歌，嫁去晏國。妳瞧瞧，她們如今是什麼下場？哀家聽聞大公主死了，屍骨還要受折磨；再看二公主，在晏國王府裡活得連個妾還不如，連自己的孩子都保不住；還有四公主，為了不叫越國娶到真公主，打小被換出宮去，明明該享受公主之尊，卻淪落為四品知州之女，受後宅婦人搓揉。

「相比之下，最幸運的便是妳了，皇后在的時候，有皇后護著；皇后不在了，又有陛下護著。當初為了不讓妳去越國和親，陛下險些與越國翻臉，比起妳的三個姊姊，妳算是活在蜜罐裡了。若是心疼妳兩個姊姊，可以同妳父皇說，跟四公主和二公主平分獲賜的食邑。」

張嬤嬤冷下臉，太后這是在挑撥幾位公主之間的關係，三個公主是為慶國付出不假，可她家公主付出的又少了？沒有公主，慶國還受越國欺壓呢，哪有太后在這裡耀武揚威的分。

「太……皇祖母，玥兒不覺得委屈，攸寧是幾個姊妹裡最小的，自是輪不到她犧牲。」

楚玲玥看了眼一心吃點心的楚攸寧，小嘴一動一動地咀嚼，可愛得不得了，想護著。

二公主也打量楚攸寧，多年來的後宅鬥爭，早磨滅了她的心志，也早已忘了這個妹妹是什麼樣子，只依稀記得是個盛氣凌人的公主。如今為人婦了，瞧著倒有幾分可人。

她開口道：「四妹妹說得沒錯，我比攸寧年長，和親的時候，攸寧不過十一、二歲，怨不得她。」

楚攸寧抬頭看二公主，沒被挑撥，不錯。

太后心裡惱火，她今日叫這兩人來，是為了打壓楚攸寧的，這兩個蠢貨倒演起姊妹情深來了，過去怎沒見她們感情這麼好？

楚攸寧吃完一小碟糕點，拍拍手上的糕屑，喝了口熱茶，舒坦地啊了聲，這才有心思看向太后。

她懶得聽太后再廢話，道：「太后是覺得慶國所有公主都去和親才偉大？」起身走到太后跟前，聲聲質問。「太后既然知道大公主死後屍骨還受盡折磨，那妳知道她的屍骨是怎麼被折磨的嗎？被豫王用那麼長的釘子釘在骨頭上。太后認為，造成這一切的人是誰呢？」

最後一句話，直接讓太后白了臉，尤其說到釘子釘在屍骨上的時候，只覺得遍體生寒，那雙澄澈無辜的眼睛好似在說，她什麼都知道！

怎麼可能呢？景徽帝再寵她，也不會讓她知道這些事。

楚攸寧瞇眼勾唇，像隻要使壞的小狐狸似的。「太后，每個人都要為自己做出的事承擔責任。」

本來吧，太后要是不想起她，她也想不起太后的。可偏偏太后非要找她進宮，說些有的沒的，還打她糧倉的主意，不搞點事都對不起自己。

「放肆！妳該稱哀家為皇祖母！」太后厲聲怒喝，只覺得這丫頭實在是被縱得不知天高地厚，今日敢這般頂撞她，明日豈不是要造反。

楚攸寧從善如流。「哦，皇祖母，祖宗說要見妳呢。」

「妳說什麼？」太后面露驚駭。

楚攸寧咧嘴一笑，將一團精神力送進太后的腦海裡。「祖宗想跟妳聊聊，我就不打擾了，希望妳和祖宗聊得愉快。」

她說完，背著小手，神清氣爽地走了。

弄死一個人很簡單，但死了一了百了太便宜她。沈家遭受那麼多苦難，如果滅越國的事沒有進展得那麼快，或者沒有她的到來，以沈無恙和沈無非之前的樣子，可能一輩子都等不到和家人重逢的機會。即便沈無咎得了先機，後來研製出火藥，等他再見到這兩個兄長時，可能已經是對立的局面，得拚個你死我活。

她替太后安排了個噩夢，讓太后反反覆覆面臨沈父和沈大爺戰死沙場的畫面，讓血淋淋的沈父和沈大爺面目猙獰，恨意滔天的一遍遍找她報仇，讓先帝一遍遍質問她，為什麼給他戴綠帽。

這時候，就算禮了這麼多年的佛都救不了她，餘生就讓太后好好在噩夢裡贖罪吧。

「妳給哀家站住！」太后說完，身子一軟，昏倒了。

「快來人啊，太后被攸寧公主氣昏了！」

嬪妃們相視一眼，趕緊起身告退。

都是宮鬥老手，誰還不知道怎麼回事呢？可惜要讓太后失望了，想以不孝治攸寧公主的罪，那是不可能的，可別到時候日日被氣著。

楚琀玥也趕緊行禮告退，去追楚攸寧。

二公主有點懵，是她離開太久了嗎？宮鬥是這樣的？

大家出來，就看到剛把太后氣得臉色青一陣、白一陣的攸寧公主正站在魚池邊，捋起寬大的衣袖，把拖曳的裙襬往腰帶裡塞，就要彎腰去逮池裡的金魚。

眾人。「……」

方才楚攸寧離開的時候，經過假山，瞧見養金魚的水池。因為金魚與佛沾點關係，一直被宮人精心養著，看起來很是肥嫩。她沒吃過金魚，反正太后不幹人事，那吃太后兩條魚也是應該。

於是，楚攸寧說幹就幹，還不讓人幫忙。

景徽帝生怕楚攸寧把太后氣死，著急趕來。再怎麼說，太后是他生母，也是楚攸寧的祖母，真氣死了，可不是他縱著就能說得過去。

結果，他趕到永壽宮，就看到他閨女雙手用力抓著一條滑溜溜、肥胖胖的金魚，臉上還被魚尾濺了不少水珠，笑得跟地主家的傻閨女似的。

景徽帝見永壽宮還好好的，裡頭也無甚動靜，鬆了口氣，朝傻閨女走去。「攸寧，金魚不能吃。」

其餘人趕緊行禮。

楚攸寧知道養在宮裡的東西都珍貴，把魚往身後藏。「我說牠能吃就能吃。」

景徽帝被她這動作氣笑。「金魚是用來觀賞的，不好吃。」

「我覺得您是為了不讓我吃才這麼說的。」

景徽帝跟她解釋不通，又想找沈無咎了。

「行行行，妳帶回去，就知道朕有沒有騙妳。」越不讓她吃，她越不信邪，那就讓她吃好了。

楚攸寧捏捏金魚的嘴，覺得可以用草穿起來，便扯了長在池邊的草，從魚鰓穿進嘴裡，接著又抓兩條，還盡挑肥的抓，用草綁在一起。顏色不一的金魚在陽光照射下，更加豔麗。

「父皇，我先回去啦。要是好吃，我再來抓。」

景徽帝無言，他是不是該考慮讓人把池子填了，還是讓人換掉金魚，換上能吃的魚？

楚攸寧要走的時候，想起那日和姜塵說的話，看向楚玲玥。「妳喜歡姜塵嗎？」

楚玲玥的臉瞬間爆紅，羞著低頭擰帕子，哪有人這樣問的？

景徽帝皺眉。「姜塵？跟在妳身邊那個書生？曾經當小四老師的那個？」

楚攸寧點頭。「對，他喜歡您閨女，人也挺好的。」

「人好就行了？」景徽帝瞪她。「快帶著魚回去吧，不然死了味道不好。」

宮妃們看傻，第一次領教景徽帝對攸寧公主的寵愛，當真是沒得說，連魚都操心上了。

魚才是大事，楚攸寧立即把作媒的事拋諸腦後，臨走前還不忘對二公主說，改日送她一隻雞補補身子。

二公主哭笑不得，堂堂公主送禮，只送一隻雞嗎？

景徽帝揮退所有人，進殿去看太后。

原本太后打算躺在床上裝病，結果一閉上眼，就開始作噩夢。

景徽帝到的時候，太后嘴裡還在喃喃著叫人聽了足以殺頭的話，是以貼身嬤嬤才不敢讓人進來。

「不是我，不是哀家……沈將軍不要來找我……」

「哀家為何要悔，哀家為自己謀條出路有錯嗎？要錯，也是先帝的錯！」

「啊！不是哀家，是皇帝……是皇帝害你們沈家的，你們去找他！」

貼身嬤嬤跪在地上瑟瑟發抖，聽了這些話，她可能活不成了。

景徽帝渾身一震，不敢置信他的母親為了擺脫噩夢，就這樣將他推出去。哪怕之前寒心，都不及此刻心灰意冷。

他攥著拳，冷冷看了眼床上陷入噩夢裡的女人，拂袖轉身，目光陰冷刺骨地掃向跪在地上的嬤嬤。

「太后得了癔症，今後妳好好伺候太后，不得出永壽宮半步。」

嬤嬤癱軟在地，眼裡一片絕望。景徽帝這是要封起整個永壽宮，只留她伺候太后，太后生，她生；太后死，她也活不成，餘生只能待在永壽宮裡了。

第一百二十八章

楚攸寧拎著三條肥美的金魚走出皇宮，就看見沈無咎在宮門口等她，還穿著上朝的官袍，想來是還沒回府。

她趕緊小跑過去，迫不及待跟他分享手裡的魚。「沈無咎，你看，我逮了三條肥魚。」

守宮門的禁軍聽了，以為公主又抓了二個貪官，待看到她手裡拎著的金魚，都默默移開目光。

沈無咎大步迎上前，打量她對他炫耀的金魚，看來他的擔心是多餘的，太后碰上她，只有太后吃虧的分。

嗯，她只抓三條，已經是很克制的結果了。

他伸手接過來，另一手牽起她的手，帶她走向馬車。「金魚口感不大好，公主若是喜歡抓魚，回去我讓府裡闢個池子專門養魚，養好吃的魚。」

「父皇不是賜了公主府給我嗎？就是以前大皇子住的那個，我去要債的時候看過，那裡的池子挺多，想養魚可以養在那邊。」

「工部已經在著手修葺，公主不打算搬進公主府嗎？」

「住將軍府挺好的，熱鬧。公主府用來養魚、種菜好了，放著也是放著。」

沈無咎寵溺一笑。「今後公主想住哪邊，我都陪妳住。」

楚攸寧被哄得開心，牽起沈無咎的手，晃呀晃，悄聲向他邀功。「沈無咎，我替沈家報仇了。沈家不能白受罪，罪魁禍首是太后，那就讓她在噩夢裡贖罪。」

沈無咎知道他們對太后再有怨，也不能做什麼，何況景徽帝已經發話，此後太后只能在永壽宮禮佛。只是沒想到太后不甘心，非要找公主進宮立威，當真是應了那句話，自作孽，不可活。

「寧寧，真怕一輩子都不夠我愛妳。」他把她的手放到嘴邊親了下。

楚攸寧縮回手。「我這手剛抓魚的。」

沈無咎失笑。「我不嫌棄。」

兩人迎著微風，手牽著手走出皇宮。

之後，宮裡傳出消息，太后宣攸寧公主進宮，是想見見幾個孫女。為表慈愛，替四公主和攸寧公主身邊的謀士姜塵賜婚，又給二公主一座皇莊養病，還賞了攸寧公主三尾沾了佛香的金魚。

知道當日在永壽宮發生了什麼事的嬪妃，全閉緊了嘴巴，暗嘆景徽帝為了掩蓋攸寧公主氣昏太后的事，可真是煞費苦心。不過，只要能壓下太后這尊佛，她們何樂而不為。

姜塵回到鬼山，便不管京城的事了，生怕聽到許晗玥為妃的消息。因此，聖旨到的時候，他整個人都懵了。

景徽帝給他的賞賜是研製火藥有功，封縣男，又與四公主情投意合，特此賜婚，擇吉日完婚。

姜塵本還以為是去越國和親的四公主，皺著眉不願，等看到從馬車上下來的楚玲玥，滿臉愕然，原以為在路上的相知不過是一場夢，夢醒便什麼都沒有了，原來夢會成真。

太后和幾個孫女敘了祖孫情後，沒幾日就病倒了，連永壽宮的門都出不了。景徽帝為了讓太后能夠靜心養病，將離永壽宮近的宮殿全騰出來。

偶爾有人經過離永壽宮附近的小路，常常能聽到裡面傳出奇怪的瘋言瘋語。沒多久，永壽宮一帶，成了堪比冷宮還要可怕的地方。

臣子們知道這裡面有貓膩，但是太后禮佛多年，手中已無實權，再加上她的娘家寧遠侯府只是個沒有實權的爵位，在朝中說不上話，自然沒人會去過問真相。就算有人想打探，也打探不出來。

原本太后可以繼續禮佛，安安靜靜過完一生，沒想到她宣楚攸寧進宮，就是悲劇的開始。日夜受噩夢侵擾，只要一閉上眼，便是沈家父子戰死沙場，鮮血淋淋找她報仇的畫面。還有先帝的質問怒罵，楚氏的列祖列宗聲討她，最後是整個慶國人唾棄她，罵她不知廉恥，生了敵國血脈，與敵國狼狽為奸。

一日復一日折磨下，太后瘋了，不需要楚攸寧的精神幻象，那些噩夢就已經緊跟著她。

慶國一統天下，景徽帝乘機改國號，朝臣覺得實在不必要改，但景徽帝堅持，君臣商議了大半個月，終於定下來，取了一個叫天下譁然的國號——寧！

寧國，擇攸寧公主封號一字來定國號，足見攸寧公主對寧國功績卓著。

寧國史書開篇第一句記載便是：無攸寧公主，無寧國。

一句話概括寧國的由來，也翻開了寧國的輝煌。

天下一統後，雖已無仗可打，但寧國疆域遼闊，朝廷便頒下政令，普通士卒若想歸家與家人團聚，可以歸家；剩餘的駐紮在全國四處，一有亂黨便可直接鎮壓。

原來的雁回關隨著綏國的臣服，已經成了正常進出的城關，沈家軍退至海關鎮守。越國滅亡後，屬於越國的東西都被寧國收回來，填補打仗時的損耗。寧國還開放海域，設市舶司，掌管海上貿易。

荊州知州許遠之得知楚琀玥認祖歸宗後，知道他的仕途可能就這樣了，倘若沒有妻子幹的蠢事，四公主回宮，他該是被破格提拔入內閣的，一切都被他娶的蠢婦毀了。但降罪的聖旨遲遲不來，他知道，許是楚琀玥為他求情。

果然，沒多久，聖旨到了，是給他的妻子，謀害公主，罪不可赦，判以流放，遇赦不赦。奇就奇在只判了她一人，可明眼人都知道，許遠之已經受到最大的懲罰，本該是入內閣的命，結果只能當一輩子的知州。

雖然沈無咎說要解甲養傷，但寧國剛一統，需要商議的事太多，一時脫不開身。

楚攸寧剛回京城，也不急著出門遊歷，整日陪小奶娃在鬼山上玩。大虎和大黑熊已經被養成家虎和家熊，有人慕名來買雞，漸漸變成慕名來看老虎和黑熊。

楚攸寧想起在末世做任務時經過動物園，聽霸王花媽媽們說，盛世時的動物園就是開放給人觀看的，靠收門票賺錢，於是她也照辦，把老虎和黑熊趕到選定的山頭圍起來，誰想進鬼山，就要收錢，反正鬼山已經不是製造火藥的地方了。

身為員外郎的陳子善另外置辦宅子，替楚攸寧開火鍋樓、燒烤鋪，有子萬事足的他不能再整日跟著她跑，就幫自己找了新位置，專門幫公主掙錢。

陳子善的兒子確實長得像他，也徹底打破他幫別人養兒子的謠言，不知是誰傳出陳子善是吃了攸寧公主養的雞才一舉得了，一時讓鬼山上的雞更加千金難求。

楚攸寧還遇到一個婦人，每日天不亮就來買雞，連雞蛋也買，聽說她兒子就是吃了她的雞，才能集中精神看書。她不在的那些日子裡，張嬤嬤看著這婦人實在執著，才將雞蛋賣給她，畢竟雞蛋不能久放，攢著等公主回來，就壞掉了。

後來，那書生中了鄉試，眼下打算參加恩科。如今寧國一統，需要大量官員，一旦考中便可授予官職，不需要候補，對書生這種朝中無人脈的學子來說，可是千載難逢的好機會，不怪婦人這麼執著。

於是，楚攸寧閒著沒事幹，又做了試驗，特地找了打小腦子燒壞的孩子來，送他雞蛋吃。漸漸地，孩子居然恢復些許神智，要是長期吃下去，以後能如常人一般，也不是不可能。

這事傳出去，鬼山上的雞和蛋都快被傳成神仙雞，神仙蛋了。

轉眼，又是一年初夏。

古人都說三年孝期，實則滿二十七個月便可出孝。

一出孝期，沈無咎和楚攸寧便該準備圓房了，大夫人想著當初沈無咎沒能趕回來拜堂，便同張嬤嬤商議，決定重新布置新房。

於是，楚攸寧被幾個婢女伺候著洗了香香的花瓣浴，穿上張嬤嬤特地挑的大紅喜服。

養了兩年的胸，總算有了可觀大小，再加上腰帶收腰，讓胸前顯得鼓囊囊的。她的身子也比剛來時長高了些，原本孩子氣的臉看起來沒那麼稚嫩，就是原主的骨架偏小，看起來還是嬌嬌小小。

原主在宮裡整日琢磨如何美顏，養了一身凝脂般的肌膚，楚攸寧每次洗澡都忍不住摸了又摸，滑溜溜的，手感極好。

沈無咎本就愛穿紅衣，此時穿起當日沒穿上的絳紅色喜服，黑邊金繡，襯得他俊美無儔不說，還貴氣天成。

他推門進來，就看到楚攸寧拿著團扇乖乖坐在床上，把臉擋得嚴嚴實實的，直覺告訴他，她不會這麼聽話。

楚攸寧一向不習慣有人杵在一旁等著伺候她，所以新房裡只有她一人。

沈無咎覺得這樣挺好，若是換其他講究的公主，只怕會有幾個嬤嬤、婢女從床前排到房門口候著，可他還是喜歡單獨和媳婦待在一塊兒。

第一百二十九章

見楚攸寧沒發現他進來，沈無咎緩步上前，湊近一看，臉色一黑。

團扇後面藏著一小摺子的春宮圖，上面畫著一對男女在行事，他媳婦看得津津有味。

眼前突然籠罩了層陰影，楚攸寧抬頭見沈無咎來了，眨眨眼，瞄瞄門口方向，悄聲說：

「嬤嬤偷偷塞給我的，你要看嗎？這畫得可比你偷看的小黃書仔細多了。」

沈無咎無言，他藏春宮圖的事，在她這裡是洗不清了。

「我不用看，妳也不用。」他拿走春宮圖和團扇。有他在，還看什麼春宮圖。

「也對，咱們都會得差不多了。」楚攸寧點頭。「我就是看它畫得還不錯。」

沈無咎黑了臉。「今後妳若想看好看的，用不著看這些。」想看逼真的，可以看他。

他拿起桌上以紅線連柄的兩杯合巹酒，遞給她一杯。「這是合巹酒，新郎、新娘交杯共飲一巹，寓意夫妻二人從此合為一體，永不分離。」

自從第一次喝醉酒半夜跑出去打劫後，楚攸寧再沒沾過酒，不光是沈無咎不讓她喝，身邊的人也不讓。

她就是這性子，越不准喝越想喝，明明之前還覺得酒不好喝，現在又想嚐嚐那味道了。

楚攸寧立即接過來，小小一杯，都不夠一口的，昂頭便往嘴裡倒。

喝完，她懵了。

「這是酒？甜的。」楚攸寧睜著圓滾滾的眼眸瞪沈無咎。

「兌了水的果酒。」沈無咎也放棄了交杯的打算，趕緊昂頭喝完自己這杯，取走她手裡的杯子，一併放回桌上，又拿起桌上的剪刀和錦盒。「我可不能讓妳喝醉，壞了咱們的洞房花燭夜。」

他撩開衣襬，坐到她身邊。「接下來是結髮，將各自的一縷青絲剪下，繫在一塊兒，寓意結髮同心，永不分離。」

「我頭髮多，你剪吧，剪裡面的。」楚攸寧拆下髮飾，用手隨便梳了梳，腦袋歪過去，任由沈無咎剪，豪邁得不得了。

瞧她這豪氣的模樣，沈無咎忍不住在她臉上親了一口，先剪下自己的，再按照她說的，在頭髮裡層剪一縷髮絲，打了結，放進錦盒裡，仔細收好。

楚攸寧看沈無咎放好結髮錦盒和剪刀，走回來，盯著這張在紅燭映照下越發英俊的臉，忽然覺得嘴又有點乾了。

「沈無咎，剛剛你喝的那杯酒，總不是兌了水吧？讓我嚐嚐。」她將沈無咎拉過來，撲倒在床，捧著他的臉就親上去。

沈無咎萬沒料到，他的洞房花燭夜就這麼開始了。

為了嚐他嘴裡的酒味，楚攸寧急切地闖入，搜刮酒的餘香。沒一會兒，好像沒得到想要的，便想退出。

沈無咎翻身，反客為主，俯身望著她迷濛水亮的眼睛，微微喘息的模樣，輕輕捏著她的小下巴，再次親上去。

好不容易把媳婦養得可以入嘴，雖然很想馬上拆吃入腹，但他知道，這事不能急。

他解開她的衣裳，攏著盈滿掌心還有餘的香軟大包子，輕攏慢撚，把她伺候得舒舒服服，揉得她受不住才開動。

「可還好？」沈無咎慢慢推進後，等她適應，目光深得灼人。

楚攸寧看他忍得比她還難受的樣子，不習慣地微微動了動。「嗯，可以再進一點點……可、可以了。」

沈無咎往下看一眼，見她好像沒什麼不適，貼在她耳邊低聲問：「疼嗎？」

楚攸寧無辜眨眼。「不疼啊，就是、就是有點撐。」

「嗯？這就撐了？」

沈無咎腰身猛地沈下，同時低頭封住她驚呼的嘴。

一向由自己掌控的身體突然多了一部分，楚攸寧不適地動了動，便聽見身上的男人沙啞抽氣，瞬間不敢動了。

她原本就挺耐疼的，所以沒感覺太疼。只是看再多小黃書，也比不上真刀實槍上陣，業務不熟，再加上力氣大，怕搞斷了他，就慘了。

沈無咎見她分神，不再跟她慢慢磨，由慢到快，由淺到深，最後成了最原始的衝撞。

漸漸地，楚攸寧得趣了，杏眸迷離，面色潮紅，小嘴張圓，像條缺水的魚兒。

沈無咎很少見她有這麼乖、這麼軟的時候，俯身吻上她的嘴，不叫她這隻魚兒渴死。

紅帳搖曳，直至紅燭快要燃盡，屋裡嬌嬌軟軟的哼唧聲才停歇。

翌日，沈無咎滿面春風練完劍回來，看到楚攸寧還躺著沒起身，甚至裹著被子，在床上扭來扭去。

他上前，連人帶被，把她挖起來。「醒了為何不起？可是哪兒不適？」

楚攸寧眨眨眼，從被子裡伸出白嫩纖細的胳膊，摟住他脖子。「沈無咎，張嬤嬤說，我得給你點面子，就算身子不累，也要裝著起不來。」

沈無咎神情一僵，噗哧一聲低低笑開，抱著懷裡的寶倒進床裡。

「那真是要多謝妳替我留面子了。」

「欸，癢，你別弄……」

小夫妻倆圓房後，景徽帝開始盼外孫了，孰料第二日，兩人便悄悄離京。

景徽帝得到消息的時候，隨之而來的還有楚攸寧的一封信，信裡是當日他御駕親征前留給沈無垢以防萬一的繼位詔書。

敢情當初沈無垢說，那詔書被公主拿走了，是在這兒等他呢！
景徽帝知道他打的主意是行不通了，未來這個天下，只能交給四皇子楚贏煥。
他覺得，要把小兒子培養成儲君，任重道遠，於是叫劉正把人接回宮。
然而，劉正帶回來的消息是，公主帶著四皇子一塊兒走了，美其名為小孩子就該有個快樂的童年，趁現在還能玩的時候使勁玩，順便踏遍這個未來屬於他的江山。
「胡鬧！小四還那麼小，她怎麼敢帶小四出去餐風露宿！」景徽帝想罵都不知道罵誰。
劉正趕緊道：「陛下，公主也把張嬤嬤帶上了，還有兩個婢女，想來不會有事。此番公主是遊山玩水，無須趕路。」
「這麼說，連你也贊成攸寧帶著小四出去玩了？」景徽帝狠瞪他。
「奴才不敢。」劉正笑咪咪的。「照奴才想，如今四殿下才三歲，等他和公主遊玩一、兩年歸來，到時正好昭告天下，立四殿下為太子。此時宣布的話，公主不在，殿下又還小，恐怕防不勝防。」
景徽帝想說，有他在，還怕護不住？但還是閉嘴了。他忙於朝政，不可能時時刻刻顧得上小四。
「你說得有幾分道理，朕就不追究她瞞著朕拐走小四了。真是的，自己走也就算了，還帶上小四。進宮跟朕說一聲，朕會攔著不讓她走？」
他倒是想攔，可惜攔也攔不住。總有人擔心沈家權力太大，擔心公主會造反，真該讓他們聽聽，他閨女把皇帝這位置嫌成什麼樣了。

這時，一個小太監跑進殿門，慌慌張張，還險些被門檻絆倒。

「陛下，太后薨了！」

景徽帝驚得手上的御筆掉了都不知道，半晌後，長嘆一聲，起身擺駕永壽宮。

他不願去想，楚攸寧是不是早就知道了，所以才會在太后薨逝前離京，免得進宮守靈。

太后薨時，楚攸寧和沈無咎已經在遊山玩水的路上。

因為輕車從簡，兩輛馬車，她和沈無咎、楚贏煥一輛，張嬤嬤和兩個婢女風兒、金兒一輛，護衛是程佑加兩個充當車伕的家兵。要是程安在，都用不著家兵。

如今陳子善有妻兒要照顧，不方便跟她到處玩；裴延初成了都尉，有官職在身，再加上沈思洛懷孕，也脫不開身；姜塵雖然得封縣男，但大家心裡清楚，這是景徽帝為讓他配得上楚玲玥才封的爵位，所以姜塵打算去考功名，證明自己。

至於歸哥兒，沈無恙要去鎮守海關，再也受不了分離的二夫人，自然把兒子打包跟上。

小隊裡的每個人都有了歸處，她這個隊長也可以放心到處遊歷了。

楚攸寧早對大海垂涎許久，於是他們先去海邊，吹吹帶鹹味的海風，欣賞一望無際的海。藍天白雲，海天一色，跟末世受了污染的海完全不一樣。

她玩得樂不思蜀，還跟著漁民趕海，吃著美味的海鮮。

在海邊待了半個月，楚攸寧才膩了，繼續往下一個未知的目的地走。就這樣悠然自在，走到哪兒算哪兒，偶爾收拾收拾貪官，一路吃吃喝喝，逗逗楚贏煥，日子簡直太美好。

三歲多的楚贏煥已經能說會道，常常語出驚人，逗得人捧腹大笑。

走了大半年左右，沈無咎突然提議，繞路去新興城一趟，也就是昔日的越國國都。

如今的新興城，經過寧國的統治，儼然已經成了寧國的第二大城池。

這裡變化很大，天下一統後，百姓們再也不用上交那麼高的稅賦，交完稅還能剩許多糧食，可以過個好年，不用再縮衣節食度日。

他們恨自己目光短淺，以為越國強大就是最好的，如今這日子作夢都夢不來。新帝仁慈，不會像當初越國的皇帝那般苛待被俘百姓，對百姓們一視同仁。

現在，百姓可以隨意種植地瓜、馬鈴薯、玉米這些高產糧食。不過短短兩年，整個天下已經開始呈安居樂業之勢。

當了快十幾年昏君的景徽帝贏得整個天下的民心，成了勤政愛民的明君。

原本的越國皇宮被封鎖起來，列為禁地，就怕有人使用了，被裡面的富麗堂皇迷了眼，想不開，犯上作亂。

安頓下來後，沈無咎牽著楚攸寧的手繞過皇宮，來到昔日的地宮。

「主子，公主。」程安過來行禮。

楚攸寧知道當初沈無咎留下程安處理地宮的事，以為是沈無咎不放心地宮還有威脅，才讓程安盯著。

許久不見程安，平時見到，她都會歡快打招呼，可看著重建起來的地宮，她笑不出來。

「沈無咎，這地宮該不會還存在著威脅吧？」

沈無咎神秘一笑。「待會兒妳就知道了。跟我來。」牽著她的手往地宮裡走。

如今地宮只剩下一間正室，中間放著一座石棺。

楚攸寧記得，當日沒有這石棺的存在，不解地看向沈無咎。

沈無咎帶她來到石棺前。「當初聽妳說，極有可能是福王弄出的東西，才導致妳待過的世界變成末世。我們不妨試一下，倘若真跟我們猜測的一樣，在那個世界，這個地方總有一日會重見天日。」

至於為何是墓，他想作古的福王能被發現，也只能是發現他的墓，那他就弄一副石棺好了，不打眼，讓人探不出什麼來。

楚攸寧不傻，立即想到沈無咎這麼做的目的了。

若末世真是從福王這裡開始的，那她已經把那種可能扼殺在搖籃裡，也許在未來世界的某一天，這地方被人挖掘出來，她要是想留下點什麼給霸王花媽媽，也能被發現。

那時候，霸王花媽媽們都還年輕，還不認識她呢。

但是，她被沈無咎這想法說動了。就算霸王花媽媽們不認識她，她還是想告訴她們，她很好。

「寧寧，妳可以在上面刻下想說的話，也許霸王花媽媽能看到。」沈無咎把做石雕的工具遞給她。他不確定離她的那個世界是多久以後，刻在石頭上的字跡，才可能千年不化。

「沈無咎，你從什麼時候開始想的？真聰明，我都沒想到呢！」

「在妳看著戰場，想霸王花媽媽的時候。」

楚攸寧摟住他的脖子，在他臉上親了口。「我要告訴霸王花媽媽們，你是個好女婿。」

沈無咎順勢摟住她，笑道：「那把我說得好一些。」

楚攸寧認真想了想。「器大活好？」

沈無咎輕戳她腦袋，在她耳邊悄聲說：「這個妳自己知曉便好。」

楚攸寧嘿嘿笑，她當然知道。兩人開葷後，沒事就滾在一起，搞得張嬤嬤越來越愛盯著她的肚子看，說他們這麼恩愛，怎麼還沒有懷上？其實，沈無咎是打算帶她遊歷完，等她收心，再生孩子。

她喜歡小孩，小孩在末世是稀缺珍寶，她不介意生一個，但也不是非生不可。就像沈無咎說的，等她玩過癮了，閒下來，大概就會生了。

沈無咎怕她玩到一半，還沒盡興，就得歇個一年半載生孩子，所以每次行房都很小心。要是意外懷上了，那再另說。

第一百三十章

接下來的日子，兩人在地宮裡刻東西，每天起床吃過早膳就往地宮跑，連午膳都是在地宮裡解決，忙得顧不上帶楚嬴煥玩了。

張嬤嬤以為沈無咎和楚攸寧在處理國家大事，每日把楚嬴煥哄好，不讓他纏著他們。

楚攸寧用鑿子在石棺上刻圖案，沈無咎則是用硃砂描繪了她，再進行雕刻。他知道她最想讓霸王花媽媽們知道她如今安好的樣子，便替她刻副小像，不管霸王花媽媽們會不會看到，都能讓她安心不少。

楚攸寧的力氣大，又有精神力可以瞄準，做石雕不是難事。她刻了一朵霸王花，還刻了每個媽媽的異能殺招、武器，最後刻滿整個石棺，直到手都抬不起來了才作罷。

雖然不能說刻得全像，乍看像鬼畫符似的，普通人認不出來，但若碰上霸王花媽媽們，肯定能認出是什麼。

她撫著刻在石棺上的圖案，有些懷念。

如果這裡真能和她那個世界相通，大概是屬於末世的最後一點痕跡了吧，也是她一個人的回憶。因為那時的霸王花媽媽們根本不記得她，末世不會來，她們也不會再重逢。

再捨不得，她也希望這只是她一個人的記憶，不願霸王花媽媽們再經歷末世之苦。

沈無咎見她又露出少見的落寞，心疼得不得了，拉她過去看他刻好的小像。

「像不像妳？」

楚攸寧點頭。「挺像的，就是沒顏色，看不太出來。」

「那我上色，讓霸王花媽媽們見到最好看的妳。」

於是兩人又搗鼓上色，做好一切，將地宮徹底封起來，不再讓任何人進去。

這事會不會如他們所猜測的那樣，沒人知道，但楚攸寧覺得整個人更輕鬆了。

做完一件大事，兩人放鬆下來，有心情親熱了，瘋狂得像是要吞掉對方。

最後重重一擊，楚攸寧累得趴在沈無咎身上，就這麼睡著了。

沈無咎把人放到床上，披了衣裳下床，擰了濕帕子幫她清理乾淨，然後抱著她睡去。

楚攸寧這一睡，作了一個長長的夢。

夢裡，她的精神力彷彿穿過時空長河，看到高樓林立、車水馬龍，以及熙來攘往的人群。一輛輛汽車在馬路上順暢有序地行駛，廣場的大螢幕放著清晰的廣告，人們行色匆匆，奔向他們憧憬的未來。

這就是老一輩人說的，末世前的繁華盛世嗎？

難怪老一輩們總掛在嘴邊，她以為穿越後的世界已經夠好了，沒想到末世前的世界才叫她大開眼界，真是令人震撼，令人著迷，令人嚮往，令人驕傲。

就是不知道這麼大、這麼繁華的世界中，霸王花媽媽在哪裡？

剛這麼想，楚攸寧的眼前又換了個場景。

她站在一所大學的校門前，有些納悶怎麼來這裡了，得趁夢還沒醒，趕緊去找霸王花媽媽們。

楚攸寧正著急著，就見一個背著雙肩包的短髮美女從校門裡跑出來，步履匆匆。雖然年輕許多，看起來朝氣蓬勃，但楚攸寧還是一眼就認出，這是霸王花的隊長媽媽！

「隊長媽媽！」她激動得忘了這是夢，習慣地撲過去，想蹭蹭隊長媽媽，結果隊長媽媽直接從她身上穿過走了。

楚攸寧愣了下，想起這是在夢裡，趕緊追上去。

隊長媽媽說，末世來的時候，她剛上人二，學校正準備放暑假。這會兒不知道隊長媽媽幾歲、上大幾。

楚攸寧跟著隊長媽媽上了一輛計程車，聽到隊長媽媽說去機場。

下一個畫面，她又出現在一個陌生的地方，是一片荒野。

楚攸寧以為自己跟丟了，回頭就看到隊長媽媽從計程車上下來。

隊長媽媽剛下車，後面又陸陸續續來了幾輛車，她看隊長媽媽露出防備眼神，還隱隱帶著一絲熟悉的殺氣。如果不是這張臉太嫩，她都要以為，這個隊長媽媽已經是末世的霸王花隊長了。

然而，後面車上下來的人，讓楚攸寧瞪圓眼、張大嘴。

一二三四……八個霸王花媽媽都到齊了，幾個在她之前犧牲的媽媽也在，讓她不禁紅了眼眶。

媽媽們看著像是約好的，實則都在暗暗打量對方，然後異口同聲道：「霸王花？」答案叫人驚喜，她們再次異口同聲地說：「楚攸寧？」

「我在這裡！」

楚攸寧比她們更歡喜，看來媽媽們也有際遇，都從末世回來了，可惜聽不到她說話。

「就是這裡了吧？也不知道還來不來得及。」副隊長望向前面不遠的山丘。

「沒聽說是哪天，希望我們能趕在他們之前找到那座墓，阻止末世發生。」

這話一落，大家不約而同停下腳步，誰也沒有再往前。

「雖然知道不應該，可是沒了末世，就沒有寧寧了。」其中一個媽媽說。

大家都沈默了，最後還是隊長媽媽狠下心。「一定還有的，既然當初在那麼難的末世，都要把寧寧生下來，或許寧寧的父母早在末世前就認識並相愛。過個十年，我們再找找。」

但是可能嗎？她們是在末世十三年後撿到楚攸寧的，誰也不能保證她的父母是末世來臨前就在一起，還是末世後才開始，這中間的變數太大了。若是末世後才認識，那末世沒有到來，也就意味著這個世界不會再有楚攸寧的出生。

「對！一定能找到寧寧的。」

她們只能這麼安慰自己，在人類滅亡的命運面前，她們不能自私，也做不出為了和楚攸寧重逢，任由末世再次降臨的事。

楚攸寧看媽媽們這麼捨不得她，一直在身邊說她也捨不得她們，可惜她們都聽不到，也不知道她的存在。

一會兒後，楚攸寧發現又換了個場景，她站在一座被叢叢雜草覆蓋的山丘前。有一群穿著黑色西裝的人，正從一個洞口裡鑽出，好幾個人手裡提著銀色的箱子。

很快的，霸王花媽媽們也出現了，找了個不被發現的死角躲起來。

「這些應該就是那個地下研究所的人，我們來晚了一步，怎麼辦？」

「打電話報警，在警察來之前拖住他們的腳步。」她們的打算都一樣，想先來確定是不是這個地方，再想法子交給國家處理。

「等等。」隊長媽媽見為首那人在暴怒邊緣，趕緊阻止所有人，先別報警。

「媽的，不是說在這裡探測到超能量波動嗎？結果除了一具充滿小孩塗鴉的石棺，什麼都沒有，連石棺都是空的！」

媽媽們詫異地互視，難不成她們和那些人都找錯地方了？

楚攸寧比她們還詫異。所以，在她沒發現福王的地宮之前，這個世界已經有人探測到了？她不懂為什麼會這樣，卻慶幸自己下手得快。

「再用探測器探探四周。」那人下令。

等那些人探測完沒發現問題都撤了，媽媽們才敢進那個地下墓。

大家來的時候，都帶上一些工具。在末世混那麼多年，哪怕重生回來，年紀不符，但有經驗，都備足了東西來的。

石墓裡空盪盪的，只有一具石棺停放在正中央，也沒有古人的機關暗器、風水陣什麼的，也就這口石棺能證明這是一座墳墓。

「大家快過來看！」有個媽媽突然大喊，聲音裡透出驚喜。

其他人以為她發現了她們此番來想毀掉的東西，快步圍上去，看到石棺上的石雕後，都有些不敢置信。

「這是霸王花？還是末世變異的霸王花！」

「這是古墓，怎麼會有末世霸王花的石雕？」

「看，這是我的契約植物，這是隊長的雷電殺招，還有其他隊員的火鞭……」

大家一個個看過去，不光是霸王花，這上面雕刻的異能殺招，都與末世的她們使用的完全一模一樣。

「隊長，妳說會不會也有人和我們一樣重生了？這是請君入甕？」其中一個媽媽擔心地問。剛重生回來，沒有誰想要被抓起來切片。

「最了解我們和霸王花隊的，妳覺得會是誰？」隊長媽媽問。

「寧寧！」大家異口同聲道。

隊長媽媽點頭。「妳們過來看這邊，雖然長得不一樣，畫得也有點醜，但勝在這雙眼睛很傳神，像不像寧寧？」

大家立即圍上去，盯著石棺另一邊的小像看。

「像！眼珠子一轉，就知道她又想幹壞事。」

小像上的人穿著華麗的曳地宮裝，頭戴步搖，亭亭玉立，哪怕這小像經過時光腐蝕，掉色不少，長得也不像，但霸王花媽媽們幾乎可以肯定這是她們家的寧寧，有種我家有女初長成的感覺。

小像旁邊寫了「楚攸寧」三個字，還有一句是「安好，勿念」。

「所以，能造出喪屍病毒的原材料，其實從寧寧去的那個世界就存在了。如今寧寧把它毀了，那些人再也拿不到東西回去研究，一年後的末世就不會到來了，對嗎？」

「對！末世不會到來，人類不會滅亡。」

大家怎麼也沒想到會是這樣的結果，她們都做好豁出性命去也要阻止這場人類浩劫了。

「我們先出去吧，前世這座地下古墓可是在那些人走後沒多久，就被發現了。」隊長媽媽冷靜下來，趕緊道。

「等等，我先把石棺拍下來。」

有一個媽媽拿出手機，其餘人也紛紛學著她，對著石棺拍個不停，又拍又錄。如果可以，她們恨不得把這石棺弄走。

等她們拍好照，離開地下古墓後，有個媽媽突然驚呼出聲。「大家快看網路！」

幾個女孩趕緊打開來看，上面有個考古發現頻道紅了。

某地發現古墓，上面記載著一個叫寧國的國家。專家曾說，齊國之前的歷史存在斷層，比如地瓜、馬鈴薯、火藥是幾時流傳進來的都不知道。如今推測，應該是在寧國時期發展起來的。

「不對啊，我記得上一世學的歷史沒有出現寧國，這時候被發現的應該是一座將軍墓，裡面放著好多副棺材，叫沈家將。碑文上刻有每個人的戰功，但是沒刻朝代。專家們推測這是齊國之前的前朝將軍，齊國皇帝惜才，才為沈家滿門忠烈建了陵墓，讓後人記得。」

「對！我也記得很清楚，那麼多沈家將裡，只有沈無非活到最後。他的碑文是以一己之力屠一國，大家都覺得太神話了。」

楚攸寧聽了，眨眨眼，如果按照原主前世的記憶發展，沈無恙和沈無非本來沒死，也許在多年後甦醒，發現沈家落得那般下場，所以滅了越國，並毀掉四國歷史，重新建了齊國？

媽媽們趕緊拿出手機搜索，發現並沒有沈家將的墓，不可能是她們記憶有誤，只可能是，楚攸寧改變了歷史！

「所以，這寧國是因為咱們寧寧才存在的嗎？咱們寧寧果然是幹大事的人！」

「因為寧寧，末世不會來了，真好。」

她們這些人裡，有的在楚攸寧還在的時候就已經犧牲，有的是在楚攸寧死之後犧牲的，只有一個人戰到最後一刻。

那個戰到最後一刻、看到人類勝利才嚥氣的媽媽說：「妳們不知道啊，和喪屍王的最後一戰，人類贏是贏了，可是只剩下十幾個人，還都是男的，想繼續繁衍都不可能。」

媽媽們手搭著肩膀，圍成一個圈，頭抵著頭，又哭又笑。

笑的是末世不會來了，哭的是這個世界再也沒有楚攸寧的存在，往後也不會有。

楚攸寧鑽到她們裡面去，蹲在地上昂頭看著她們，笑著說：「媽媽們，我在另一個世界是公主哦，有五個城的百姓交稅給我，還有個好大的公主府，有一座山當動物園兼養雞，出入有人伺候，妳們不用擔心我。對了，我還有個駙馬，他叫沈無咎，對我是真愛，比妳們還寵我，已經使用過，保證器大活好。」

楚攸寧說完，感覺這個夢要醒了，趕緊撲上去擁抱她們，雖然也抱不到。

「霸王花媽媽，妳們要幸福呀！」

在楚攸寧徹底消失的剎那，霸王花媽媽們抬頭，臉上掛滿淚。

「妳們聽到了嗎？我好像聽見寧寧說話了。」

「我聽到寧寧說她在那邊是公主，有五個城的百姓交稅給她。」

「出入有人伺候，還有個駙馬叫沈無咎。」

「確定這不是小說中的女主角嗎？每天從豪華大床上醒來，還順風順水，每件事都心想事成呢。」

大家說完捧腹大笑，笑完後，心裡又有些悵然若失。

女兒已經和她們隔著時空，這輩子不可能再見面。不過，她好好的就好。

楚攸寧醒來，已經是第二天下午。

原本沈無咎以為是昨夜把她累壞了，才睡得這麼沈，等到午膳也叫不醒她時，便慌忙找大夫，可大夫也說她只是睡著了。他都打算好了，到晚膳時辰再不醒，就帶她回京找太醫。

楚攸寧睜開眼，看到一臉擔心的沈無咎，立即撲上去抱住他，頭埋在他的頸窩裡。

「沈無咎，我作了一個好長的夢，夢裡看到咱們猜測的成真，霸王花媽媽們發現我們想給她們看的東西，末世也不會來了。」

她不知道這是她太渴望願望成真才作的夢，還是她的精神力真的穿越到很久很久以後的世界，與霸王花媽媽們重逢。

「寧寧，那一定不是夢，妳忘了我也是因為作夢，才知曉前世的一切。所以，妳看到的一定是真的。」沈無咎輕撫著她的髮，在她耳邊柔聲道。

不管是不是真的，只要能讓他媳婦不再有遺憾，就得是真的。

楚攸寧摟著他的脖子，看著他，用力點頭。「我也覺得是真的，畢竟像我這樣不愛動腦的人，是不會作夢的。」

沈無咎見她已經恢復精神，笑著輕捏她秀挺的鼻子，低頭緩緩貼近她的唇。「我希望妳有夢，夢裡有我。」

第一百三十一章

寧國一統後，攸寧公主的名聲在百姓中廣為流傳。從做出火藥到打下越國這些豐功偉績不說，今年，攸寧公主又做出了史無前例的壯舉。

她用自己所得食邑，在全國各縣城設五年扶貧的書院，還是不用錢的，只為讓貧困的孩子識字。當然，要是想考取功名，則需要自己出錢往上讀。

這是楚攸寧走了不少地方後，終於忍著肉疼做出的決定，也是因為這個世界不會再有亂世，至少在她活著的時候不會有，才捨得貢獻出來。

楚攸寧一行人用了兩年，仍沒走遍全國各地，在景徽帝不停來信催促下，不得不答應，帶楚贏煥回了京城。

景徽帝看著站在大殿上的閨女和小兒子，已經習慣保持威嚴的臉，此時滿是笑意。

閨女面色紅潤，比當年離京時沒多少變化，尤其那雙眼睛依然澄澈明亮，出去走了一遭回來，看遍風土人情，可見她玩得很暢快，沈無咎定然寵得很。

再看她牽在手裡的小兒子，小兒子今年已五歲，穿著銀白色雲紋錦袍，一手由他姊牽著，另一手負在背後，挺著小胸膛，肅著小臉，目光堅定。

景徽帝心下滿意，不愧是天潢貴胄，小小年紀就已經很有威儀。

都說三歲定性，他還擔心小兒子跟他姊姊在外玩野了，到時候想矯正過來也難，沒想到這兒子比他想像中的還要出色，大概是他姊夫教養的功勞。

「小四到父皇這邊來。」景徽帝一臉慈愛地招手。

楚嬴煥看看楚攸寧，楚攸寧鬆開手。「小四，快去抱大腿。」

楚嬴煥並沒有如他姊姊說的那麼做，而是穩穩當當走到景徽帝跟前，規規矩矩地拱手作揖，故意讓小奶音顯得很嚴肅。「兒臣見過父皇。」

「好，好。」景徽帝欣慰地連連點頭，讓他站到身邊，捏捏結實的小身板，又摸摸頭。「幸虧沒學了你姊的性子。」

楚攸寧轉了轉眼珠。她還是不說了，無知是福啊。

景徽帝又看向沈無咎，今日的沈無咎穿著一身玄色對襟窄袖長衫，衣襟和袖口處用紅色絲線繡著騰雲祥紋，瞧著器宇軒昂。

這幾年他解甲養傷，帶著他閨女和小兒子四處玩樂，當初在戰場上拚殺出來的煞氣，已然沈澱，也沒了年少輕狂的張揚，整個人看起來有了些許如沐春風的風華。

「愛卿這傷養得可還好？」景徽帝突然有點羨慕了。

沈無咎看看楚攸寧和站在景徽帝身邊的楚嬴煥。「回陛下，臣的舊傷難癒，恐還得再休養休養。」

景徽帝冷哼。「養著養著，怕是要養到海外去了。」

「公主有命，臣不敢不從。」沈無咎一點也不怕被人知道他在家是以公主為尊，反正他們之間知道是怎麼回事就好。

他知道她在那個末世裡沒有吃的、沒有喝的，連一塊好風景都沒看到。他想帶她看遍世間繁華，帶她欣賞山川河流，帶她嚐盡各地美食。

景徽帝氣結，他就慣吧！

楚攸寧也來氣了。「父皇，我差點就要去征服星辰大海，您這麼急著叫我回來，我以為您又要亡國了。」

什麼叫又，他亡過嗎?!景徽帝心中重逢的喜悅瞬間被沖淡了，再次感覺到久違的鬱悶。

閨女不在時，他常懷念被她堵得說不出話的日子，畢竟天底下也就她敢這麼跟他說話。

他再不催得急一些，閨女就要帶著他小兒子出海了，這要是出去個十年、八年，下一任儲君還如何栽培？還征服星辰大海呢，是不是出完海，又要上天？

景徽帝覺得，不能讓閨女知道他掛念她。「朕叫妳回來，是想讓妳知道，鬼山上那些雞所剩無幾了。」

楚攸寧瞪眼。「敢情您是讓我回來養雞的？」

她離開了兩年多，那些雞也失去奇效，用注入精神力孵化出來的雞下的蛋，孵出的雞效果會減半，到第三批便沒了效果，僅是口感好一些。

「養雞多好，妳也該收心替朕生個外孫了。」

也就沈無咎能這麼縱著她，再加上她是公主，不然換成普通人家的媳婦，誰會讓她這麼玩，進門五、六年都沒一個孩子。

楚攸寧懷疑地瞥向景徽帝，景徽帝如今四十多歲，和她離京前看到的沒多少變化，頂多就是看著更像個皇帝了，找回皇帝的威嚴和氣勢。

不過，這威嚴在她面前不存在。

「父皇，您該不會得靠我的雞，才能滿足您後宮的美人吧？」

景徽帝臉色一黑。「朕沒有！」

「那您這兩年沒納新妃，也沒有給我和小四添弟弟、妹妹？」楚攸寧臉上寫滿了「我不信」三個字。

「朕潔身自好不行？」景徽帝氣不打一處來。

楚攸寧眨眼。「不行就不行，我又不會笑話您。不過您一大把年紀了，不充盈後宮是對的，納進來的女人都比我小，您也下得了嘴。」

景徽帝氣結。「朕沒有！」

寧國安穩，天下太平，朝臣開始有心思關心他的後宮，早朝免不了隔三差五提一下立儲和充盈後宮之事。之前他一心專注於政務，只想彌補昏庸的那幾年，如今寧國一切穩定，他確實有閒心開始考慮這件事。這會兒聽閨女這麼一說，突然有種悖德的感覺，尤其想到他的大公主，蠢蠢欲動的心又歇了。

景徽帝望向楚攸寧，心裡打起了主意。「妳說得對，朕明日就對朝臣說，是妳祖宗不讓朕選秀納妃。」

沈無咎無言，當初公主就是這般忽悠景徽帝的，如今景徽帝也要這般忽悠他的臣子嗎？

楚攸寧也沒想到景徽帝會用這招，板起臉，一本正經地說：「父皇，祖宗覺得您如今是個合格的皇帝，已經放心地回去了。」

景徽帝慶幸自己沒喝茶。「回哪兒了？」

楚攸寧指向地下。「入土為安。」

景徽帝。「……」

三人在宮裡陪景徽帝吃了頓團圓飯。

早兩年，景徽帝替二皇子和三皇子封王娶親，打發他們去封地。待在京城的二公主則賞了公主府，出宮後就沒再進宮。四公主楚玲玥離宮多年，對宮裡一切早已陌生，生母早逝，見景徽帝像兔子見了鷹，不召她是不會主動進宮的。這也是景徽帝越發想念楚攸寧的原因。

吃完飯，楚贏煥被留下來，景徽帝原本還擔心他會鬧，畢竟他打小跟他姊在一塊兒。結果，楚贏煥一開始就安靜乖巧，見他姊姊和姊夫離開也不吵不鬧，還很知禮地拱手送行。

景徽帝總覺得哪裡不對。

楚攸寧和沈無咎回到將軍府，自然又是好一番熱鬧。

二房跟三房早在夫妻重逢那年，就一前一後懷上孩子。二房先生下一個男孩，三房再生下一對雙胞胎，也是男孩。按當初說好的，哪個先生下來，就過繼哪個給大房，不過三房生下雙胞胎，三房認為過繼一個給大房正好，但二房不答應，說按當初講好的做。

現在孩子還小，得等他們聽得懂過繼是什麼意思，再依照他們的意願，決定由誰過繼。

二夫人跟著楚攸寧一行人一塊兒回京，因為要讓歸哥兒回京讀書，加上想把二兒子過繼給大房，總不能不讓大夫人跟孩子培養感情，乾脆拋下夫君，帶著兩個孩子一塊兒回來。沒想到，在路上意外診出有了身孕，回到京城時，已經三個多月。

沈無非在京城負責城外京西大營的日常練兵，三夫人在家與大夫人為伴，這也是當初商議好的。沈無咎帶公主四處遊歷，沈無恙和沈無垢在海關領兵防守，總不能扔下大夫人獨自在京城守著偌大的家，兄弟幾個便出力，設法讓沈無非留任京城。

半夜，楚攸寧突然捂著肚子，從床上坐起來。

沈無咎原本是摟著她睡，被這麼大的動作驚醒，瞧見她捂著肚子，嚇了一跳。

他擔心地看著她。「可是肚子不舒服？」

楚攸寧搖頭，睡眼惺忪。

「那是月事來了？」他記得她的月事好像就在這幾日。

「我餓了，想吃番茄炒蛋。」楚攸寧說著，口水湧出來了，眼巴巴地看著沈無咎。

沈無咎一愣，白日她不但在宮裡吃了好多，回府後也吃不少，他還擔心她撐壞肚子，晚膳後還哄著她散步消食許久。萬萬沒想到，她半夜驚醒，是因為餓了?!

「沈無咎，我想吃你做的番茄炒蛋。」

楚攸寧不知道為什麼突然很想吃那年她和沈無咎一塊兒做的番茄炒蛋，味道焦不說，還水水的，後來吃到正常的番茄炒蛋，才知道他們做的那個是再失敗不過的。但這會兒她突然很想吃，想著口水就飛快分泌。

瞧她的樣子，跟隻討食的貓兒似的，沈無咎默默吞回想勸她的話。

「那妳先等著。」沈無咎下床穿衣。自己的媳婦，他不寵誰寵。

楚攸寧跟著下床。「我也要一起去。」

沈無咎料想她也睡不著，幫她把衣服穿上，兩人牽著手，一塊兒去廚房。

房門突然從裡面打開，把在門外打盹的風兒嚇一跳，看到主子出來，差點把魂驚掉。

聽到公主和駙馬說要去廚房做菜，她給了自己一巴掌，疼痛告訴她不是在作夢。

兩位主子大半夜來了下廚的雅興，風兒不由想找張嬤嬤拿主意，可是張嬤嬤不放心楚贏煥，陪他留在宮裡了。

第一百三十二章

明暉院在楚攸寧嫁進來後，就建了小廚房。

進了廚房，沈無咎讓楚攸寧坐在一邊等著，他洗手為她做番茄炒蛋。

楚攸寧抱著一小碟點心邊吃邊看，沈無咎擔心她餓壞了，讓她先吃幾塊墊肚子。

自從發現番茄後，也鼓勵民間大量種植。起初番茄炒蛋只出現在有錢人家的飯桌上，如今已經成了尋常百姓的家常菜，開胃又下飯。不管尋常百姓，還是大戶人家，如今都少不了番茄，關鍵就看廚子怎麼變著花樣做罷了。

那次沈無咎和楚攸寧炒出這個世界的第一道番茄炒蛋後，就沒再下過廚，但不妨礙這些年吃了那麼多次，知道當初做的有多失敗。為此，他還特地學了番茄炒蛋的正確做法，他有信心，這次應該不會焦了。

沈無咎問楚攸寧，要不要配飯吃？楚攸寧搖頭，她就想吃一口番茄炒蛋。

沈無咎先洗番茄，哪怕只是第二次做，不管打雞蛋還是切番茄，都比第一次俐落許多。

楚攸寧看著沈無咎打雞蛋，他低頭的側臉，在燭光映照下俊得發亮。

很快，番茄炒蛋做好了，沈無咎親自捧到楚攸寧面前。

這會兒，楚攸寧覺得自己半夜把人折騰起來，就為了口番茄炒蛋，有些過分。前一刻還因為想吃番茄炒蛋瘋狂流口水，這一刻又突然不想吃了。

楚攸寧被自己這莫名其妙的情緒弄得有點煩躁，覺得不太妙，就算在末世異能失控，也不應該是這樣的。

她想不出原因，秉著不浪費糧食，不辜負沈無咎的心意，還是吃了番茄炒蛋。

沒有當初的焦味，這才是對味的番茄炒蛋，可她就是覺得缺了點什麼。

楚攸寧時不時餵給沈無咎一筷，一盤番茄炒蛋全吃完了，剩下的自然不用兩人收拾。

沈無咎悄聲吩咐了風兒幾句，這才帶楚攸寧回屋漱口就寢。

楚攸寧打了個哈欠就睡下了，沈無咎便讓已經候在外頭的府醫進來。

他覺得楚攸寧的身子有些不妥，一向覺得浪費糧食遭雷劈的她，但凡吃的，都吃得噴香美味，哪怕同一樣東西吃了好多遍，都能拿出最虔誠的態度去吃。

今夜她不但半夜起來說餓了，想吃他做的番茄炒蛋，可等他做出來又沒了胃口，他第一次在她臉上看到食之無味的表情。

若是嫌棄他做得不好，難以下嚥還好說，可他這次做出來的完全是對的味道，再加上她這幾日好似吃得比往常都多，他擔心她病了。

府醫隔著床帳替楚攸寧把脈。這些年，楚攸寧已經習慣這個世界的安逸，加上知道沈無咎在，所以沒因為府醫把脈而驚醒，又或者是，她的確睏了。

府醫這一把脈，就把了許久，讓沈無咎的眉頭越皺越緊。

「大夫，如何？」

「老夫斗膽，不知公主這個月的月事可來了？」大夫轉頭問風兒。

「就這幾日的事。」不用風兒回答，沈無咎都能立即說出來。

府醫一愣，沒見過哪家大老爺把自家大人的月事日子記得這麼清楚的。

「恭喜四爺，公主八成是有喜了，只是月分尚淺，老夫也不敢確定，且看這幾日月事有沒有來。」府醫拱手道喜。

沈無咎懵了，他撩開床帳，看著睡得香甜的媳婦，不知她夢到什麼了，紅嘟嘟的小嘴還微微動了動，忍不住笑了笑，眼眸被柔情淹沒。

她說她不會作夢，是不會作除了吃以外的夢。

沈無咎蹲下身，大手隔著被子輕輕覆上她平坦的小腹，這裡已經孕育著他們的孩子。

他忍不住低聲說：「不錯，極會挑日子到來。」

他原本打算回京城後再要孩子，沒想到剛到京城，這孩子就迫不及待地來了。他想起，有一次住客棧時被媳婦纏得失了控，大概就是那一次有的吧。

沈無咎已經沈浸在即將當爹的喜悅中，完全忘了屋裡還有其他人。

風兒也高興得不得了，顧不上道喜，悄悄請府醫出去。

要知道，公主和駙馬成親已有五年，遲遲未見有喜，哪怕是公主，也少不了被人在背地裡嚼舌根，幸好公主這幾年遊歷在外，也聽不見。

如今好了，公主一回京城就有孕，這孩子來得可太是時候了！

楚攸寧醒來，沈無咎告訴她極有可能懷了孩子的消息，緊接著是滿屋子的道喜聲。

楚攸寧懵了一會兒，用精神力去看，發現子宮裡有一顆像小豆子的東西，不敢相信這小豆子日後可以長成一個孩子。

還未得到確認，攸寧公主有孕的消息就傳遍整個將軍府，傳進皇宮。

消息傳進皇宮時，朝堂也發生了一件震驚天下的大事。

景徽帝牽著四皇子出現在早朝上，眾臣看到四皇子那身杏黃色的龍紋服飾，不由瞠目。

果然，景徽帝以祖宗不讓他充盈後宮為由，宣布往後不再納人，沒等大臣們抗議呢，就緊接著宣布立四皇子楚贏煥為太子。

跟立儲這事比起來，景徽帝不再充盈後宮，已經不是什麼大事了。

沒人知道為何四皇子才回宮第二日，景徽帝就急著立他為太子。四皇子還那麼小，雖然景徽帝年富力強，可等四皇子長大成人，得要好些年呢。

有善於揣摩聖心的大臣早猜到景徽帝屬意四皇子當儲君，倒不覺得多震驚，只是沒料到景徽帝會這麼著急罷了。

景徽帝無視大殿上議論紛紛的大臣，看向站在旁邊挺直背脊、一動不動、氣勢十足的小太子。面對那麼多朝臣的質疑，楚贏煥半點也不孬，瞧著挺像樣，但昨日他可就被騙了。

昨天，楚攸寧和沈無咎一走，景徽帝就見前一刻還在誇讚的乖兒子背手昂頭看他，簡直跟他姊當年的神氣一模一樣。

「父皇，我姊姊走了，您罵不著她，我就不裝啦。」楚贏煥奶聲奶氣，連表情都生動了不少，哪裡還有之前的一板一眼。

景徽帝總算知道，為什麼楚贏煥和他姊姊分開時，沒有多餘的話，而他姊姊臨走前也無半點不捨。當時他覺得，他閨女走得乾脆俐落才是正常的，如今看來，是早料到楚贏煥這性子，待在宮裡也不用擔心吧。

「這是你姊夫的主意？」他閨女要是怕被他罵，也不至於每次都敢頂撞他。

楚贏煥搖頭。「這是欺君，姊夫不敢。」

景徽帝笑了。「你還知道欺君？那你就敢了？」

楚贏煥擺手，小大人般地說：「父子之間哪有隔夜仇，我難得有保護姊姊的機會，父皇該獎賞才對。」

瞧這小嘴比他姊還伶俐，不但知道欺君之罪，還知父子無隔夜仇。打小就聰明，不錯。

詭異的是，景徽帝竟然覺得這才應該是小兒子的本性。之前那樣畢恭畢敬，踐律蹈禮，和所有皇子一個樣。他就是看著皇了這般長大，偶爾來個與眾不同的，倒是新鮮。

他就說嘛，小兒子跟在他姊姊身邊長大，又有一個事事以他姊為先的姊夫，能長成循規蹈矩的性子才怪。

景徽帝半點也不覺得小兒子沒規矩，反而把他拉到跟前。「你如何保護你姊姊？」

「您喜歡懂事知禮的孩子，為了不讓您覺得姊姊帶壞我，我可是愁白了頭。」楚贏煥抓了下額角碎髮，搖頭嘆息。

景徽帝的目光不由往他那才長了幾年的頭髮瞧，這老氣橫秋的動作是學了誰的？

「你姊姊連父皇都不怕，她可不需要人保護。」

「姊姊厲害是姊姊的事，我要保護姊姊是我的事啊。」楚贏煥天真直白地說。

景徽帝看向小兒子的眼神變得更慈愛了。

沒錯，閨女厲害是閨女的本事，但不代表她不需要人關懷保護，他兒子小小年紀就悟得這番道理，可見心智極佳。

景徽帝當下拍板。「朕明日就宣布立你為太子，往後你住在宮裡，學著當儲君吧。」

原本以為楚贏煥會抗拒，沒想到他沒有絲毫反抗就點頭了。景徽帝覺得應該是他姊姊和姊夫提前說服了他。

於是，楚攸寧有孕的消息傳進宮，宮裡也同時傳出楚贏煥被立為太子的消息。

張嬤嬤得到她家公主有孕的消息後，擔心以公主的性子，不把自己身子當回事，想回去盯著公主，又放心不下楚贏煥一人在宮裡。最後是景徽帝親口讓她回去照顧楚攸寧，她才不得不立即把伺候楚嬴煥的人安排妥當，匆匆回了將軍府。

景徽帝還以為楚嬴煥會想跑出宮探望姊姊，結果張嬤嬤要走了，他只是小大人般的吩咐張嬤嬤照顧好他姊姊，也沒鬧著要一塊兒回去。

景徽帝以為楚嬴煥是怕他不准，委婉地說可以去看姊姊。孰料楚嬴煥搖頭，說要學好禮儀，等冊封大典過後，再去探望。

景徽帝信了，覺得小兒子小小年紀就有這樣的自制力，寧國少不了還能再輝煌百年。直到冊封大典過後，楚嬴煥開始上學時，景徽帝才發現他的結論下早了。

楚攸寧有喜的第五日，景徽帝親自登門探望閨女，嚇壞將軍府所有人，也再次低估了景徽帝對攸寧公主的寵愛。

幾日不見姊姊，楚嬴煥可想了，但看到他姊姊身邊圍著那麼多小孩，還一個個餵橘子，眼眶都泛紅了。想起姊姊不愛見人哭，又繃著小臉靠過去，就是不喊人，小嘴噘得高高的，表示他生氣了。

這些孩子是沈家下一代，張嬤嬤不讓楚攸寧出府，她只能坐在花園裡玩胖墩墩的小孩。聖上駕臨，孩子們自然立即被帶下去迴避。

楚攸寧輕輕捏了下楚嬴煥的嘴，雖然知道被她帶出來的孩子在宮裡能如魚得水，但她和沈無咎還是派人盯著，不可能出得了差錯。

楚贏煥注定要當儲君的，不可能跟在她身邊玩一輩子，她從一開始就看得比誰都開。

楚攸寧見景徽帝盯著她的肚子瞧，掰了塊橘子餵楚贏煥。「父皇，您不會還想打我孩子的主意吧？如今全天下都知道小四是下一任皇位繼承人了。」

景徽帝瞥向楚贏煥，冷哼道：「小四要是不爭氣，就還得是妳兒子。」

楚攸寧手一頓，把剛餵到楚贏煥嘴邊的橘子收回來，塞進自己嘴裡。「小四聽到了沒？要爭氣，你要當舅舅了，得做個好榜樣。」

本來張大了嘴等餵的楚贏煥，伸手把他姊姊手裡剩下的橘子拿過來，掰著餵姊姊吃。他用力點頭，出聲保證。「我會的。姊姊放心，這麼辛苦的活，還是我來幹吧。」

景徽帝無言，當皇帝何時成了辛苦的活？果然不能把小兒子交給閨女帶，都帶歪了。這麼小就嫌當皇帝是辛苦差事，還能指望他當好這個皇帝嗎？突然為寧國的未來擔憂。

景徽帝從劉正手裡拿過一本書來考楚贏煥，楚贏煥對答如流；景徽帝指了楚贏煥寫過的大字讓他認，楚贏煥也馬上就認出來，稚嫩白皙的臉上沒有任何異樣。

景徽帝又讓楚贏煥自己拿著書看，哪怕看不懂，也盯著書上的字，看了足足有半盞茶工夫，這場臨時考校才結束。

楚攸寧不知道景徽帝為何跑來這裡考楚贏煥。「父皇，小四的腦袋瓜子挺聰明的，隨我，您大可不必擔心。」

景徽帝抬頭嫌棄，隨她才更需要擔心，連誇人都找不到詞誇的人還好意思說。

景徽帝考校完，臉色複雜地看著楚贏煥，摸摸他的頭，嘆息了聲，起身對楚攸寧說：「妳好好養胎，別整日想著搞事，朕回宮了。」

景徽帝來得突然，走得更匆忙。

楚攸寧點點頭，目光落在旁邊的楚贏煥身上，再看向快要走遠的景徽帝，大喊：「父皇，您把您兒子落下了！」

不知道是不是錯覺，她覺得景徽帝走得更快了。

直到看不見景徽帝，楚攸寧才眨眨眼，不解地問沈無咎。「我怎麼覺得，我父皇又要把小四扔給我了？」

沈無咎打量楚贏煥，笑道：「妳想得沒錯。」

楚攸寧轉頭，捏起楚贏煥的兩團小腮肉輕輕拉扯。「你裝乖敗露了？」

楚贏煥掙開姊姊的魔爪，露出乖巧的笑容。「姊姊，我一向很乖，不用裝。」

楚攸寧剝了一顆水煮花生塞進他嘴裡。「你要是乖，那我比你乖。」

楚贏煥的腦筋轉得比誰都快，常常配合他姊夫忽悠她，這也是為什麼景徽帝那日在大殿上慶幸他沒隨了她的性子，她沒說話的原因。她家小四的心眼，快跟蜂窩的洞一樣多了。

沈無咎慢條斯理地又剝了個橘子給她，剩下的命人拿走，不讓她吃太多。

沈家如日中天，他回京也沒銷假當職，繼續養傷，做他的閒散駙馬，陪他的公主待產。

他看了眼和他姊姊長得一樣純良無害的楚贏煥，笑著說：「小四得了一種離開姊姊就學不進去的病。」

楚贏煥回宮，他們自然不可能撒手不管，一直有眼線盯著。

宮裡傳來消息，四皇子一看見字、一唸書就頭昏眼花，噁心想吐，幾乎整個太醫院的太醫都來看過了，也不知道是什麼病因。

這可如何是好？已經昭告天下他的儲君身分，什麼都學不進去，如何為君？

這時，楚贏煥神情懨懨，說他在姊姊身邊就不會這樣。景徽帝想起他和他姊姊遊歷在外時，偶爾會寄回他寫的大字，還有沈無咎在信裡常說他聰明，有些字幾乎看過一遍就不會忘。這麼聰明的孩子，怎能因為回了宮，一看見字就頭昏眼花呢？

得知小太子一唸書就頭昏眼花，噁心想吐，有朝臣提議換儲君人選。四皇子還小，可能是擔不起儲君這麼大的責任，才會讀不進書。

但景徽帝早決定好寧國的下一個皇帝是楚贏煥，盼了那麼多年才把孩子盼回來，他能答應嗎？必須不能啊！

試了好幾日都一樣，景徽帝不得不做出決定。不就是待在公主身邊才能學好嘛，那讓楚贏煥繼續跟著楚攸寧住，先生每日過去講課教學就好。

第一百三十三章

楚攸寧不由瞪大眼，對楚贏煥左看右看，然後悄聲問沈無咎。「這是你出的主意？」

沈無咎搖頭。「他自個兒想出來的法了。」

回來之前，他跟楚贏煥說，此番回京，他就得住進皇宮，學著當儲君。

楚贏煥當然不願意離開他姊姊，覺得他和姊姊還有姊夫才是一家人。

所以，沈無咎跟他說，想要繼續跟姊姊住，就要自己想辦法。

但沈無咎沒想到，這麼小的孩子居然能想到這種法子，只能說天生就是當皇帝的料。

或許是因為打小吃他姊姊弄出的雞和雞蛋，楚贏煥腦子靈活，記東西快，鬼主意一個接一個，至少比五歲時的歸哥兒聰明許多。

這些年帶他遊歷，和從小待在宮裡受嚴格教導的皇子相比，楚贏煥的宮規禮儀還比不上。可是他的眼界開闊、所思所想，也不是一出生就待在宮裡的皇子能比的。

「厲害了，我的小四！」楚攸寧捏捏他的小臉蛋。她五歲覺醒精神力，想得最多的就是努力修練，用精神力搜東西回來換營養液和吃的，不像楚贏煥這般聰明過人。

被姊姊誇了，楚贏煥一臉得意。「嬤嬤說，她在我兒時常常賣雞蛋給一個讀不進去書的人，我記住了。」

那人需要吃鬼山上的雞和雞蛋才讀得進書，那他就要和姊姊在一塊兒才讀得進去。為了讓父皇相信，他還裝出生病的樣子呢。連聽到他要當舅舅了，也忍住沒鬧著要出宮看姊姊。姊夫說做大事要能忍，他在做的就是一件很大很大的事。

楚攸寧想了下，確實是有這麼個人，後來這人還真考中進士，趕上寧國一統各地、正急缺官員治理的時候，如今應該也做了個不大不小的官了。

「怪不得說讀萬卷書，不如行萬里路呢，瞧都會學以致用了。」楚攸寧摸摸楚贏煥的小腦袋，突然有點同情宮裡的景徽帝了。

楚贏煥清澈的目光忽然落在楚攸寧的肚子上，嘟了嘟嘴。「姊姊，妳和姊夫要有孩子了，是不是就不要我了？」

沈無咎聞言，瞬間心軟。到底還是孩子，再聰明懂事，也才五歲。

「你是你姊姊的弟弟，你姊姊的孩子是她的孩子，兩者不一樣，不存在要不要一說。殿下不如換個想法來看待這事，我和你姊姊的孩子，也是你的外甥，你要當舅舅了，又多了一個至親，應當高興才是。」

楚贏煥眨眨眼，完全沒想到還能這樣想，瞬間心不慌了，甚至開始期待外甥快點出來。但他還是想聽姊姊親口說，執拗地盯著楚攸寧。「有了外甥，姊姊還是疼我的對吧？」

楚攸寧和他大眼瞪小眼，輕輕揪了下他的小臉。「我不覺得我有怎麼疼你啊。」

楚贏煥呆了呆，點點頭。「好像是這樣。」

沈無咎在旁邊輕笑，不怪楚贏煥練就一顆金剛心，都是被他姊逼的。他姊對人的好，都在行動上，沒有太多溫言軟語的時候。

「行了。你在我這裡以前是什麼樣子，往後還是什麼樣子，想要耍賴，沒有。」楚攸寧捏捏他軟軟的小耳朵。

楚贏煥癢得格格笑，用肩膀去蹭耳朵。

「那好吧，等姊姊的孩子生下來，我也疼他、保護他，不叫人欺負他。」天底下皇帝最大，他要努力做皇帝，好保護小外甥。

於是，楚贏煥立志要做皇帝的原因，就這麼誕生了。

果然，景徽帝才回宮沒多久，聖旨就來了。

聖旨說小太子與攸寧公主姊弟感情深厚，讓小太子繼續養在公主身邊，直至成年。負責教導太子的東宮輔臣，每日到將軍府傳授太子德行禮儀、治國謀略等。

沈無咎又被抓了壯丁，負責教太子射御。

楚贏煥是一國儲君，不可輕忽，將軍府人多口雜，景徽帝其實更希望他閨女帶著楚贏煥住進公主府。可惜他閨女就是怎麼舒服怎麼來的性子，越逼她越不幹，所以也就沒提。

景徽帝相信，閨女是除了他之外，最不想看到楚贏煥出事的人。

就這樣，楚贏煥在金鑾大殿、頤和宮、東宮各處都試過了，讀不下書；一到他姊姊身邊，就跟打了雞血似的，雖然沒到一目十行，過目不忘的地步，卻也聰慧過人，好似每日都趕著學完、寫完，跑去找他姊姊玩。

東宮輔臣們不禁懷疑，太子是為了能早些去跟他姊姊玩，才這般上進的。

景徽帝放著兩個成年皇子不立，非要立個五歲稚童當太子，可想而知擋了多少人的路，紅了多少人的眼，潛在的危險是少不了的。

楚贏煥剛住進將軍府一個月，就揪出不少想要對他下手的人。雖然沒問出幕後主使者，但是如今有動機想弄死小太子的，也就那麼一、兩個。

也有人想讓楚贏煥在將軍府出事，好一箭三雕，全被揪出來了。可能是攸寧公主不搞事許久，大家都忘了她的凶猛。

這下，什麼魑魅魍魎都不敢動了，有臣子開始懷疑，楚贏煥那詭異的病是假的，是景徽帝故意找的藉口，好把他送到攸寧公主身邊。唯有跟著攸寧公主，才能保證十成十的安全。

接下來的日子，楚攸寧不是跟登門的楚玲玥、沈思洛聊天，就是整日和一群小孩們玩耍。閒下來的時候，就用精神力觀察肚裡的孩子。

看著孩子從一顆小豆子長成葡萄大小，長出器官特徵，一點點發育完整，明明比陳子善的兒子剛生出來時還要醜，但她就覺得她孩子好可愛。

沈無咎每日除了教楚贏煥射御，就是回去陪他媳婦，聽她說肚裡的孩子如何一點點長成，恨不得自己也有精神力，可以時刻觀察孩子的生長變化。

不知是穿過來後這身體的體質發生了改變，還是因為精神力，楚攸寧連懷胎都比別人輕鬆，除了吃得比較多，偶爾口味奇怪外，其他難熬的反應都沒有。每日精神旺盛，要不是府裡的人時刻緊盯著，不讓她動作太大，能到鬼山去撒歡。

寧國五年，還沒出正月，鎮國將軍府又將迎來一條小生命。

一個六歲幼童趁大人沒注意，貓著身子悄悄來到窗前，輕輕打開一條窗縫往裡看，只是還沒看到，窗子就被壓下來了。

來人是個十二歲的小少年，錦衣玉帶，身形已顯，稚嫩面容可見日後俊秀，壓著窗子對楚贏煥搖頭。

「孤要看。」楚贏煥拿出身為太子的氣勢，他就是要看孩子是怎麼生出來的，等姊姊生的時候，他就有經驗了。

歸哥兒堅定搖頭，彎腰道：「這不是殿下該看的，若是公主嬸嬸知道了，可不妥。」

這時，屋裡生產的二夫人因為太痛，咬在嘴裡的軟木掉了，尖銳的慘叫聲傳出來，把窗外兩個孩子嚇得身子一抖。

歸哥兒顧不上哄楚贏煥了，擔心地盯著窗子看，拳頭攥緊，生怕裡面的人出什麼意外。

穿著龍紋錦袍的楚贏煥嚇得後退，不用看完，他就覺得生孩子好可怕。

楚贏煥轉頭便跑，歸哥兒滿心滿眼都在擔心裡面的母親，也沒察覺到楚贏煥溜了。

幸好，沒一會兒，產房裡傳來嘹亮的兒啼，歸哥兒才暗暗鬆了口氣，回身沒瞧見楚贏煥，心知楚贏煥在府裡不會有事，忙跑到產房的房門前。

大夫人和三夫人都在，聽到裡面傳來啼哭，皆鬆了口氣。

「我妹妹出生了？」歸哥兒問。

大夫人輕笑。「歸哥兒，你娘又給你添了個弟弟。」她們可是聽到裡面說母子平安的。

歸哥兒日益穩重的神情有點崩了，一臉沮喪。「弟弟，也行吧。」

家裡都是弟弟，之前母親生了個弟弟，後來三嬸嬸又生了兩個，再加上這個，他已經有四個弟弟了。哦，不，還得加上在海關的五嬸生的，有五個了，他就想要一個妹妹。

大家都知道，歸哥兒想要妹妹很久了，她們何嘗不想？但好像是老天恩賜般，沈家從原來的差點人丁凋零，到現在的人丁興旺，個個生的都是帶把的。

三夫人忍不住逗他。「讓你爹再努力努力，下一胎興許就是個妹妹了。」

歸哥兒嚇得急忙搖頭擺手。「不了不了，母親太辛苦了。」

「你小時候還不樂意跟兩個姊姊玩呢，說不樂意跟女娃兒玩。」已經出落得亭亭玉立的雲姐兒笑他。

歸哥兒臉色微赧。「不一樣，物以稀為貴，我想要香香軟軟的妹妹。」

說著，他往還關著的房門看了眼，知道母親沒事了，在這兒他也不方便進去看母親，於是有模有樣地託大夫人、三夫人照顧他娘，才說：「我找公主嬸嬸去，公主嬸嬸肚子裡的一定是妹妹。」

大夫人和三夫人臉色微變，自古哪個媳婦不盼著第一胎是兒子，哪怕貴為公主也不能免俗，平日裡歸哥兒念叨他娘肚子裡的孩子是妹妹也就算了，這話可不能拿到公主跟前念叨，雖然公主可能一點也不在乎。

「罷了，以公主的性子也不在意這些，咱們追過去解釋反倒尷尬。」大夫人說。

三夫人點頭，笑道：「公主不在意是真的，她好似知曉生的是小子還是姑娘，讓張嬤嬤給做的小衣裳都偏著姑娘家來，沒準還真能讓歸哥兒如願。」

楚贏煥邁著小短腿跑回明暉院，楚攸寧的公主府早就修繕好了，不過她喜歡熱鬧一直都住在將軍府。

知道孩子生了，母子平安，楚攸寧收回精神力，沒一會兒楚贏煥就跑到她跟前，一個勁盯著她已經高高隆起的肚子，小眉頭皺得緊緊的。

沒等她問，楚贏煥又轉身跑去東跨院書房那邊。

沈無咎處理好公事，剛準備出門陪媳婦就和小舅子撞了個正著，他及時扶住楚贏煥。

楚贏煥推開他，負手昂頭，拿出屬於他的小太子氣勢，用稚嫩的聲音質問道：「為何不是姊夫你來生？」

沈無咎一怔，看向楚贏煥身後跟著的小太監。

沒等小太監回答，程佑大步而來，說二房那邊生了，又為沈家添一男丁。

小太監也躬身道：「回稟駙馬，殿下方才從二房過來。」

沈無咎頷首，知道楚贏煥為何突然跑來質問他了。

「殿下為何有此一問？」他笑問。

「生孩子那麼痛，為何不是你生？」楚贏煥板著小臉。他姊姊那麼厲害，怎能像歸哥兒他娘一樣叫得那麼痛。姊夫是大男人，力氣大，應該由姊夫來生才對。

沈無咎哭笑不得。如果可以，他也想，可惜他不能。

他蹲下身，與楚贏煥平視。「因為這世間只有女子方能懷胎產子。」

「男子做的事，女子也能做。為何女子做的事，男子就不能？」

楚贏煥正是對什麼都好奇的年紀，尤其覺得他姊姊無所不能，連男子做不了的事，他姊姊都能做，比男子強。

沈無咎語塞，是不是該向景徽帝提議，給楚贏煥加一門認識陰陽雌雄的課？

楚贏煥打小跟在楚攸寧身邊長大，耳濡目染，不苛待下人，知曉憐憫百姓，對男女平等的想法，也開始潛移默化。

譬如先生教他何為尊卑，他不認同，就會跑回來問姊姊。姊姊會告訴他，身分尊貴不算什麼，做的事讓人認可了才叫尊貴。讓人發自內心以你為尊，才是真正的尊貴。

又譬如在男尊女卑上，楚贏煥覺得他姊姊就不一樣，甚至因為身為姊姊的擁護者，認為他姊姊比男的厲害，怎麼就在男子之下了？

在這樣的教導下，誰也不知道楚贏煥將來會長成什麼樣子，但可以預料得到，在攸寧公主的影響下，寧國的未來極有可能會出現一個與眾不同的皇帝，就是不知到時候景徽帝會不會後悔把楚贏煥放到公主身邊了。

沈無咎想了想，牽著他的手，邊走邊說：「可還記得你在鬼山上撿雞蛋的事？為何只有母雞才能下蛋，而公雞不能？」

楚贏煥眨眨眼。「姊夫是說，我姊姊是下蛋的母雞嗎？」

沈無咎無言了，不！他不是！他沒有！

「那只是打個比方，把妳姊姊當成母雞，把我當成公雞，你心中的疑惑自然就解開了。」講太深，楚贏煥也聽不懂，沈無咎只好往白了講。

「可是我不想讓姊姊生孩子，好痛，好可怕。」楚贏煥想到方才在窗外聽到的慘叫，害怕他姊姊生孩子的時候也這麼痛苦。

沈無咎眼底閃過厲色，柔聲問：「可是誰跟你說了什麼？」

皇后生下楚贏煥血崩而亡的事，早就禁止提起，雖說將軍府已經防得跟個鐵桶似的，但說不定還有漏網之魚，故意讓楚贏煥知道這些，讓他以為自己的出生是用母親的命換來的。

「我聽沈二夫人叫得好大聲，聽起來好痛，所以要是姊夫能生就好了。」楚贏煥說完，還一臉期待地看著沈無咎。姊夫那麼聰明，也許有法子呢。

沈無咎對上他亮晶晶的眼神，沈默了。

他也想，但他沒辦法，只能說媳婦沒白養這個弟弟。

第一百三十四章

外面天還冷著。楚攸寧正坐在火爐前烤肉，身邊圍了一群小孩。

孕婦不好吃太多烤肉，於是嘴饞的楚攸寧很聰明地把府裡孩子都聚集過來，說要烤肉餵他們，其實是想在餵的時候順便順一、兩口。

幾次下來，張嬤嬤哪還能看不穿她的小心思。她家公主對於吃，不是一般的有主意。

歸哥兒過來，粗粗行了一禮，把挨著楚攸寧坐的弟弟抱起來，占了這位置。

如今他已經十二歲，身子抽條，在同年紀的孩子裡算是高的，成了小小少年郎，眉眼像他爹，性子倒是不像。

雖然分開了幾年，但是歸哥兒對楚攸寧從不生疏，當年要是他在京城，說不定也要跟她去遊歷的。

十二歲，該懂的差不多都懂了，比起父母，歸哥兒還是更依賴他的公主嬸嬸，大概是因為在楚攸寧這裡永遠能被理解，不像父母總把他當小孩看待。

「公主嬸嬸，我母親又給我生了個弟弟。」歸哥兒鬱悶地說。

楚攸寧點頭。「不錯，兄弟齊心，其利斷金。」

歸哥兒看了眼排排坐吃烤肉的幾個弟弟，夠齊心了。

「可是，之前我讓公主嬸嬸算一算，公主嬸嬸說會有妹妹的。」歸哥兒可是一直沒忘記他公主嬸嬸的掐指一算，所以早在知道他娘又懷上的時候，就找楚攸寧算過了。

楚攸寧眨眨眼，二夫人是在回京路上診出身孕的，歸哥兒當時問的時候，那還是個胚胎呢，連二夫人聽了，也笑著說想要個閨女，她當然是揀他們想聽的說，後來嘛……

楚攸寧摸摸肚子。「我沒說錯啊，會有妹妹的。這個不是，下一個就是了。」

歸哥兒眼睛一亮，目光落在她的肚子上。「公主嬸嬸肚子裡的是妹妹對不對？」

「這個得生出來才知道。」楚攸寧還是沒明說。除了沈無咎外，好像身邊的人都希望她肚子裡的是男孩。對她來說，男孩、女孩沒區別，一樣是養。

「一定是妹妹！公主嬸嬸，等妹妹生出來了，我帶她玩。」歸哥兒因為母親沒給他生個妹妹的鬱悶心情，瞬間又好了。最好是長得像公主嬸嬸的妹妹，到時候他抱著白白胖胖的妹妹上街，一定很好玩。

「我是她舅舅，我帶。」楚贏煥跑過來，急著要擔起身為舅舅的責任。

歸哥兒自然不好跟小太子爭。再說他長大了，不能跟小孩搶。

「殿下是妹妹的舅舅，自然是可以的。」

「那到時候我們一起帶，你想帶她去哪兒玩……」

沈無咎看兩個孩子已經湊一塊兒商議要帶他閨女去哪兒玩，要送閨女什麼東西，忍俊不禁。

他上前抓住楚攸寧想趁張嬤嬤不注意偷吃烤肉的手。「不可吃太多。」

楚攸寧的肚子已經有近七個月，張嬤嬤見她總吃那麼多，怕孩子太胖不好生，已經開始幫她減餐，奈何防不勝防。

這不，剛阻止這隻手，楚攸寧的另一隻手裡已經多了塊糕點，用精神力取的。

沈無咎看著她邊吃邊得意的樣子，拿她沒辦法，讓人把東西撤走。

楚攸寧吃著糕點，看向沈無咎的肚子，目光有些奇怪。沈無咎不用問也知道，她肯定聽到了楚贏煥找他說的話。

「我也想知道男人會生孩子是什麼樣子。」她盯著他的肚子，開始想像這緊實的腹部鼓起來，身材高大的他挺著大肚子慢吞吞走路的樣子，不禁樂了。

沈無咎捧著她圓滾滾的肚子。「若是可以，我倒希望能替妳受過這遭。」

要是沒有從懷孕開始陪她走過來，沈無咎這輩子都不可能說出這樣的話。堂堂大老爺們懷胎生子，算什麼事？

因為有這個孩子，楚攸寧被張嬤嬤管得很嚴，忌口的東西也多，更別提不能經常往外跑。雖然沒有害喜、嗜睡，但隨著肚子越來越大，有些症狀是沒辦法避免的，比如腿腫、上腹憋悶、行動不便等。

她骨架又嬌小，沈無咎看她挺著那麼大的肚子，都懷疑那纖細的小腿撐不撐得住。

「你不用那麼擔心，我覺得我能受得住。只要生得夠快，疼痛就趕不上我。」楚攸寧撓了下他的手心，調皮眨眼。

手心的癢意直達心底，沈無咎握住她頑皮的手。「那妳要聽話，克制著吃，省得孩子太胖不好生。」

提到吃的，楚攸寧的嘴又饞了，目光看向烤得冒油的烤肉。

沈無咎無奈，他就不該提吃的，提了又拒絕不了這雙可憐兮兮的眼。

孟夏時節，夜闌人靜。

還亮著燈的屋裡，楚攸寧剛去淨房回來，還沒躺下又想上了，可是上又上不出來，就這麼來來回回折騰了大半夜，把沈無咎吵醒了。

「你睡吧，我走走。」楚攸寧把沈無咎推回床上，總不能讓沈無咎跟著折騰。

有孕後，張嬤嬤試探地問她要不要和沈無咎分開睡，當時她沒多想，說沈無咎睡相很好，不用擔心他會踢到孩子。

張嬤嬤看著她，無語半晌，乾脆不管了，反正沈無咎也是不願分開睡的。

沈無咎哪裡睡得著，幸好他和楚攸寧有言在先，不可以對他用精神力，不然以媳婦的性子，大概會讓他「睡」過去。

「要不叫太醫來看看？」景徽帝早早就派了太醫住進將軍府，再次向世人昭告，他對攸寧公主的寵愛。

楚攸寧打量著沈無咎憔悴的臉，不知道的，還以為他才是懷孩子那個。

沈無咎看起來比楚攸寧這個孕婦還要憔悴，因為陪著媳婦，知道其中有多不易，哪怕他媳婦心大，比較能忍，他也心疼得不得了，尤其越到臨盆的日子，越是緊張擔心。

大家都笑他，媳婦胖了，他反而瘦了。

「不用，再去一趟就睡吧。」楚攸寧擺手。

她扶著腰，由沈無咎攙著，往另一邊屏風後的淨房走去。那裡設有馬桶，裡面放花瓣、香木等去除異味的東西，一用完，就會有人進來端走。

剛走到一半，楚攸寧突然僵住。

「可是哪兒疼了？」沈無咎的心始終高高提著，一看她這樣，臉色都變了。

楚攸寧的目光慢慢往下看，不敢置信地瞪圓了眼。「沈無咎，我這是尿了？」

沈無咎跟著往下看，瞧見白色中褲被染濕，但半點也沒有嫌棄。

他抱起她往回走，柔聲安撫。「無妨，挺著這麼大的肚子，即便這樣也是正常的，換條褲子就好。」

饒是臉皮再厚，楚攸寧也覺得羞恥，把臉埋進沈無咎頸窩。「不許驚動張嬤嬤她們。」

「不驚動，我親自幫妳換褲子。」

「換了你洗。」

「好，我洗。可還有不適？」

楚攸寧皺皺眉。「疼得有點明顯了。」

之前只是覺得肚子墜墜的，她用精神力去看，發現孩子入盆了，估計這幾天會生。

沈無咎腳步一頓，想起特地向穩婆請教過的臨產症狀，臉色驟變，朝外喊：「來人！」

張嬤嬤猜公主的產期在近日，也睡不著，寧可守在外頭。就算睡，也是淺眠，萬一公主有什麼動靜，能立刻趕過去。

正好，今兒上半夜是她守著，聽到駙馬聲音不對，趕緊推門進去。

張嬤嬤一進來，就看到楚攸寧的褲子往下滴水，臉色微變。

見張嬤嬤伸手要摸，楚攸寧快哭了，把臉埋進沈無咎的頸窩。「嬤嬤，我尿了。」

張嬤嬤一看，這哪裡是尿啊？分明是破水了！

「公主是破水，馬上要生了，快送去產房！」

楚攸寧傻住。「要、要生了？」

所以，就算她用精神力幫陳子善的媳婦賈氏生產，也用精神力全程觀看二夫人分娩，但真輪到自己，還是經驗不足的。

之前賈氏生的時候，羊水都快流光了；二夫人破水的時候，大家才知道要生了。等她用精神力去看時，孩子已經要出世。因此，她並不知道破水是什麼樣子的，再加上羊水清亮無色，看起來跟尿一樣，不怪她不知道這是要生產的前兆。

會知道。

張嬤嬤她們似乎怕她害怕，沒說過這些，反正有人在身邊時刻盯著，要生產的時候，總

穩婆早早就請好了，住在明暉院。

沈無咎把楚攸寧放到產床上，並沒有出去，任張嬤嬤怎麼勸都勸不動。

最開始的陣痛，別人覺得疼得明顯，但對比較耐痛的楚攸寧來說，並不覺得有什麼，只當這是孩子入盆把宮口撐開的些微不適。

穩婆一看，嚇！宮口都開到六指了，公主這是不會疼的嗎？

越到後面，楚攸寧疼得皺眉，倒也沒大喊大叫，只是時而抽氣，時而咬唇。最厲害的那陣疼，頂多小小哼唧一下。

沈無咎神情緊繃，好似在面臨千軍萬馬之戰，緊握著楚攸寧的手，隨著她的每一次表情變化，眉頭越皺越緊。

二夫人產子時，他身為小叔子，不好過去，卻也知道婦人生產不易，沒見楚贏煥光聽到喊叫，就嚇得來質問為何不是他生嗎？哪怕楚攸寧早已跟他說過，生的時候可以用精神力助產，但只要沒生下來，他腦海裡都閃過種種可能會發生的意外。

一切布置妥當，只等宮口全開，張嬤嬤看著默默忍痛的楚攸寧，心疼地問：「公主可要吃點東西？以免待會兒沒力氣生。」

楚攸寧眨眨眼，力氣是不愁的，但是她想吃。

她乖巧點頭。「要吃，來根雞腿。」

大家一聽，全傻住了。

「公主，這時不好吃太油膩的，下碗麵可好？是用鬼山那邊的雞精心熬製的湯底。」

提到吃的，楚攸寧忘了疼，偷偷嚥口水。「行，反正閒著也是閒著。」

她這麼回答，產房裡的人不知該說什麼好，哪有人把忍受宮口開的疼痛當成閒著的。

湯是早就熬好的，水也早早燒開了，只需要下麵。沒一會兒，一碗香噴噴的麵就端上來，怕過於油膩，還特地撇去雞湯上的浮油。

沈無咎不願楚攸寧折騰來、折騰去，親自端著麵餵她吃。

吃完麵，楚攸寧滿足了，把嘴擦乾淨，乖乖躺下。「好了，可以生了。」

兩個穩婆相視一眼，忙彎腰去察看，居然真的能生了！

方才見公主吃麵吃得那麼香，以為宮口開得不明顯，所以她不痛，正擔心這樣下去，羊水流盡，還沒能生產，對孩子和母體都不利。結果，公主就說能生了？

第一百三十五章

別人看不見楚攸寧疼，只有不時替她擦汗的沈無咎知道，因為她疼的時候，額角冒青筋。沒一會兒，楚攸寧感覺到撕裂般的痛，為減少痛苦，決定像上次幫賈氏生產一樣，用精神力化為無形的手，把孩子往外推。

穩婆剛教完楚攸寧如何呼吸用力，還找來軟木給她咬住，結果用力幾下，孩子就順著羊水滑下，彷彿被一股力量從裡面推出來的。

這就生了?!已把接生活練得爐火純青的穩婆傻了，剛得到消息趕來的夫人們也傻了。嘹亮的兒啼響起，劃破黑夜的寂靜。

「生了！公主果然有福，連生孩子，老天都捨不得您太受罪。」張嬤嬤歡喜得合十。

只有沈無咎依然緊繃著臉，從戰場下來的人，對血腥味比較敏銳，腦海裡閃過的是婦人產子最常發生的血崩。

他正想催穩婆看一看，一回頭，就瞧見穩婆手裡舉著光溜溜的嬰兒，渾身紅皮，還附著少少的胎脂，黑黑的胎髮濕潤地貼在頭皮上。可能是因為剛離開母體，嬰兒還不習慣，微微蜷曲著，小手也握得緊緊地，哭聲非常響亮。

他的心被狠狠撞了下，感受到了什麼叫血脈相連。

恰巧，孩子的哭聲停了，小腿極有力氣地踢蹬。

「哎喲！這勁兒真大。」穩婆抱緊了些，幫孩子剪臍帶，用熱水擦拭乾淨，再用襁褓裹住。

沈無咎回神，趕緊催道：「快看看公主是否有傷著！」

另一個穩婆看到沈無咎焦急擔憂的表情，若不是臉色太過威嚴，都忍不住想打趣了。

「駙馬無須擔心，公主是奴婢見過生得最快的了，沒傷著。不過，就算生得再快，也難免傷元氣，月子裡好好補補就行。」穩婆邊說，邊往楚攸寧身下看，等胎盤排出來。

哪怕生得快，也免不了孩子出來時，那一波撕裂般的痛。楚攸寧臉色蒼白，額上冒汗，孩子生出來後，就感覺渾身輕鬆了。

楚攸寧感嘆，女人生孩子真的是拿命在拚，尤其是在這個對產子沒什麼先進醫學技術的世界。她不禁想起那個在末世裡生下她的女人，那真的是一命換一命。

「可是疼極了？」沈無咎心疼不已，她那麼能忍痛的人，方才使勁的時候，都快把他的手抓碎了。這還是有精神力助產的情況下呢，可見婦人產子所承受的痛，當真是無法想像。

「疼過這陣就好了。」因為生得快，這會兒楚攸寧的精神還不錯。

沈無咎輕輕撥開她額前汗濕的髮。「辛苦妳了。」

楚攸寧搖搖頭，摸摸已經卸貨的肚子。「像四、五個月大的樣子。要不是天天看著，會以為裡面還有一個呢。」

沈無咎知道她說的是用精神力看，笑著覆上她的手。「一個就夠了。」

張嬤嬤抱著已經包好的孩子過來，剛好聽到這話，笑道：「公主，剛生完孩子，肚子沒那麼快變小。您好好坐月子，到時候便能恢復如初了。」

宮裡產後護理的法子多得是，都是歷朝歷代宮妃們鑽研出來的，總不能生完孩子就不侍寢了。為此，不管是哪朝的宮妃們，都少不得對這些下功夫。

楚攸寧完全不擔心肚子，全部心神都被她生出來的孩子勾住了。

這是她生的，揣了近十個月，看著孩子從一顆小豆子一樣的胚胎長成這個樣子。她的孩子可以在這裡吃飽穿暖，不用喝難喝的營養液，不會連吃碗稀粥都是奢求，不必面對看不到未來的末世，更不用擔心等不及長大，人類就已經滅亡。

張嬤嬤笑著把孩子抱上前給兩人看。「是個姑娘。瞧這小鼻子跟小嘴，像公主。」

張嬤嬤說著，特地留意沈無咎是什麼表情。本來公主生孩子就晚，結果第一胎還生了個姑娘。駙馬已經二十多歲，幾個兄弟生的都是男娃，第一個小孩想要兒子，實屬正常。

沈無咎卻是點點頭，贊同張嬤嬤的話。不說別的，就這閉眼時小嘴一抿一抿的動作，跟她娘作夢夢到好吃東西時的樣子挺像的。

他早猜到這一胎是閨女了，對他來說，這是媳婦用生命和犧牲一年自由替他生的孩子，兒子、女兒都一樣疼。在景徽帝動過要讓他們的兒子繼承皇位的念頭後，生個閨女再好不過。

「好紅啊，是不是被憋的？」楚攸寧見過陳子善的兒子，還有幾個月前二夫人生的行哥兒，皮膚都沒這麼紅，而且哪裡看得出來像她了？

「公主，剛出生時皮膚越紅越好啊，等退紅了就越白，長大了定是個大美人。」

楚攸寧不太相信，不過想到三個多月大、白白胖胖的行哥兒，又相信了。

見閨女的拳頭握得那麼緊，她忍不住用手指輕輕碰了下，怕自己力氣大，把這迷你拳頭碰壞了。

此刻，楚攸寧那顆從不知溫柔為何物的心，也柔軟得不得了。

「瞧公主精神還足，可要抱抱孩子？」張嬤嬤話音剛落，楚攸寧想抱，又連忙搖頭。

「等她抗……等她再大一點。」這麼小、這麼嫩，禁不起半點力氣，她有點不敢抱。

張嬤嬤假裝沒聽到她想說的「抗揍」，轉向沈無咎。「駙馬可要抱抱？」

沈無咎也是身子僵硬，泰山崩於前而色不改的男人，此時看著襁褓裡的嬰兒，手足無措，比當初抱八個多月大的楚贏煥時還要緊張。當時的楚贏煥已經會爬了，但他閨女剛出生，皮膚粉嫩得快能看到血絲，他怕自己沒輕重，弄傷了她。

「駙馬，公主不抱，您也不抱，可別讓孩子覺得，父母不喜歡她。」張嬤嬤笑著說。

沈無咎聽了，伸出手，全身肌肉繃得緊緊的。孩子放上來，動也不敢動，就想讓她平躺在手上。

「駙馬，您放鬆些，這樣姑娘才會舒服。對，就這樣……再放鬆些。」

在張嬤嬤教導下，沈無咎總算學會怎麼抱小孩。

這時，楚攸寧的胎盤排出來，張嬤嬤讓沈無咎抱著孩子出去報喜，她們幫楚攸寧擦身子。

「公主，駙馬，可想好要替姑娘取什麼名字？」張嬤嬤覺得沈無咎應該早就取好了。

楚攸夫寧想到紅皮膚的閨女，脫口而出。「糖包，又甜又白。」

大家一愣，張嬤嬤剛想說這名字是不是過於草率，沈無咎開口。「不錯，當乳名。」

張嬤嬤無言，就知道駙馬不會反對。府裡都是喊哥兒、姐兒，倒是沒取乳名。糖包？心裡喊著喊著還挺順口，就像公主說的，有股甜味。

沈無咎親了下楚攸寧，讓她先閉上眼歇息，抱著他的糖包到外頭，給大夫人她們瞧瞧。如今初夏剛至，天氣不冷不熱，他才敢抱閨女出去，不然定是要待在房裡的。

夫人們早就想像過沈無咎抱孩子的樣子，此時見他把孩子抱出來，腳步放慢放輕，眼睛盯著襁褓，神情好像對待國家大事一般鄭重，叫人忍俊不禁。

這些年，沈無咎一直以養傷為由，陪公主到處遊歷，這不單是為了陪公主，還因為沈家聲勢太盛，才避開的。正因為這樣，朝堂上才沒有人緊盯著沈家不放。

鎮國將軍世襲五代的官職，還掛在沈無咎身上，又加封侯爵，若他真在朝堂上活躍，每日參沈家的奏章大概能堆滿御案。

不過，沈無咎陪產，她們還是羨慕的，哪怕與自己男人感情再好，也沒到這種地步。自古以來，婦人產子，男人不會靠近，一是認為產房乃污穢之地，大老爺們靠近會沾染穢氣；二是生孩子的時候，實在太狼狽，不願叫他們瞧見。

倘若沈無咎不是和公主在一起，興許不會這般特立獨行，不知兩人到底是誰改變了誰。

「大嫂，二嫂，三嫂，公主替沈家生了個閨女。」沈無咎把孩子微微遞出去，好讓幾位夫人瞧得見。

「哈哈，閨女好，要是再生個男娃，沈家可是連陽盛陰衰都搆不上了。」二夫人歡喜得不得了，她也希望第三胎是個閨女，結果還是兒子，這輩子是沒有女兒命了。

「可不是，這小模樣一看，就知道娘胎裡養得好。我可不打算生了，以後饞閨女，可就指望她了。」三夫人輕輕壓下襁褓，看了孩子一眼，比她那兩個兒子剛出生時長得好。

「這可是咱們的掌上明珠。」大夫人樂呵呵。如今沈家那麼多孩子，不愁不夠熱鬧了。

幾位夫人又關心了下楚攸寧的身子，才讓沈無咎趕緊把孩子抱回去。

沈無咎又把孩子往懷裡攏了些，回屋的時候，腳步變快了，看得幾位夫人又是一樂。

原本楚贏煥每日寅時起來讀書，被楚攸寧嫌太早，不利於成長為由駁回，改到卯時末。

今兒楚贏煥剛起床，就聽到奶娘向他道喜，連外衣都顧不上穿，一身杏黃色裡衣，趿著鞋就往明暉院跑。伺候的人喊都喊不住，只能帶著衣裳追上去。

「嬤嬤，我姊姊生了？是妹妹嗎？」

楚贏煥跑進院子，遇上幫楚攸寧端早膳的張嬤嬤，忘了剛才道喜的奶娘說過是女娃。

「奴婢見過殿下。」張嬤嬤福身行了一禮，笑道：「公主生了個姑娘。以輩分來論，不是殿下的妹妹，是外甥女。」

「嗯，外甥女是姊姊的孩子，所以也是我的孩子。」楚贏煥往屋裡跑，急著要見姊姊和外甥女。

是這麼個道理沒錯，可是看著小小的太子老氣橫秋地說外甥女也是他的孩子時，張嬤嬤忍不住笑了。自己都還是小孩呢，就要當大人照顧孩子了。

昨晚楚攸寧收拾好後，已經由沈無咎抱回主屋的寢房。

楚攸寧想到一個月都得待在屋裡坐月子，就覺得要瘋。哪怕現在恥骨還在疼，依然覺得未來一個月很難熬。

「姊姊，妳怎麼不等我睡醒了再生呀？」楚贏煥還沒跑到楚攸寧跟前，就嚷開了。

「殿下，姑娘急著出來見您這個舅舅呢。這不，您一醒來，就見著了。」張嬤嬤笑著回話。生孩子這事，哪是能等的。

楚贏煥想了想，點點頭，愉快地接受這個說詞。

「姊姊，妳生的時候，有痛得大喊大叫嗎？」楚贏煥走到床邊，去握楚攸寧的手，想到那日歸哥兒他娘生孩子時的慘叫，心裡打了個哆嗦。

楚攸寧靠在床上，放下想要揉胸的手，一本正經地說：「怕吵醒你，沒叫。」

姊姊說什麼就是什麼的楚贏煥瞬間感動了，又挨近了些。姊姊果然最愛他，那麼痛都強忍著不出聲，怕吵醒他。

張嬤嬤滿臉欣慰，小太子越來越像小大人，只有在公主這裡，才會想要撒嬌。

「我外甥女呢？」楚贏煥想起他跑來是要看外甥女的，四處尋找，最後盯著楚攸寧尚未癟下去的肚子，瞪圓了眼。「還能藏回去？」

「殿下，姑娘乳名叫糖包，在隔壁喝奶，待會兒就過來了。」張嬤嬤說。

說到就到，奶娘抱著已經喝過奶的糖包進來，放到楚攸寧身邊。

糖包躺在襁褓裡，動不得，眼睛也沒睜開。剛吃完奶，粉嫩嫩的小嘴一抿一抿，不知道的，還以為她沒吃飽。

楚贏煥看著這個像紅皮猴子似的醜娃娃，有點難以接受，愣是憋了許久，才道：「姊姊不用愁，有我在，以後我會讓外甥女風風光光出嫁的。」

楚贏煥越發堅定要當皇帝的心，等他當皇帝了，天下的美男子盡可讓外甥女挑選，看到時候誰敢說他外甥女醜。

楚攸寧不解地揪他的小臉蛋。「我閨女才剛出生，你這個舅舅就惦記著讓她嫁人了？」

楚嬴煥又看紅皮膚的外甥女一眼，湊上前，悄聲說：「姊姊，外甥女長成這樣，我們得儘早打算。」

楚攸寧總算聽懂了。「嫌你外甥女醜啊？」

「不醜不醜，和姊姊一樣好看。」楚嬴煥機靈地擺手誇讚。

「本來就不醜。張嬤嬤說，過了幾天，就會變成白嫩嫩的包子了。」楚攸寧伸出一根手指去碰糖包握著的小拳頭，還想從縫隙裡鑽進去，讓糖包張手抓住她的手指頭。

沒一會兒，聽到消息的歸哥兒也跑來，身後跟了一串小孩子。不過，只有楚嬴煥能進去探望，歸哥兒長大了，卻是不好進去。再加上那是坐月子的屋子，不好讓太多人進進出出。

聽說歸哥兒來了，楚攸寧讓張嬤嬤把糖包抱出去，給歸哥兒瞧上一眼。這可是歸哥兒心心念念的妹妹，也能證明她的掐指一算還是靈驗的，堂妹也是妹啊。

歸哥兒看到襁褓裡乖乖睡覺的妹妹，心裡比他娘剛生下弟弟時還要激動，連紅紅的小臉蛋都覺得好可愛。公主嬸嬸果然沒算錯，真的給他生了個妹妹。

景徽帝聽說楚攸寧生的是閨女，倒沒多失望，連夜讓人擬旨。

翌日一早，宮裡來了聖旨，封攸寧公主之女為長樂郡主。

不管是之前的慶國還是如今的寧國，都沒有一出生就得冊封的例子，何況公主出嫁所出的孩子，榮華富貴皆隨夫家，除非皇帝御賜，可見景徽帝有多愛屋及烏。要知道，年前四公主楚琀玥也生了一女呢，也沒見景徽帝賜封。

楚攸寧生下孩子的第二天就餵奶了，張嬤嬤說有專門的奶娘餵糖包，但是，她摸摸早就比小籠包大兩倍的胸，決定自己餵。

來到這個世界後，她所看到的，不管是楚贏煥，還是接觸過生產的婦人，都有專門伺候的奶娘餵奶，幾乎已經是大戶人家的規矩。

她是沒有什麼自己餵養孩子會和自己比較親的概念，純粹是脹得疼了，甚至好奇奶水是什麼味道。實在太脹的時候，還偷偷擠了小半碗喝，有股淡淡的甜味，倒是不難喝。

沈無咎進來時，看到的就是媳婦偷偷擠奶喝的一幕，頓時覺得體內火氣飛快上漲。不光是胸口半圓的白，還有她伸出舌頭舔去唇上乳汁的白，很難不受刺激。

楚攸寧咂咂嘴，抬頭瞧見不知何時進來的沈無咎，僵住了，臉上閃過一絲不好意思。

她飛快把碗放到一邊。「嬤嬤給的湯，挺好喝的。」

沈無咎笑著上前。「味道好嗎？」

楚攸寧眼神閃爍。「還行吧，有點甜。」

「那我嚐嚐。」

「……沒了。」楚攸寧指著空碗，略心虛。

沈無咎飽含深意的一笑，蹲下身去，張嘴含住某處。

這動作……楚攸寧頓時傻了。

第一百三十六章

糖包洗三的時候，沈無咎本來只打算請一些交情好的親朋好友來觀禮，沒想到景徽帝親臨，這場洗三宴想不盛大都難。

沈無咎以為景徽帝不希望他們生的是個閨女，結果還親自抱了。

「像攸寧小時候。」景徽帝抱著皮膚還沒退紅的外孫女，緊攥小拳頭，怎麼看怎麼可愛。

沈無咎失笑，景徽帝當真還記得公主剛出生的模樣嗎？

「可取名了？」景徽帝抬頭問。

沈無咎眼眸微閃，忙道：「回陛下，取好了。若按前頭姪女的名字來排，是繹字輩，取名繹心。」

景徽帝瞪眼，好個沈無咎，明知他想幫外孫女賜名，跟著他閨女久了，裝傻本事見長。

沈無咎無言，他的閨女自然是他來取名，已經盛寵加身，賜名就不必了。

景徽帝又看了眼在自己懷裡呼呼大睡的孩子，正好襁褓裡的孩子微微動了下，一出生就擁有的長睫毛輕輕顫了顫，小臉跟著皺起，好似在努力打破黑暗，終於成功睜開眼睛，看這個世界。

哪怕沒有全睜開，也足以讓景徽帝驚喜了。孩子出生三天，在他抱著的時候，第一次睜開眼，認為這是孫女喜歡他的表現。

沈無咎也沒料到他的糖包這會兒就睜開眼了，看得出來像她娘，有一雙貓兒眼似的明亮杏眸，可惜她娘不在。

他知道，剛出生的孩子就算睜開眼，眼前的一切也是模糊的，可他還是有點遺憾，閨女睜開眼看到的第一個人，竟然不是他。

糖包剛睜開眼，不怎麼習慣光線，小拳頭往臉上擋了擋，又把眼睛閉起來了。

景徽帝抬頭瞧見沈無咎眼底一閃而過的遺憾，樂了。本來不想搶奪取名權，可誰叫小糖包這麼有眼力呢，一到他手上就睜眼了。

「沒什麼深意，聽著就是跟乳名一樣隨便取的，換一個。」景徽帝直接反對。

沈無咎早在楚攸寧懷上的時候，就開始想名字了，翻閱無數經典，挑出諸多寓意深厚的字，最終還是決定隨心。

陳子善是攸寧公主的人，有幸占了個最近的位置看孩子。同為父親，自然知道沈無咎想親自替閨女取名的心思。

他大著膽子說：「陛下，下臣斗膽，駙馬這名字取的深意可大了。繹心，一心，駙馬這是藉此表明，對公主一心一意呢。」

景徽帝打量陳子善，他記得這人，封了員外郎後，還跟著楚攸寧做事，如今京城的第一火鍋樓就是他開的，所得的錢財除了交稅外，大部分都拿去養那個五年學院。如今貧苦人家的孩子都往書院裡送，圖的就是這個人便宜，學滿五年，認字跟算帳便不是問題。如此下去，未來的寧國雖不至於人人識字，但也差不多了。

景徽帝一看過來，陳子善就有些後悔開口，陛下縱容公主和駙馬，不代表也縱容公主身邊的人啊。如今他可不是一個人，可以不計後果。

幸好，景徽帝只是看他一眼，把他的話聽進去，當眾問沈無咎。「當真？」

大家覺得，這是逼駙馬當眾表真心呢，樂得看好戲。就算沈無咎不再領兵，當個閒散駙馬，可也是個鐵骨錚錚的漢子，滿心情情愛愛，和他的身分可不搭。

沈無咎把糖包抱過來，看著開始變得粉嫩的閨女，每瞧上一眼，心裡都柔軟得不得了。他對景徽帝點頭。「一心有忠心、同心、齊心之意，我希望糖包將來活得隨心所欲。」

有了陳子善之前的解釋，人家還是偏向於陳子善說的，同心、齊心，跟一心一意沒什麼兩樣。

在場的婦人們無不豔羨，沈無咎對攸寧公主果真是情深似海，連閨女的名字都不放過。

景徽帝聽他這麼說，勉強點頭。「這麼說，倒是還聽得過去。」

主要是，他若堅持，沈無咎大概會連族譜都拿出來說。沈無咎一開始就說了取好的名字，代表不會讓他取名的決心。這小子，他自認還是了解的。

鎮國將軍府的一場洗三宴，又成了京城茶餘飯後的話題。

糖包身上的紅一日日退去，再加上長開了，從皺皺的紅皮孩子變成精緻粉嫩的奶娃娃。原本還嫌她醜的楚贏煥恨不得抱著外甥女上課，以前每日回來就找姊姊，如今每日回來是找糖包。看著糖包一天天變化，比他姊姊這個當娘的還有成就感，逢人就說這是他養的。

除楚贏煥外，明暉院每日人來人往，楚攸寧坐了半個月的月子，身上已經不疼，但也快憋瘋了。

不能洗澡、洗頭，不能吃想吃的東西，沈無咎知道她的性子待不住，讓她關在屋裡一個月，不見風、不見太陽，簡直比讓她十月懷胎還痛苦。於是，他每日拿著話本唸給她聽，不令她那麼無聊，又把糖包抱來，兩人一塊兒學習如何養孩子。都是第一次當爹娘，誰也別笑誰。

除此之外，夫人們也知道楚攸寧坐不住，隔三差五過來陪她說話，聊聊外面發生的事，嫁出去的沈思洛和楚玱玥也不時登門拜訪，楚攸寧又有精神力可以在無聊時看看外面，這才把一個月的月子熬完。出月子當天，她簡直跟刑滿釋放一樣，恨不得繞整個京城跑幾圈。

張嬤嬤覺得，公主若是不想再要孩子，絕不是因為生孩子疼，而是因為坐月子太難熬。

糖包不愛哭鬧，但是有些霸道，比如喝奶的時候不忘用另一隻手護著另一個糧袋，小嘴吃得又急又大力，而且胃口比一般小孩好。本來物色好一個奶娘，如今得加上楚攸寧一塊兒餵，才餵得飽她。在這樣的好胃口下，原本小小的孩子，開始一天天白胖起來。

糖包是在三個月大的時候，被發現繼承了她娘的大力氣。吃奶時，她的小手無意往奶娘臉上一拍，在奶娘臉上留下明顯的印子。再加上糖包每次吃奶都吃得急，越來越用力，奶娘能忍著不說，但同樣餵奶的楚攸寧很容易就感受到了。本來餵奶就疼，糖包還使上全身的勁，差點被弄傷了。

楚攸寧找奶娘來一看，還真傷著了，最後還是沈無咎拍板，決定把奶擠出來餵。

如此，攸寧公主身上的大力氣是與生俱來，再無人懷疑。

景徽帝聽說糖包繼承她娘的大力氣時，正在宮裡考校楚贏煥的功課，突然有點同情地看向楚贏煥，摸摸楚贏煥的頭。終於也有人嚐嚐他被閨女頂撞的苦了，聽說小糖包是個霸道的性子呢。

楚贏煥一臉莫名，已經習慣父皇人前威嚴，人後偶爾不著調。

景徽帝轉頭，讓劉正送幾個奶娘去將軍府。擠什麼擠，這個傷了，換另一個上便是，皇帝的外孫女連口新鮮奶都喝不上，像話嗎？

楚攸寧沈默了，知道景徽帝是好心，但她不認同。再加上糖包已經開始出牙，別到時候一個吃不慣，把糧袋咬下來。幸好糖包在吃的上面也隨她，不挑。

除此之外，楚攸寧還懷疑糖包會不會連她的精神力都繼承了。孩子還小，也不敢用精神力探查，於是仔細觀察了一個月，才確定沒有繼承到。

當初沈無恙和沈無非的孩子出生時，楚攸寧也特地觀察過，結果證明他們身上的變化不可遺傳。沒想到她閨女居然遺傳了她的大力氣，這個真的沒辦法解釋。

糖包吃得多，一日日變得粉嫩白胖，睫毛彎而長，眼睛滴溜溜的，瞧著玉雪可愛，整個就是她娘的小翻版。大家打不過她娘，每每抱著她、逗著她，總有種隱秘的快感，其中以景徽帝為最。

楚攸寧不像其他人家那樣，覺得孩子還小，不讓她出門。等到糖包大些後，就經常帶她出去玩了，街上、莊子、鬼山這幾個地方足夠她打發時間。再加上府裡也有一堆哥哥們帶著玩，因此，糖包逢人就愛說嬰兒語，小嘴咿咿啞啞沒停過。

糖包抓週時，比滿月宴還熱鬧，只是景徽帝有事拖著了，沒能出宮，只派劉正送了禮。楚贏煥也被景徽帝帶在身邊，學習如何處理朝政。

眾目睽睽下，糖包抓了個小錘子。小錘子是仿武器雙錘做的，代表武力。

大家剛想說將門出虎女，結果她又挪著小胖腿飛快往前爬，邊爬邊把攔路的東西撥開，掃清障礙。最後，她抓了把花生，坐在桌上用小錘錘砸碎花生殼，大家都看傻了。

花生又名長生果，寓意長生長有，長命富貴，所以也被擺到抓週桌上。

楚攸寧不像其他人那樣，早早就教好孩子抓哪個。在她看來，抓週只是一個熱鬧的儀式，完全讓糖包自由發揮。

「啾啾……」糖包揀出砸開的花生仁，坐在長桌上，小手手抓著花生仁找舅舅。

「舅舅不在，給娘吃。」楚攸寧怕她往嘴裡放，上前彎腰張開嘴。

糖包歪頭，口齒不清。「在？」

「不在，給不給娘吃？」沈無咎也上前哄。

「給……」糖包把花生仁餵進楚攸寧張開的嘴裡，還拍拍小手。

餵完，糖包又四下尋找最疼她的舅舅。「啾啾……」哥哥們都在，沒看到舅舅。

才一歲的她就已經知道舅舅對她有求必應，在爹爹和娘親這裡得不到想要的，就會使勁纏著她舅舅，所以惦記著他呢。

「糖包！」

七歲的楚贏煥終於從宮裡趕來，可能是跑得太急，這春風習習的季節裡，額頭上還冒了細微的汗。

張嬤嬤瞧見了，拿出手帕想幫他擦，楚贏煥卻往楚攸寧身邊挪，仰起臉，甜甜地叫了聲。「姊姊，妳看我額頭出汗了嗎？」

大家行完禮，假裝沒看到小太子對攸寧公主的依戀。如無意外，將來楚贏煥登基，攸寧公主還能繼續囂張個百年。

楚攸寧連帕子都沒用，抬手替他抹了下。「你跑那麼急也沒用，糖包已經抓完了。」

楚贏煥懊悔不已，要不是那個被貶出去的大哥攛掇遠在封地上的二皇兄搞事，他也不會被留在宮裡聽政。

「糖包抓了什麼？有抓我親自編給她的竹蜻蜓嗎？」

他問完，看向歸哥兒等人。他們說好了，把自己認為糖包會喜歡的東西放到桌上，看糖包抓哪個，該不會趁他不在的時候，糖包被哄著抓了他們的東西吧？

楚攸寧默默看了眼被她閨女掃到旁邊的竹蜻蜓。她閨女隨她，只會挑實在的東西。

楚贏煥順著看過去，看到自己的蜻蜓被撥到一邊，心裡涼涼的，幸虧歸哥兒他們尋來的東西，也沒被抓中。

他上前，把蜻蜓拿過來給糖包。「糖包，舅舅親手做給妳的，喜歡嗎？」

「啾啾……」糖包撥開竹蜻蜓，爬過去抓著他的手站起來，往他臉上親了口。

楚贏煥瞬間不追究外甥女不喜歡他的竹蜻蜓了，抱著胖乎乎的外甥女，咧開嘴笑。

糖包啾啾啾啾喊個不停，看得旁邊歸哥兒幾個都吃味了。

自糖包生下來，家中所有人都慣著她、寵著她、捧著她，只有楚攸寧這個對養小孩沒什麼經驗的母親嚴格按照霸王花媽媽們養她的方式來養閨女，認為不對的就要罵。要不是糖包還有個負責任的爹，也不知道會被養成什麼樣子。

糖包不怕她爹，因為她爹臉色再沈，親親抱抱就會心軟。反觀她娘，怎麼哄都不好哄，罰人的方式還很可怕，就是拿著東西當面吃給她看，饞得她流口水，再哭鬧也不心軟一下。

可饒是這樣，糖包還是很喜歡黏著她娘。

第一百三十七章

糖包兩歲的時候給雲姐兒當滾床童子。

雲姐兒十七歲訂的親，十八歲過門，嫁的是崔巍家的兒子。

當初崔巍想過要站位，後來沒站成，在邊關見識過攸寧公主的厲害後，深知和攸寧公主沾上點關係就是賺到。何況沈家也是世代將門，兩家算是門當戶對，於是心生結親之意，讓人探探口風，這對兒女一見面，這樁親事就成了。

大房的姊妹花，如姐兒早兩年就嫁了，也是嫁給京城人士。哪怕沒了父親，大房也無男丁，有沈家幾位叔叔當依靠，姊妹倆依然嫁得不錯，又有公主放話，夫家沒人敢隨意欺負。

一般滾床童子都是男孩，且請的是男方親戚家的，可雲姐兒說想要糖包當滾床童子，那可是長樂郡主，攸寧公主的掌上明珠，沈家的心頭寶，答應！必須答應！

能請得到長樂郡主當滾床童子，哪裡還管得上男不男娃。不光如此，還帶著大三個月、和小郡主形影不離的行哥兒一起，美其名為沈家有生雙胞胎的傳統，滾床童子一男一女正好。

糖包會走後，就不太喜歡讓人抱了，這次來當二堂姊的滾床童子也一樣。大她三個月的行哥兒有樣學樣，牽著她的手，兩個小孩邁著小短腿進來。

新房裡有許多婦人圍觀，擠了滿屋子，糖包也不怯，眼睛滴溜溜地轉。行哥兒的性子隨他爹憨直，滿心只想著照顧妹妹，壓根兒沒注意四周目光，大家便發現這對孩子不怕人。

為圖喜慶，兩個孩子換上紅色衣服，頭上各紮兩個揪揪，站在一塊兒，像一對年畫娃娃。

滾床是一種婚俗，寄託著人丁興旺的希望。已經參加過幾次婚宴的楚攸寧對這個不陌生，把糖包拎起來，往喜床上一放。

「糖包，開始打滾吧，從床頭滾到床尾，再從床尾滾到床頭。」

大家見楚攸寧連拎自己的閨女也拎得這麼順手，有點懷疑是不是親生的了。

楚攸寧又把行哥兒放上去，行哥兒比糖包還大三個月，看起來卻沒糖包敦實。對，就是敦實，絕不承認閨女比較胖。

喜床上鋪著軟軟的褥子，上面坐了兩個玉雪可愛的孩子，崔家人彷彿看到添丁在望。

糖包聽話地從床尾滾到床頭，然後趴在床上眨巴眨巴眼，濃密的長睫好似一把扇子，懵懂地看著屋裡的大人。大人們看她，她也看他們，半點不怕生。

行哥兒見了，也緊跟著打滾，有人在旁邊唱吉祥話。

兩個孩子滾完下床，男方家立即送上兩個大大的紅包。

雖然對方身分尊貴，未必看得上他們給出的紅包，但按規矩，該給的還是得給，頂多給得豐厚些。

糖包早就學會不隨便拿別人給的東西，看向楚攸寧，見她點頭後，眼睛都亮了，接過紅包，塞給她。「買雞，養大虎、大黑。」

楚攸寧接過來，毫無負擔。除了一群哥哥和舅舅外，糖包最喜歡的就是鬼山上的大虎和大黑熊了。

她的異能升到十一級後，還多了一個功能，精神烙印，就跟打契約一樣。哪怕她不在鬼山，也能通過兩隻獸的眼睛看到那邊的情況，就算大虎和大黑突然發狂，她也能直接用精神力控制住，不再受距離限制。

自從鬼山上負責養雞的人說漏嘴，說大虎跟大黑熊吃雞，糖包仗著力氣大，每次去鬼山，山上的雞準得遭殃。為了避免雞被禍害，楚攸寧告訴糖包，想多給大虎和大黑熊吃雞可以，拿錢來買，沒想到糖包還真記住了。

行哥兒一向是跟著糖包玩，糖包做什麼就做什麼，也喜歡鬼山上的大虎和大黑熊，聽說要給牠們買雞，也湊上前，踮起腳尖把紅包往楚攸寧手裡塞。

「買，餵大斧。」行哥兒明明比糖包大三個月，說話卻還沒糖包口齒清晰。

楚攸寧一視同仁，接過紅包。「明天給大虎和大黑各加一隻雞。」

兩個小孩開心了。滾完床，新娘子也送入洞房了。

楚攸寧在沈思洛、如姐兒成親的時候，就看過鬧洞房是什麼樣的，這會兒就不湊熱鬧了。而且她感覺，她在這兒大家鬧不開，便跟雲姐兒說了聲，牽著兩個孩子離開。

雲姐兒目送楚攸寧的背影，知道公主嬸嬸是特地替她撐腰來的，否則以楚攸寧對這些繁文縟節不耐煩的性子，壓根兒不需要來這一趟。

楚攸寧從來不會說一些肉麻兮兮的話，只會直接用行動表明。明明那麼嬌小，但有她在，就覺得踏實。

她和姊姊嫁人嫁得有底氣，而這底氣不光是鎮國將軍府給的，還有楚攸寧。她們知道，萬一有朝一日過不下去，受世人唾罵，公主嬸嬸也是能敞開懷抱接納她們的那一個。

轉眼，又是一年踏春時節，微風和煦。

鬼山除了可以參觀老虎跟黑熊外，還開了個蹴鞠場，時不時有學子來比賽。今日是蒼松書院和翠柏書院的蒙學班蹴鞠比賽。

蹴鞠場邊，一頭老虎趴在那裡，格外顯眼，老虎旁邊靠著兩個玉雪可愛的小團子。

糖包專心致志地吃著糖豆，完全忘了她是來看哥哥們踢蹴鞠的，小嘴就沒停止過嚼動。

觀眾也覺得老虎和長樂郡主比小屁孩踢蹴鞠更好看，雖然早聽說鬼山上的老虎跟黑熊已經馴服得像家養的一樣，但親眼所見還是很震撼，那麼大的老虎竟能讓兩個小兒靠著玩。

「行行，沒啦。」糖包倒倒已經空了的荷包，看向旁邊的行哥兒。

行哥兒手裡正捏著一顆糖豆，想往嘴裡送，聽她這麼說，就遞出去。「糖包吃。」

他們的零嘴每日都有一定的量，吃完再怎麼哭鬧都沒有了。起初張嬤嬤禁不住他們撒嬌，偷偷給，被楚攸寧發現，全被訓斥一頓。自那以後，張嬤嬤再也不敢給了，因為公主好像無處不在。

糖包接過來吃了，又看向行哥兒的荷包。

行哥兒立即捂住荷包，已然對這眼神不陌生。

「行行，你的荷包真好看呀！」糖包伸出肥肥的小手指指著荷包，奶聲奶氣誇讚。

「妳的不是一樣嗎？」行哥兒眨眨眼，公主嬸嬸讓人做的裝零嘴的荷包是一樣的。

「不一樣。我的給你看，你的給我看，就知道兩個是不是一樣的啦。」糖包把她空空如也的荷包遞過去。

行哥兒被她繞進去，對上糖包乖巧真誠的眼神，半點也沒有防備，天真地遞出荷包。

糖包拿到荷包，打開一瞧，裡面裝的是今日份的糖豆。看行哥兒還在翻來覆去找兩人荷包不一樣的地方，趕緊拿了顆吃起來。

自從有了糖包後，以防她被公主帶歪，張嬤嬤就跟在糖包身邊伺候了。當初她是對公主沒辦法了，但小郡主還小，定然能把她教得知書達禮，溫婉賢淑。

然而，小郡主不但長得隨她娘，對吃的熱情也隨她娘。唯一慶幸的是，腦子隨她爹，瞧忽悠走行哥兒的荷包就知道了。

不一會兒，行哥兒認真翻遍荷包的每處針線，很肯定地說：「糖包，荷包是一樣的。」

糖包捂住小嘴，飛快嚼完嘴裡的東西嚥下去，然後把已經扁掉的荷包還回去。「現在一樣了。」

行哥兒看著空了的荷包，傻住了，再看看另一隻手上的。是一樣了，一樣的空了。

糖包見他看過來，果斷栽贓給大虎。「是大虎吃的。」

大虎無言，牠怎麼就攤上這麼一對母女？

張嬤嬤捂臉，這跟公主偷吃甩鍋給別人一樣，想要個溫婉賢淑的小郡主是沒希望了。

蹴鞠場上，兩個書院的學子起了爭執，當場推搡起來，而且書院的人欺負的是個就算傷了也沒人撐腰的窮酸學子。

兩個書院相互競爭已久，本來只是推搡，加上對方辱罵，蒼松書院不依了。

翠柏書院這邊的學子以寧遠侯府的孩子為首，蒼松這邊是以沈知慎為首，以及三房的雙胞胎兒子沈知斐、沈知勉。

沈知慎的性子越長越像沈大爺，威嚴沈穩，明明沈無恙憨直，二夫人直爽，怎麼也料不到會生出這樣的孩子來，叫人直呼命中注定，也更得大夫人看重。

早在沈之慎三歲時，大夫人就看中了他，大人們也有意無意讓他知道過繼是怎麼回事，終於在上個月過繼給大房，成了大房長子。

三房的雙胞胎兒子倒是一個像娘，通身書香氣；另一個像爹，外表清俊，內裡崇武。

糖包沒東西吃了，終於想起自己是來看哥哥們踢蹴鞠的，抬頭看去，正好瞧見有人推她哥哥，護短的她立即帶著行哥兒爬上大虎的背，拍拍趴著的老虎，氣勢洶洶。

「大虎，走！」

大虎懶洋洋爬起來，在圍觀群眾的驚呼聲中，輕輕馱著糖包和行哥兒往蹴鞠場上去。

不遠的鬼山山莊木屋裡，沈無咎和楚攸寧難得地親熱著。

自從上次被家中小霸王撞見她娘騎在她爹身上後，固執地認為她娘欺負她爹，把她爹看得死緊，就怕她不在，爹爹又被欺負了。這導致沈無咎素了許久，尤其他媳婦的身段正是最富有韻味的時候，一顰一笑皆風情，不經意間就能把他勾得渾身火熱。

張嬤嬤又愛給他們製造機會，想著小郡主也三歲了，該幫她添一個弟弟了。

這不，今日糖包又被張嬤嬤帶出去看她幾個哥哥踢蹴鞠，為了替小郡主添個弟弟，什麼白日宣淫？不存在的。

沈無咎和楚攸寧也沒辜負張嬤嬤的一番苦心，正深入交纏，楚攸寧忽然渾身一緊，沈無咎一個不防，爽得釋放了。

楚攸寧對生兒子傳宗接代這事不看重，在她看來，兒子能做的事，閨女一樣能做。還真被張嬤嬤說對了，只要想到生完孩子得待在一間屋子裡整整一個月，這也不能做，那也不能做，她就不想再要第二個孩子了。

沈無咎跟楚攸寧久了，還就早成了習慣，再者他也有自己的打算，生閨女不會叫人覺得沈家擁兵自重，攸寧公主聲望過高，卻因為只有一個閨女，就算造反也是便宜了別人。因此，除了幾天不易受孕日子外，他會放縱自己，一般到最後關頭都控制得極好。雖說不能確保能避孕，卻也跟遊歷那幾年一樣，真懷上了就生。喝藥是不可能的，楚攸寧嫌苦，打死不願喝。

他正尋思著找個太醫問問能不能有男子避孕的藥呢，這會兒倒好，前功盡棄。

楚攸寧對上沈無咎黑沈沈的臉，一臉無辜，帶著微喘的聲音說：「糖包打架了。」

沈無咎瞬間退出，趕緊幫兩人收拾。他不擔心閨女，而是擔心敢跟閨女打架的人。他閨女兩歲就知道騙族裡小孩的糖了，口齒不清說不清楚，便揮小拳頭威脅，還雄赳赳、氣昂昂地回來炫耀戰利品。

糖包到的時候，一群小孩已經打起來了。

自太后去後，寧遠侯府地位更是一落千丈，甚至恨上了如日中天的鎮國將軍府。今日翠柏書院帶隊的就是出自寧遠侯府三房最小的孩子，加上整日被母親灌輸鎮國將軍府幫著大房欺負他們三房的事，更是把鎮國將軍府的人當敵人看。

將軍府的小孩又都是有傲骨的，別人打上門了，沒理由還忍，自然是揍回去。

小孩打成一團，夫子們趕不及阻止，而且已經打出火的小孩哪裡會聽話，越拉越亂。

「別打了！老虎來了！」一旁邊的人大喊，奈何小孩們沒聽到。

蹴鞠場上出現一頭猛虎，猛虎背上坐著兩個小孩，牠邁著慵懶的步調，好似在巡視自己的領土。但是再慵懶，也不能否認，這是一頭可怕的猛獸。

糖包嫌棄大虎太慢，從牠背上滑下來，踩著小鞋子，跑進打得一團亂的小學子裡。

程安緊跟在身邊護著，並不喝止這些孩子。主子有令，只管保護郡主不受傷，郡主要做什麼，只要不是壞事，小孩之間的事不用插手。像這種保護哥哥的行為，應該值得誇讚吧？再說小郡主打小就被耳提面命，不得用她的力氣傷人。公主為了讓她認識自己的力氣有多大，不知陪她砸壞多少木板。如此，小郡主從不會輕易打人，但倒是很會口頭威脅人。

行哥兒慢了一步，也從老虎背上下來，邁著小短腿跟上。

張嬤嬤趕緊拉住他，那群小孩沒輕沒重的，這麼小的孩子跑進去很容易被誤傷。

張嬤嬤以為跟上去的程安會很快把小郡主帶出來，結果程安只是跟在身邊看著。

「不許打我哥哥！」糖包衝進去，小手一拍，一推就把人推開；肉肉的小屁股一撅，把還想打哥哥的人撅開了。

被打中或者頂開的學子一臉懵。糖包仗著人小，跑到她幾個哥哥身邊，把要打他們的人拉開。她不但繼承她娘的力氣，還繼承她娘的護短，她的哥哥們她可以欺負，別人不可以。

正抓著沈知慎的男孩感覺衣服被人從後頭大力拉扯，腳下有些不穩，回頭一瞧，沒瞧見人，目光往下，就看到一個玉雪可愛的小丫頭正氣鼓鼓地看他。

小丫頭有一張圓嘟嘟的小臉，一雙清澈的琉璃杏眼，鼻子秀挺，小嘴粉粉嫩嫩，穿著粉紅色精繡小襦裙，頭上綁兩個鬆鬆的丫髻，用粉色絲條纏住，上面綴著玉製小鈴鐺，從上到下精緻得不得了。兩、三歲的小孩無疑是最可愛、最擊人心的，看了就想抱回家。

沈知慎幾個最喜歡跟著他們大哥帶妹妹上街，京中誰人不識得長樂郡主？那是個可以要天上星辰的天之驕女。

「不許欺負我哥哥！」糖包抓著這個人的衣襬往後拖，奶凶奶凶的。

為了方便踢蹴鞠，今日兩個學院的學子穿的都是短打，糖包再用點力，大概能把這人的衣服扯下來。

第一百三十八章

慎哥兒看到糖包跑進來，趕緊鬆開對方，上前把糖包抱起來，以免她被不長眼的傷到。

「糖包會保護哥哥了呢。」

「糖包力氣大，可以幫哥哥打架。」糖包揮揮小拳頭，嚇唬剛剛那個跟他打架的人。

打架的小孩都停下來了，有了長樂郡主加入，誰敢再動？萬一傷著了，可不是賠禮道歉就能完事。再說那麼小的一個，也捨不得叫她傷了。

被妹妹保護的斐哥兒和勉哥兒趕緊湊上來。「糖包，妳看到三哥踢蹴鞠了嗎？三哥厲害不厲害？」

「糖包，方才四哥正想把他們打倒呢，不會受欺負。」

「看到了，哥哥們好厲害！」全程只顧吃零嘴的糖包用力鼓掌捧場。

「糖包覺得哪個哥哥踢得最好？」勉哥兒壞心地問。

慎哥兒聽了，極有威嚴地掃他們一眼，把小他幾個月的弟弟瞪得閉嘴，也低頭問：「糖包覺得二哥踢得好不好？」

斐哥兒和勉哥兒氣結。沒想到慎哥兒是這樣的二哥，不讓他們問，自個兒卻問了。

「二哥踢得最好！」糖包抱住慎哥兒，往他臉上親了口，扭著小身子要下來。她很重，慎哥兒抱不動。

慎哥兒的確抱不了多久，給了兩個堂弟一個不明顯的得意眼神，順勢把糖包放下來。

斐哥兒和勉哥兒不甘示弱，問：「糖包要不要踢踢看？哥哥們陪糖包踢蹴鞠好不好？」

糖包早就踢過蹴鞠啦，不過哥哥們好像很想玩的樣子，那她就陪哥哥們玩吧。

於是，本來是兩個書院的蹴鞠比賽，變成大家陪長樂小郡主玩。小小的人兒滾著球跑，前邊有人在攔，邊攔邊退，放水簡直太明顯。

糖包踢累了，就會彎下腰用手抱起球跑，還會傳給旁邊跟著跑的行哥兒。陪玩的蒼松書院學子們偶爾假裝搶到球，再假裝讓球被兩個小孩子搶去。

觀眾們也看得樂，尤其是看到一群半大小孩陪著兩個三歲小孩踢蹴鞠，還得努力放水，可比之前兩個書院的小孩好玩得多。

楚攸寧和沈無咎到的時候，就瞧見他們的閨女抬起小短腿，把球踢出去。因為有人告訴她，有多大力就用多大力的緣故，球飛得不高，沒往球門，卻是直奔坐在旁邊的夫子。

所有孩子都瞪圓了眼，張大嘴驚呼，若是砸中夫子，那是大過啊。

楚攸寧朝那邊看去，眼神微凝。眼看球就要砸中夫子，大家卻發現球停在半空，然後掉落在地，好像無形中有什麼東西阻攔了一下。

呼！所有人都鬆了一口氣。

差點闖禍的糖包眨眨眼，邁著小短腿跑過去，抱住受驚夫子的腿，露出乖萌的笑。

「姨父，糖包不是故意的，您能原諒糖包嗎？」

夫子正是姜塵，他把糖包抱起來，哪裡捨得怪她。「姨父不怪糖包，不過糖包下次記得控制好力道。」

當年，姜塵為了配得上四公主，從秀才到狀元，只用了三年考取功名。期間還出了本遊記，名震天下。從這本遊記裡，大家彷彿看到了真實的戰場，看到了戰士們下了戰場後是什麼樣子，看到了慶國與越國的每一場戰事是如何打的。

中了狀元後，姜塵不願為官，只當個閒散名士，偶爾在蒼松書院當夫子，教教學生。

糖包開心地點頭。「糖包記住了。」

「妳表姊今兒還念叨妳呢。」閨女因為感染風寒，這次沒能來，楚琀玥在家照顧孩子。

糖包記得那個每次見她都給她帶東西的表姊，往姜塵身後瞧了瞧。「表姊呢？」

「妳表姊生病了，待在家呢。」

「生病要喝藥，好苦的。」糖包想把糖豆分給表姊，結果一摸才想起，她吃光了。「今日我把糖豆吃完了，等明日有了，我再給表姊甜甜嘴。」

姜塵忍不住笑了。「那妳明日可別又吃完了。」

「嗯，我記著呢！」糖包指指自個兒的小腦袋。

這時，附近響起整齊劃一的行禮聲，糖包看到她爹娘來了，趕緊讓姜塵放下她，像個小炮彈一樣，衝過去抱住她娘的腿。

「娘，您有空跟糖包玩了嗎？」糖包說著，就要往楚攸寧身上爬。

沈無咎把閨女抱過來。「糖包可是闖禍了？」

「爹爹，糖包想您了，糖包最喜歡爹爹了。」糖包抱住他脖子使勁撒嬌，想矇混過關。每次糖包這麼撒嬌，沈無咎總想起以前她娘也慣用這招對付他，該說不愧是一脈相承？

「嗯？」沈無咎把她拎出來面對面，一個鼻音就能不怒自威。

糖包心虛地縮縮小脖子，用小手指比了比。「一點點。不過糖包道過歉啦。」

「四叔，不是糖包的錯，是我們追得太緊了，糖包沒踢中人。」

慎哥兒幾個跑過來替糖包求情。四叔嚴厲起來的時候，他們也怕呢。

「四叔，我沒幫糖包打架，你打我吧。」行哥兒抱住沈無咎的腿，昂起頭乖巧認錯，覺得自己是哥哥，卻沒能衝上去幫忙，很是自責。

慎哥兒拉開這個不打自招的蠢弟弟，塞到身後，認真解釋。「四叔，公主嬸嬸，方才兩個書院的學子發生一點爭執，糖包還會保護哥哥了，不過沒傷到人。」

斐哥兒和勉哥兒狂點頭。

在來的路上，楚攸寧已經跟沈無咎說了經過，沈無咎自然清楚發生了什麼事，也沒造成什麼傷害。甚至因為糖包的加入，兩邊孩子都忘了他們在打架。

「受傷了嗎？」楚攸寧挨個兒摸摸頭。

幾個孩子心裡一暖，齊齊搖頭。其實被掐了幾下，不過這不算什麼，他們也掐了對方。

幾歲的小孩打架也就是推推搡搡，小打小鬧，但是換上力氣大的就不一樣了。

楚攸寧看向糖包，露出老母親般的欣慰。自從有了糖包後，終於知道霸王花媽媽們為何總會時不時對她暴跳如雷了。

糖包見娘眼神溫柔了，立刻伸出手。「娘，抱抱。」

楚攸寧把她抱過來，狠親了口。「糖包沒用力氣傷人，真棒！」

得到誇讚，糖包立即歡喜地撒嬌。「糖包最聽娘的話了。」

然而，下一刻，她娘鐵面無私。「但妳打架了，踢蹴鞠還差點傷人，明日的零嘴沒了。」

糖包瞪圓了眼，癟癟嘴，快要哭出來。對才三歲的她來說，沒有零嘴跟天塌了一樣。

糖包偷偷看向行哥兒。沒關係，她還有行行，行行會分她吃的。

楚攸寧道：「行哥兒是一起的，也沒有。」

想打行行主意的計劃落空，糖包瞬間蔫了吧唧的。

慎哥兒幾個不敢求情，要說四叔對糖包嚴厲，公主嬸嬸就是狠心了。府裡誰都寵著糖包，要星星不給月亮，連四叔都會心軟，只有公主嬸嬸冷酷到底，不讓人求情。

每次糖包受罰的時候，為了偷偷摸摸給糖包吃的，他們可是絞盡腦汁。

「不過，有獎有罰，糖包是為了保護哥哥才打架，差點踢中夫子也知道道歉，是個乖寶寶，獎賞妳後日的零嘴。」吃貨最了解吃貨，楚攸寧最知道怎麼治得住糖包，別的法子都不管用。當然，還得狠得下心，別被糖包一張小甜嘴哄得心軟。

楚攸寧養楚贏煥的時候，是知道他在宮裡活不了多久，還因為皇后的玉珮給了她重生的機會。作為回報，她把楚贏煥當責任，想著有她吃的，就有楚贏煥一口吃的，讓他吃飽穿暖，保護好就行。等他大了，宮裡自會有人教養。

有了女兒後，尤其是被全家慣著、捧著長大的女兒，才知道她當初被八個霸王花媽媽寵著，還能長成這樣，都是多虧霸王花媽媽保持清醒嚴厲。

可想而知，被這麼寵著長大的糖包會有多霸道，最後連她爹都屢次淪陷在她的甜言蜜語裡，那她只能怎麼嚴厲怎麼來了。

糖包瞬間恢復光彩，親親抱抱。「娘最好了，糖包最喜歡娘。娘要欺負爹爹，糖包幫您。」

沈無咎無言，用得上的時候最喜歡爹爹，用不上了就要幫忙欺負爹爹，如此牆頭草行為是從哪兒學來的？

沈無咎想起兩人在東跨院書房情不自禁的時候，忘了防備，被偷偷闖進來的糖包撞見，幸好衣衫還算整齊。但糖包闖進來的時候，恰巧聽見他說了句渾話，再加上他當時因為急急停住，神色隱忍，一向認為娘比爹厲害的糖包，理所當然認定娘在欺負爹。

後面怎麼解釋，糖包都不聽，認為是厲害的娘把爹欺負了，一到就寢時，就抱著小枕頭，眼淚汪汪要來賴著他們睡，白日也盯得緊緊地，就怕他這個爹被娘欺負。

被閨女保護的沈無咎不知該哭還是該笑，怎麼跟她說她爹沒有那麼弱，她都不信，只相信娘很厲害，可以欺負得爹叫出聲。

早知道扣零嘴就能讓閨女放棄緊盯他們，他們何苦哄這麼久。

「那說好了，別做漏風的小棉襖。」楚攸寧揪了下閨女嫩滑的小臉。

糖包果斷抱緊她。「糖包和娘是一夥的，不和爹爹一塊兒。」

沈無咎悶了。有事的時候最愛爹，沒事就把爹扔一邊。

這時，離蹴鞠場不遠的空曠處，通往鬼山深處的入口傳來滾滾馬蹄聲，原本興致索然的觀眾終於有了騷動。

今日兩個書院的蹴鞠比賽，其實就是雙方小學子們玩玩，說出去不好聽就成了比賽，夫子們權當春遊了。之所以能引來這麼多人圍觀，是因為太子要帶隊入山狩獵。

當初開蹴鞠場，也是一時興起，畢竟距離京城還是遠了些，但因為這是攸寧公主開的，而且鬼山有奇效的雞，有老虎跟黑熊可看，還能打獵，就算是遠了些，也引來不少人。

鬼山綿延十幾里，除了公主劃出來的禁區外，其餘地方可以在經由公主同意後，進去打獵。以往京中富家子弟想打獵遊玩，都是去另外兩座山，如今都以能進鬼山打獵為榮。

很快地，狩獵隊伍緩緩從山裡出來，除了保護太子的禁軍外，都是半大少年，撇開身分尊貴的太子，最惹眼的要數歸哥兒了。

十五歲的少年郎正是叫少女春心萌動的年紀，早兩年，歸哥兒就成了京城最搶手的女婿人選，更別提他如今還是楚贏煥身邊的伴讀。有攸寧公主在一日，楚贏煥這儲君之位就不會被動搖，等來日登基，歸哥兒便成為天子近臣，一步登天。

歸哥兒一襲藍色花紋勁裝，打馬而來。這兩年他抽高得厲害，又整日在城外軍營裡接受操練，身子修長結實，容貌俊朗，可不叫閨中少女芳心暗許。

今日不知有多少姑娘打著看弟弟踢蹴鞠的名義跑來鬼山，實則醉翁之意不在酒，更有八竿子打不著的親戚，或者以幫友人的弟弟、表弟助陣為由，跑來鬼山，就為一睹少年風采。

年紀更小的是為楚贏煥而來，想著說不定能在他心中留下印象，將來選太子妃有勝算。

歸哥兒早已習慣暗中投來的熾熱目光，目不斜視，眼中只有站在那裡朝他們揮舞小手的小糖包。

楚贏煥更不用說了，才九歲，還沒開竅呢，被特地教過要留意男女大防，乾脆就全防了。除了身邊伺候的人和他姊姊，還有糖包外，哪個母的靠近，就是不懷好意。

歸哥兒翻身下馬，和太子相視一眼，帶著各自的禮物上前。

糖包迫不及待跑過去，鼓著腮幫子抱怨。「大哥、舅舅壞，不帶糖包玩！」

「等糖包再長大些，大哥一定帶上糖包。瞧大哥這次帶了什麼給妳？」歸哥兒蹲下身，拿出用帕子包著的刺莓。

他們不缺山珍海味，哪裡看得上小小野果，可是有人特地摘了捧回來，就變得稀罕了。

糖包吃得瞇起眼，一顆顆接受投餵。

楚贏煥則是提著一個小籠子過來，放在地上，打開籠子，從裡面抱出一隻巴掌大的小白兔。上面還繫了條繩子，給糖包遛著玩。

眾人大開眼界，見過遛狗的，沒見過遛兔子的。

糖包歡喜地抱過兔子，這麼小的還是第一次見，抱著楚贏煥親了口，開心地去遛兔子。

歸哥兒懊惱，他沒得到糖包親親，輸了輸了。

兩人又去跟楚攸寧和沈無咎分享此次打獵的戰果，將打回來的野物拿去做燒烤。

鬼山上最猛的野獸已被楚攸寧馴服，鬼山深處她也走過多次，沒什麼大型野獸。哪怕是狼，也知道在別人的地盤上，非不得已不會傷人，所以沈無咎和楚攸寧沒跟著去打獵。

另一邊，糖包在哥哥們的陪伴下，把小兔子放在大虎頭上。

大虎想動，被她的小胖爪輕輕拍了下。「別動呀。」

大虎不動，可是小白兔已經嚇得自己跳下來了。

糖包剛爬上虎背，就見小兔子掉下去，只好又下去把小兔子抱起來，放到大虎腦袋上，奶聲奶氣訓斥大虎。「不許把小兔子摔下來。」

大虎心裡苦，後悔沒找隻母老虎生崽崽，讓崽崽承受這生命不能承受之痛。

小兔子還是嚇得瑟瑟發抖，糖包剛一放開，又摔下來了，想逃跑，奈何腳上繫著繩子。還沒爬上虎背的糖包又滑下來，把小兔子抱回去，在大虎面前揮小拳頭。「大虎，你不聽話要挨揍。」大虎耷拉著腦袋，他隨便噴一口鼻息，都能把這隻小兔子嚇死好嗎。

托糖包的福，十個月後，糖包迎來了一個小弟弟。

糖包看到一團皺巴巴的弟弟時，和她舅舅當年第一眼看到她的想法是一樣的，長得這麼醜，以後可怎麼娶媳婦哦。

弟弟叫沈知意，這下誰都知道，沈無咎替兒女取的名，包含對攸寧公主一心一意的愛。

糖包幫弟弟取了個小名叫糖豆，說一看就是姊弟倆。糖豆打小在姊姊的淫威下長大，鬼靈精怪的，在姊姊跟前孬，在外頭卻是號令群弟的人。

糖包很早就盼著去書院唸書，因為書院裡有很多和她一樣大的孩子，可以一起玩。

然而，等她五歲時，才知道姑娘家不能上書院，只能請先生在家裡學，或者上族學。

她不依了，為何男的可以上書院，女的就不行？糖包哭得一把鼻涕、一把淚，進宮見皇帝外祖，就說想去書院讀書，把景徽帝哭得心都碎了。

不就想上書院唸書嘛，上！於是寧國首個女子書院開辦了。臣子們不高興？覺得女子不如男？可以啊，讓兒孫跟小郡主打一架。

尾聲

攸寧公主生下糖豆後，有人向景徽帝進言，駙馬雖不領兵，但兵權仍在；攸寧公主一人抵千軍，民間聲望過高，不得不防。

結果，等糖包上書院唸書，這對夫妻帶著兩歲兒子，又偷偷摸摸離京，四處遊歷去了。過了一把書院癮的糖包，最後也纏著皇帝外祖把她送到爹娘身邊，一家四口踏遍山河，甚至揚帆出海。

糖包十五歲，到說親的年紀，成立了一支女軍團，成為了歷史上第一支娘子軍。哪裡有匪患，哪裡就有她們，朝廷還分劃地方當駐紮地練兵。

景徽帝過了六十大壽後，便宣告退位，太子楚贏煥登基，年號承豐，自此開創歷史上第一個女子可參加科舉為官的王朝盛世，其中以長樂郡主組建的女子軍團最為耀眼。

景徽帝晚年過得很幸福，退位後多半住在鬼山，過閒雲野鶴般的生活，時不時跟遠遊歸來的閨女吵一吵，聽著他閨女說此行去了哪裡、做了什麼，只恨自己沒年輕幾歲，好去看看這錦繡江山。

景徽帝生命走到終點的最後幾年，楚攸寧沒再出去玩，而是陪景徽帝走完剩下的日子。

這日，景徽帝迴光返照，拉著楚贏煥的手交代後事。

「小四，你答應朕，尋個合適的時機，挑選宗室子培養下一任儲君，待你姊百年歸壽，還權楚氏。朕當初沒這般做，是因為你們而有所顧忌，立你為太子，也是為了讓你姊不被忌憚，不被捲入皇權紛爭裡。除了朕和你，還有誰容得下你姊如此聲望和盛寵。」

這一直是他的心結，他終究不願讓那個男人一半的血脈一代代為帝下去，心裡終究過不了竊國那一關。

這事他不是不可以做，可是倘若他在有子的情況下，突然提出立宗室子為儲君，豈不是告訴世人這裡面有內情。就算真立了宗室子為儲，作為帝王的他深知君心難測，臥榻之下，豈容他人酣睡？屆時哪裡容得下他們這一支。

所以，當初他想讓楚攸寧的孩子繼承皇位是認真的，可惜閨女跟女婿都不願意，只好讓楚贏煥上。

「兒臣知道，兒臣定會照做。」楚贏煥知道一切緣由，所以能理解。

可能是跟在楚攸寧身邊長大的緣故，他對權勢沒那麼大的野心，哪怕當了皇帝，也沒想過要把權勢死死握在手裡。

景徽帝交代後事，並沒有特地讓楚攸寧和沈無咎避開。所以，楚攸寧都聽到了。

年近半百的她，因為一生活得瀟灑坦蕩，從不讓煩心事過夜，說她三十來歲都有人信。

歲月不會特別厚待一個人，而是她懂得厚待自己。

自從夢見霸王花媽媽們都重生安好後，楚攸寧已經很少想起末世裡的事了。沒想到多年後，她再次嚐到生離死別的悲痛。

在看不到盡頭的末世，每日想最多的是怎麼活下去，沒有太多的餘裕傷春悲秋，每日死的人太多了，除了悲痛，只剩麻木。

來到這個世界後，她用了半生去體會七情六慾，看盡人間百態，內心情感逐漸豐富，也變得感性多了。

知曉景徽帝的良苦用心，楚攸寧紅著眼眶跪到床前，握住那隻蒼老無力的手。「父皇，謝謝您護我一世。」

雖然一開始得到原主前世記憶時，認定景徽帝就是個昏君，連皇后用生命生下的孩子都不管不顧。但後來他對她卻是實打實的好，在末世所缺失的父愛，在他這裡得到了填補。

「妳也護了父皇啊。」景徽帝吃力地拍拍她的手，露出最後一個慈愛的笑容。「沒有妳，父皇這一生都活在罪孽中。」

楚攸寧搖頭，聲音哽咽。「那您好好的，我還護著您，您也還護著我。」

「妳有小四護著，還有沈無咎，他們不護著妳，妳儘管揍，或者……跟父皇說。父皇這一生能得此善終，已經知足，該下去跟楚氏的列祖列宗請罪了，你們要好好的……」

景徽帝的聲音漸漸變弱，說到最後，手無力垂落，含笑而終。

「父皇！」

楚攸寧和楚贏煥悲慟的聲音響徹大殿。

承豐十二年，景徽帝崩於頤和宮，天下同哀。

承豐帝在位四十餘年，頗有建樹，廣開言路，女子也可在朝為官，寧國成了史上女子地位最高的朝代。

承豐帝育有二子，卻偏寵一宗室子，最後不顧群臣反對，立為儲君。新君上位，國號再次更改，是為乾國。

有人說這是新帝不滿寧國以攸寧公主的封號來定國號，才取新的國號，殊不知這是攸寧公主要求的。

楚攸寧始終記得曾經作的那個夢，記得霸王花媽媽們說過她們學過的歷史，沒有一個叫寧國的國家，而是從齊國開始，之後才是乾國。因此她不敢再對這個世界干預太多，生怕因為她的插手，未來沒了霸王花媽媽們的出生，無論是少了哪一個都不行。

時光穿過漫漫長河，來到現代。

造成末世發生的原因已經不存在了，霸王花媽媽們本來還想守著這座空盪盪的石墓，看看還能不能等到楚攸寧的消息。

然而，沒多久，就有相關部門人員前來封鎖這個地方，等待考古專家前來挖掘鑑定。

霸王花媽媽們只能靜下心，找了個飯館包廂，坐下來商議。

她們發現，重生回來的世界與前世有所出入，在她們知道的歷史，原本乾國之前還有個齊國，但是那個齊國好像被寧國所取代，並沒有出現在歷史裡，後面的朝代倒是都接上了。

大家趕緊拿出手機搜索寧國歷史，上面詳細記載，寧國是古代歷史上最強盛的時期，也是古代女性最自由、最開放的一個朝代，這一切皆因攸寧公主。

仔細研究這個朝代的人紛紛質疑，攸寧公主極有可能是穿越者，只有穿越者才會派人到海外帶回地瓜等東西，還會做玻璃、火藥等物。

這個話題往往成為辯論大賽，引起網絡上的熱烈評論。

霸王花媽媽們瘋狂搜尋有無攸寧公主的畫像，還真找到了，網路上有用高科技還原攸寧公主真實面貌的圖片。

之前在石墓裡看過小像，就算這圖片還原得和楚攸寧末世的容貌不一樣，但霸王花媽媽們還是知道，這就是她們閨女在另一個時空真實的樣子。

「咱們那時聽到的不是幻覺。這算不算大難不死，必有後福？寧寧當上公主了。」

「我想看看寧寧說的器大活好的駙馬長什麼樣子，配不配得上咱們寧寧。」

「還真有！長得不錯，看著確實是器大。活好不好，只有寧寧知道了。」

「哈哈！咱們這算不算丈母娘看女婿，越看越滿意？」

「可惜了，不能當面看，想看看寧寧這駙馬會不會被八個丈母娘嚇跑。」

這時，新發現的古墓又有了新進展。

寧國古墓的最新消息，這座古墓的主人是寧國史上赫赫有名的攸寧公主，與駙馬合葬，墓誌上刻著她的生平，以及她的駙馬、兒女介紹。

有人把一張泛黃帶蟲洞、風吹就可能會散的畫翻拍放上網路，這是在攸寧公主墓裡發現的。乍看上面好似胡亂塗鴉，再細看，隱約有人的輪廓，都是女人。

這麼爛的畫風，連小孩都不如，但霸王花媽媽們卻是一眼就認出來，上面畫的是她們。

確定新發現的古墓是楚攸寧的，有個媽媽想到一個問題。「所以，寧寧已經……」

沒說出口的話，大家都聽懂了，既然連墓都挖出來，人自然在地下長眠了。

隊長媽媽見大家因此難過，趕緊道：「時空不一樣，咱們在千年以後的未來，看千年以前的古人，自然是死的。但在寧寧那個時空，她肯定還活得相當滋潤。」

眾人一怔，隨即愉快地接受了這個說法。

沒錯！她們的寧寧在另一個時空，一定還活得好好的。幾小時前，還跟她們說過話呢。

於是，這一日，霸王花媽媽們聚在包廂裡，搜尋關於寧國的一切歷史，尤其是攸寧公主的記載。

她們在末世相互扶持，成立了霸王花隊，重生回來，面對和前世有些出入的世界，還感到有些不真實。要不是知道這一切的改變都是因為楚攸寧，會以為重生到了平行世界。

她們裡面，有的人剛上大學、有的已經出社會打拚、有的是企業主管、有的是富家千金。

從末世重生回來的她們，身是回來了，心卻已經無法簡單純粹。

她們之間的關係比家人還親，因為她們共同守著一個秘密，共同擁有過一個女兒。

儘管末世不會再來，但霸王花媽媽們沒忘記前世製造出喪屍病毒的地下研究所，從包廂裡走出去後，齊心協力用盡法子，找出研究所，想方設法隱瞞身分向上舉報。

雖然異能沒有一塊兒重生，但末世廝殺的身手仍在，即便這研究所背後有人撐腰，她們也無所畏懼。

一年後，做人體實驗的地下研究所終於被公諸於世，引起全國震怒。

事情爆發得太快，國家想隱瞞已經隱瞞不住，只能公布出去。發起這個人體實驗項目的人，正是二十年前同樣因為私下研究人體實驗，被國家制裁的科學家學生。

此刻，深藏功與名的霸王花媽媽們聚在高樓大廈的陽臺上，俯瞰萬家燈火，相視一笑，舉杯同慶。

正義雖遲，但到。

——全書完

2021年9月出版

繼母不幹了

文創風 990~992

心有所屬的丈夫、捂不熱的繼女、備受輕視的夫家……

這些她都不稀罕了，誰想要誰拿去，她要帶著肚子裡的孩子過自由生活！

只是怎麼和離之後，反而更多人出現，讓她的生活更「精采」了?!

和離出走闖天下，女子何須依附誰／李橙橙

她本是忠臣之後，但父母遭逢不幸、雙雙過世，她與哥哥寄人籬下，
成了家族的棋子，被安排嫁給武昌侯當繼室，卻是另一段不幸的開始……
一覺醒來，她依然是武昌侯夫人，也仍因繼女挑撥而被侯爺送到莊子上，
面對再怎麼努力也挽不回的婚姻、捂不熱的繼女，還有虎視眈眈的表小姐，
重生的她只想護住肚子裡的小生命，至於亂糟糟的武昌侯府與侯夫人位置，
哼，誰要誰拿去，她沈顏沫如今不稀罕了！
打定主意，她靜待武昌侯送來和離書，只是這一世怎麼多了三萬兩「贍養費」？

文創風 1019

米袋福妻 4 完

國家圖書館出版品預行編目資料

米袋福妻 / 浮碧著. --
初版. -- 臺北市 : 狗屋出版社有限公司, 2021.12
冊 ; 公分. --（文創風 ; 1016-1019）
ISBN 978-986-509-277-1（第4冊 : 平裝）. --

857.7 110018442

著作者 浮碧
編輯 安愉
校對 沈毓萍
發行所 狗屋出版社有限公司
地址 台北市104中山區龍江路71巷15號1樓
電話 02-2776-5889～0
發行字號 局版台業字845號
法律顧問 蕭雄淋律師
總經銷 知遠文化事業有限公司
電話 02-2664-8800
初版 2021年12月
國際書碼 ISBN-13 978-986-509-277-1

本著作物由北京晉江原創網絡科技有限公司授權出版

定價260元
狗屋劃撥帳號：19001626
網址：love.doghouse.com.tw E-mail：love@doghouse.com.tw